-星云奖名家科幻系列-

The Story Of Hongxiu

红袖

阿缺 著

航空工业出版社

北京

内 容 提 要

《红袖》是知名科幻作家阿缺创作的长篇小说。故事发生在古代，一个名叫红袖的女孩遇到了一个神秘的男子林公子。因为家境贫寒，即将被卖身的红袖不顾一切地想要林公子带着自己远走高飞。然而，林公子及其一意追求的“天空之城”却并不属于她和这个时代。十年后，经历了无数艰辛折磨的红袖再次遇到了林公子，并得知了他非同寻常的身世和特殊使命。就在林公子要带着红袖回到未来时空时，却被追寻天空之城和长生不老秘密而来的恶徒纠缠不放。属于红袖的幸福像昙花一样凋零，林公子则开启了另一轮拯救所爱的时空冒险……

图书在版编目（CIP）数据

红袖 / 阿缺著. -- 北京 : 航空工业出版社，2021.8

ISBN 978-7-5165-2579-1

Ⅰ. ①红… Ⅱ. ①阿… Ⅲ. ①幻想小说—小说集—中国—当代 Ⅳ. ①I247.7

中国版本图书馆 CIP 数据核字（2021）第 095464 号

红袖

Hong Xiu

航空工业出版社出版发行

（北京市朝阳区京顺路 5 号曙光大厦 C 座四层　100028）

发行部电话：010-85672688　010-85672689

三河市双升印务有限公司印刷　　全国各地新华书店经售

2021 年 8 月第 1 版　　2021 年 8 月第 1 次印刷

开本：880×1230　1/32　　字数：192 千字

印张：9　　定价：45.00 元

目　录　Contents

一、初遇

按说人出生时，是没有记忆的，但红袖总清晰记得她第一次睁眼时，看到的景象。她看到了郁青色的天空。那时正是深秋，一行鸿雁南飞，寂寥天空下，却有一只孤雁在扑腾着翅膀。

后来她想，自己的命运是不是从出生的那一刻起就已经被注定了？

生如鸿雁，踽踽独飞。

她是一个贫穷农家的女孩儿，父亲张老二在城里做木工，为人老实，每个月拿些微薄的银子养家。母亲田氏常年患有眼疾，待红袖五岁时，她的眼睛已完全看不见了。在红袖记忆里，这个藏在城北小巷尽头的家只有父亲做木活儿时的佝偻背影，以及母亲卧在病床上偶尔发出的唉声叹气。

这座小城位于江南，临水而建，蛛网般的街巷在河两岸的平原上延伸。画舫沿河南下，舫上雅士吟哦，舞姬翩跹；货船停在码头，衣衫褴褛的水手们锁了铁锚，换上长衫，结伴进城，或倒卖货物，或去青楼买欢。这些生意，滋养着小城的繁荣。

而红袖总觉得，这座城市就像是一块瘤疤，正好长在血管旁，伸出尖牙，咬进肉里，吮吸着血管里的血液。

红袖从小就与众不同。

她继承了母亲年轻时的美貌，幼时便有倾人之姿，粉雕玉砌似的，任谁见了都会在心里赞一声美人胚子。与美貌并存的，还有她的聪慧。家里穷，不能供她上学堂，但一次路过私塾时，她听到先生在诵《春江花月夜》，不由驻足。先生瞧见窗棂下有一袭漆黑的头发，凑近一瞧，见是个女童，顿时瞪圆了眼睛，喝骂道："你偷听什么！快走！女娃娃不能读书，听也听不懂。"

红袖吓了一跳，向后退几步。但她未离开，乌黑的眼珠也瞪大了，毫不胆怯地与先生对视。先生更生气了，胡子都吹得飘起来，正要训斥，红袖却突然张嘴，大声念诵。她念的是一整首《春江花月夜》。

先生大感惊奇，耐心听完，发现她竟一字未错，问道："你之前学过的吧。"

"我家里没有书，没人给我说过。"这个七岁的女童说，"但这些字连在一起念，很舒服。"

先生长叹，道："如果你不是女儿身就好了。"说完便关上窗子，把红袖留在了秋天的冷风中。

回家后，红袖央求张老二让她进私塾，张老二以两个耳光作为回应。自那天起，红袖不吃不喝，每日抽泣。最后是母亲实在看不下去，从床上下来，颤巍巍跪在张老二身前，张老二才颓然地叹了口气。

但张老二着实贫穷，只得到私塾先生家，低声下气地说好话，还给先生做了一套木柜。先生这才答应可以教红袖，但她不能进学堂，只能在窗外听和看。

于是，在别的女孩儿玩耍嬉闹时，红袖却在私塾外。她踮着脚，凑着脸，眼睛使劲睁大。寒冬和酷暑，她的身影都没有消失。有时大雪纷飞，她又听得入迷，待放学时，她身上落了厚厚一层雪，整个成了雪人。她需要特别用力，才能抖落积雪，哆嗦着回家。先生好几次从她身边路过，看到她艰难地拍掉脸上的雪，想说什么，但最终只是冷着脸离开。

然而，美貌、聪慧和勤奋都不是红袖最奇怪的地方——让人最不解的，是她的悲伤。

她像是从小就沾染了这江南水乡的潮湿，眼眸中总有莹莹雾气，似乎下一刻便要哭泣出来，看着就让人感觉到她的悲伤。其实红袖只是天生容易湿眼，倒不怎么悲春伤秋，但别人这么认为，这么期盼，她便不悲伤也悲伤起来了。

如果生在大户人家，这种悲伤会让她赢得诸如“我见犹怜”“梨花带雨”等溢美之词。但不幸的是，红袖只是城北一个贫穷人家的孩子。

张老二希望红袖能够平庸一些，就像是隔壁赵屠夫家里的女儿翠花，养得胖乎乎，大大咧咧，逢人就笑。这样的女孩子适合过日子，待到十三四岁的年纪，提亲的人就会踏破赵屠夫家的门槛。而自家的女儿，美则美矣，却顾影自怜，相处久了，终究会让人心烦。

张老二为此唉声叹气。

这声叹息被城里一个叫陈麻子的人听到了耳中。陈麻子是个掮客，从介绍船运到贩卖小孩，什么都干，尽管名声越来越差，但口袋里的银子却是越来越多。

他看中的，也是红袖的美貌。

于是，在一个四月的黄昏，他带着五十两银子走进张老二的家门。

而这一天，红袖刚忙完家里的活计，走到河边，正百无聊赖地踢着石子。夕阳垂在天际，也落到河里，一条条船驶过，碾压着河里的鹅黄色太阳，泛出一道道起伏的光晕。远处错落的高楼矮屋，在斜晖映照下带着一丝朦胧感，像是一个泡沫中的城市，伸手即可破。

这个景象让红袖想起了这些日子听到的一个传言——

据说有人在空中发现了一座城市，浮在云间，也是这般若隐若现。有人曾无意间看到，说这城市是由白玉构建，通体圆润，哪怕只取一块白玉，便可换得一世荣华；又有人反驳，说看到的明明是一座黄金之城，里面珠宝无数，还有仙女游弋其间，神人布道焚香，制成的药丸吃一粒就能长生不老……

许多人都赌咒发誓说见过，有的是在深夜的房顶上，有的是在湖潭之内，说法不一而足。这个传说中的城市在大家的言谈中越来越神秘，许多外地人往这里赶，希望能够一睹奇景。

不过这跟红袖没什么关系，她只是坐在河边，裙子被污泥沾染也不在意。两条细嫩的小腿在河面上晃晃荡荡的。

夕阳沉得太快，转眼间就只剩下一缕在挣扎着，微弱如丝，似乎随时会被地平线下的黑暗淹没。红袖看着河面上的微弱光晕，那光晕也在红袖的眸中晃动，看上去似乎有一滴眼泪垂垂欲落。

“小姑娘，你为什么哭啊？”一个男人的声音突然从河的另一边传来。

红袖一愣，抬头看到一条画舫正缓缓顺水前行，停在自己面前。一个身量修长的男人站在船头，一身褐色长衣，既不张扬，也不刻意内敛，看起来倒像是这运河落日图里嵌入的一笔风景。

他趴在栏杆上，河面有风，在他头上掠过。几丝头发在他苍白的脖颈上震颤。他向她看过来，眸中竟然不是完全的漆黑，而是有一种晶莹的蓝，看久了，会让人有种错觉——这条河里的水是不是正在通过某种看不到的途径流到他的眼睛里。

“有什么需要帮忙的吗？”他笑起来，一口白色的牙勾勒出和蔼的暖意。

红袖这才从怔怔出神中清醒——她的脸比脑袋更快反应过来，立刻就烧红了。她爬起来，想赶紧离开这里。但她一不留神脚踩到松散的石子上，重心失稳，整个身子晃动几下，便摔进河里了。

“噗通”，水淹没头顶，所有的感觉都被冰冷取代。

其实红袖是会游泳的，在这个水边小城，几乎人人都会。只是最初的慌乱让她忘了怎么划水，一口水呛进喉咙，顿时咳嗽不已。

这时，一只有力的手伸过来，抱住了她。

在以后的日子里，红袖遭受了诸多苦难，哪怕遍体鳞伤，甚至觉得生无可恋时，都会想起这只手。它的温暖和强壮，深深凿进红袖的记忆里，任时间冲刷也磨灭不去，给她温暖，给她光明，让她能磕磕绊绊地走过这漫长的不堪回首的路。

不过这些都是日后的事情了。当时，她只记得自己无力地任那只手抱住，然后上升，破水而出，回到了久违的空气里。

那个站在画舫上的男人救了她。

他一手划水，一手抱着红袖，划到船旁，早有仆人将绳子垂下，大声喊道：“林公子，你小心……你这要是受了风寒可怎么办！”

上船后，水手们连忙给这位林公子送来了外衣，林公子却随手赶开他们，把那名贵的丝绸衣裳披在红袖身上。之前红袖浑身湿透，衣裳贴身，虽只有十三岁，但身段已经玲珑有致，这种景象令水手们目光发直，却让她羞愤欲死——幸亏林公子的举动让她摆脱了尴尬。

她裹紧衣裳，站起来要走，但林公子拉住了她。

“这时节水凉，你别急着走。”他温和地说，“画舫上有香汤，你暖和一下，去去风寒，换身衣服再走。”

这番话本是极为无礼，要搁在别人身上，红袖只怕是听到了就会转身离去。但不知怎么的，在林公子说来，显得格外诚恳。她看向他的眼睛，那微微带着蓝色的眼眸里，没有任何波动，只倒映着红袖的脸。

红袖还在犹豫，林公子已经招了招手，叫上两个丫鬟，拉着她往厢房走。

“林公子真是侠义，连一个河边的女孩儿也如此礼待。”一个丫鬟边走边说。

另一个也点头道："是啊，这一路来，他对谁不是斯斯文文。他一个人买下了画舫，却不把我们当下人。"

"哟，按住你那颗春心，免得跳将出来……"

两个丫鬟嘻嘻闹闹，给红袖烧好了水，伺候她洗浴，然后找了一套合身的衣裳给她穿上。这是京城名店月然坊织出的云锦，即使在京城也是千金难得。红袖长这么大，第一次穿这种面料的衣服，穿上后，一瞬间连迈步都显得陌生了。

但林公子的目光并没有在她身上停留多久，看了一眼，便吩咐一名水手送她回家。然后他转身，继续趴在栏杆上，暮色沉沉，他的身影在江风中显得隐约模糊。

水手护送着红袖在大街小巷里穿行，一路上都沉默着。红袖低着头，快走到家了才忍不住抬起头问："那位林……林公子，是什么人啊？"

水手道："我也不知道，林公子没说。但他肯定是位富贵人家，据说买下画舫时，眉头皱都没有皱一下。不过，唉，这种人物却也没法免俗，居然信那什么天空之城的传闻，非要到这里来找……"

说着，已经到了家里，大门开着，里面坐着父亲和一个满脸麻子的人。

红袖还没进屋，就看到了父亲脸上的复杂表情，以及，桌子上放着的一大堆银子。

灯光在银锭上流转，看上去，让她眼睛发冷。

"红袖啊，"父亲过来拉住她的手，在记忆里，这种举动从未有过，“爹没办法，不要恨爹。”

“什么？”她有点错愕，一时没看明白眼前的局面。但本能地，她有些不安。

“明天，明天你就跟他走吧。”张老二指了指坐在一旁的陈麻子，有些不敢看她，“你娘的病又重了，要银子治……”

红袖看到了陈麻子脸上的笑。她身上一阵颤抖，突然跪在张老二面前，带着哭腔喊道：“爹！女儿不去私塾了，好好学女工，卖花挣钱，做饭洗碟都可以，女儿不愿意走……”

但这番哀求没有用，张老二铁青着脸，转身进了里屋，把门关上。

“小娘子，”陈麻子走过来，附身在红袖面前，“你放心，我会对你好的。明天早上我来带你离开这个穷酸地方。”

这一夜，红袖先是在爹娘门前哀求，但不管她怎么哭喊，那扇木门都没有打开过。连一贯疼她的母亲也没有吱声。她不知道是母亲默许了父亲的行为，还是真的病重到听不到她的哭声。求了半夜，屋子里静悄悄的，仿佛里面空无一人，红袖也疲了，乏了，抽泣着回到自己房中。

她侧躺着，哭肿了眼睛，似乎那些悲伤真的从眼睛里涌出来，一滴滴落在早已湿透的枕头上。她用袖子擦眼睛，脸上的触感跟平日不同，愣了一下后才反应过来——这是林公子给她穿上的衣服。

她的疲倦一扫而空，猛跳起来，踏着夜色往河边跑。呼呼夜风在她脸上吹拂，一头秀发飘扬。她跑得太快了，一只鞋不知什么时候丢了，于是，她索性把另一只鞋也扔了，光着两只脚在冰凉的青石板路面上奔跑。她的心咚咚咚跳起来，她的脸上烧红了，她的脚底磕伤了，她的笑容却盛开了。

这是她第一次对自己的人生做决定，内心先是惶恐，而后兴奋，仿佛路的尽头，铺满了整个黑夜都无法侵蚀的阳光。

而路的真正尽头，是河。

河边停满了货船和画舫。此时夜太深，货船都灭了灯火，画舫却正是喧闹时候。歌姬弹唱，才子吟诗，一片乐声在河面上飘荡。红袖在河边一艘船一艘船地寻找，很快就找到了林公子的船。

整条河，上数百艘画舫中，只有他的画舫是静悄悄的。船头挂着一个灯笼，昏红的光洒在甲板和河面上。除此之外，这条精致奢华的画舫和一艘货船没有任何区别。

画舫停在河边，红袖费了很大力气才爬上去，衣服刮破了好几处。灯笼在风中晃着，光影纷乱，像是一只只看着她的眼睛。

她刚爬上甲板，就被水手发现了，粗大的手掌扭住她，大声喊抓到了小偷。

水手的声音把这条画舫惊醒了，廊道里的灯次第点亮，人们披着衣服走出来。在这么多双眼睛里，红袖满脸通红，挣扎不脱。

“放了她吧。”

红袖抬起头。于是，她看到了林公子。

夜晚的他，脸色显得苍白，一双眼睛完全陷在漆黑里。他面无表情地看着红袖，说道：“你来干什么？”

红袖却不说话。周围的人太多，每个人的眼睛都带着好奇，好像要在她脸上找出答案来。

林公子恍然，弯腰牵住了她的手，说：“跟我来。”她跟着他，在长长的廊道里行走，一路上只有脚步声在回荡，两个人都没有说话。最后他们到了林公子的房间。

极其简朴的房间。进门的一瞬间，红袖差点以为林公子带错路了，这里什么都没有，除了一张光秃秃的木床。这里怎么看都不像是画舫主人的房间。

“说吧，把你送回去了，你又回来，有什么事？”

红袖坐在床沿，这张床上连被子和棉絮都没有，她只能用手指绞衣摆。

林公子又问了一遍。

红袖咬了咬牙，突然站起来，手指轻轻拉开了腰间的束带。来自这间画舫的名贵衣裳如流水一般滑下，但刚滑到腰间，就被林公子按住了。她上身仅着肚兜，露出大片皮肤，白皙细腻，如瓷如玉。

这一刻，房间里的灯似乎都跳了一跳，亮了很多。灯光在红袖的身体上流动，泛出难以言说的诱惑。她年纪虽小，但已经出落得楚楚动人。更何况，她看着林公子的眼睛里，还含着与生俱来的莹莹雾气。

“带我走。”她说。

林公子依然没有表情，就这么站着，带着一种只有植物才有的沉静。他的手扶住红袖腰侧的衣服，隔着薄衫，红袖能感觉到他手的温热，以及难以隐藏的颤抖。

过了一会儿，他的手突然向上移。

红袖顿时浑身发颤。

然而，跟红袖预料中的不一样，林公子只是抬手提起衣裳，重新给她披好。

“我也是无家之人，给不了你帮助。”他低着头，帮她把束带系好，清清淡淡地说，“对不起，你回去吧。”

红袖点点头，眼泪落在了木床上。她站起来，裹紧衣服，走出了画舫。她没有回头，即使回头了也看不到林公子。一直走了很远，走出河道码头，她才敢转身看向河边。

画舫依旧静悄悄停在河岸。水声潺潺，波光氤氲了一切。

她看了许久，直到眼角再次泛酸，却没有眼泪落下——她这一晚已经流干了眼泪，才转身向家里走。没走几步，她就看到了陈麻子。这个阴沉的男人站在街上，已经等了很久，看到她，脸上缓缓浮现出一抹蛇一样的笑纹。

红袖的初夜是被一个肥胖商人拿走的。

那是一个屈辱的夜晚，她身着罗衣，在醉仙楼最高的厢房里，见到了这个商人。听人说，他姓胡，是江南钱庄的老板，出价一千两白银和五株血珊瑚，买得了她的初夜。

不知为什么，商人走进来时，她有一瞬间的恍惚，仿佛看到门外青朗朗的天。天空下，一只孤雁南飞，冷风呜呜直吹。

这是她无可逃避的悲惨命运，在出生那一刻就已经决定。

而这命运的制造者，是陈麻子。

二、命运

那一晚，红袖被陈麻子连夜带到了他的家。

红袖看着陈麻子转身把门锁好，巨大的锁头在木门上发出哐当哐当的声响，仿佛有人站在门外大声嘲笑，嘲笑她坠入深渊的命运。她捂紧衣服。

陈麻子锁好门，转身向她走来。

微弱的月光透过窗子，投在陈麻子背后，使得他的脸沉在一片浓郁的阴影里。

“你……”红袖的声音有些打颤，“你要干什么？”

陈麻子凑近，两只眼睛在黑暗里幽幽闪着光，“你踩到我的床了。”

红袖一愣，低头看了看——自己刚刚退了几步，明明退到屋子的角落，脚下满是灰尘，蛛网暗结。

“你，去那里睡。”陈麻子手指所向，正是朝南的床。虽然有些乱，但相比她所站的蒙尘角落，的确是一张实实在在的床。

红袖惊惶又困惑，慢腾腾地站起来，走到床边。刚要坐下，又悚然一惊——难道他是骗自己来床上，省一番功夫？

然而她这个想法是多余的。因为陈麻子根本没有乘机来轻薄他，而是合身躺下，躺在满是灰尘和蛛网的角落里，身体慢慢蜷缩，最后缩成了一团比夜更深的阴影。

他沉沉睡去。

红袖站在床边，坐也不是，睡也不是。她环顾四周，借着微弱月光，大致看清了屋里的摆设——其实没有什么摆设，偌大的屋子里只有一张床。房间里空荡荡的，只有灰尘和在暗处幽幽爬动的蜘蛛。

红袖听说过陈麻子的名声：传闻他什么勾当都做，这些年应该积攒了不少钱下来，怎么会屈身在这么破陋的地方呢？

不过这不是红袖担心的问题，她屏息等了一阵子，确认陈麻子已经睡着。于是，她踮着脚向门口走去，一路悄无声息，但刚把手搭在门锁上，身后就传来了陈麻子的声音。

“别想着跑了。我花了那么多钱把你买来，现在你就是我的人了，你能去哪里？”

红袖顿时血液凝固，以为随之而来的是陈麻子的暴打，就像张老二每次教训她时那样。但等了许久，身后一片寂静，她转过身，发现陈麻子依旧睡在幽幽黑暗里，仿佛刚才那句话只是梦呓。

她回到床边，但不敢睡下，打算睁着眼睛等到天亮。但这一夜发生了太多事情，她心力交瘁，到下半夜时实在熬不住，倚着墙陷入了沉睡。

待红袖醒过来时，天已经亮了。阳光从屋子唯一的窗口照进来，一些灰尘在光柱里游动。屋子里只有她一个人，陈麻子不知何时离开了。

她是从床上醒来的，身上还盖上了被子。而她对此丝毫没有记忆。显然，是半夜时陈麻子扶她睡下的。

她的衣服是完整的。

她一边疑惑着，一边四顾。床头有两个馒头，屋门依旧紧锁。

她试了试砸门，但屋子里没有工具。她朝着窗子向外呼救，但喉咙都快沙哑了屋外还是一片寂静。

最后，她无奈地拿起那早已干硬的馒头，艰难咽下。

陈麻子是晚上回来的，带回来几张饼，扔给她便又蜷缩在墙角里睡觉，仿佛红袖只是他喂养的猫儿。第二天早上，他还是早早出门了。

红袖逃不出去，在最初的慌乱之后，感受最深的就是无聊。她在屋子里转来转去，走累了就又坐回床上，如是几番之后，她发现床下有个箱子。

木箱，沉甸甸的，红袖花了好大劲才把它拖出来。打开之后，里面竟是一整箱书，叠得整整齐齐。她抽了几本，发现全都是诗集。

《楚辞》《群书治要》《无能子》《南史》……有些她听私塾先生教过，有些却是陌生的。她拿起一本《南史》，坐在床边，阳光正好落在这卷泛黄的古册之上。这一刻，她忘了身在囚牢，一行行读下去。

“谁叫你动我的东西的！”

身边传来一声暴喝，手中的书被人夺走。

红袖被吓得一跳，转头看见了陈麻子青筋直爆的脸——她看得入神，竟没听见陈麻子回来的脚步声。

陈麻子揪住她的衣领，两眼通红，喘着粗气，手在剧烈颤抖，似乎在极力忍耐着内心的愤怒。但红袖豁出去了，瞪大眼睛，与这个男人直视。

“你知道吗，”他把嘴凑到红袖耳边，一字一顿地说，“要不是怕把你卖出去的时候不好谈价，我现在一定，一定，一定会狠狠扇在你脸上。”

这晚，陈麻子很早就睡了，但半夜突然发出惊惶的叫声，脸上大汗淋漓，胸膛剧烈起伏。

红袖被吵醒了，坐起来看着他。坏事做多了，总要做恶梦的，她心里冷冷地想。

陈麻子爬过来，从床下拿出一本书，然后来到窗下。他倚墙而坐，把书放在膝盖间，借着月光翻开。他一边看，嘴里一边念叨个不停，红袖仔细听，才听清他念的正是书里的诗句。

接下来的夜晚，陈麻子一直没有睡着，

打那以后，红袖老实了几天，但实在熬不过无聊，就趁着陈麻子不在，悄悄把诗集拿出来看。

这次，她小心得多，估摸着陈麻子快回来了就把书放回去。

但陈麻子只看了一眼床底的痕迹，就都明白了。

“这些书，你看得懂吗？”他倒在角落里，用手枕着头，“他们说你在私塾外面偷学。钱能偷，人能偷，但学问这东西，也是能偷来的吗？”

红袖闷头躺着，自不理他。

“不过，就算你没学到什么东西，多会一点玩意儿，总好让我给你加价。”

他的语气里交织着轻松和急迫，显然这一天的出门颇有收获。

“你，”红袖迟疑一下，“你找到地方把我卖过去了吗？”

“明天你就知道了。”

原来，这是自己作为自由人的最后一个晚上，天一亮，悲惨命运将接替这无边的黑暗，继续笼罩自己。红袖感到一阵哀戚，不去理陈麻子，睁大眼睛，瞪着浓重的夜。

陈麻子也不再说话，蜷缩起来，很快入睡。到了半夜，他再次被噩梦惊醒。这次比前几夜严重得多，他猛然坐起，睁开眼睛，但还浸泡在黏湿冰冷的梦里，两手乱舞，口中凄惶哀叫。

红袖冷冷地看着他。

“娘……我不是故意的……”陈麻子弓在地上，两手的食指和中指抠进喉咙，想把什么东西给呕吐出来，“我饿……娘……我饿啊，我的肚子里有怪物在啃……”他的口中发出干呕声，似乎要吐点什么，但呕了半天什么都没有吐出来，只有脸上泪痕遍布。

红袖等了好半天，但陈麻子依然蜷缩着，呜咽着，沉在恐怖的梦里。她望望窗子，夜还长，月光透亮，流泻的光晕侵染到了小床。床下，是那个装满了诗集的木箱。

鬼使神差地，红袖赤脚下床，把木箱拉出来，打开后随手拿出一本书。月光照在泛黄的书页上，一列列诗句格外醒目，仿佛墨迹在流动。

她不再去管陷入梦魇的陈麻子，背靠床杆，两腿弯曲，把书放在膝盖之间。月光照亮了纸，也在她纤白无瑕的小腿上流淌。一些光照在脚趾上，像夜晚的海面，泛起星星点点的光粒。

她看着看着，轻声读出来。屋子里静极了，只听得到她细柔的嗓音和陈麻子渐渐止息的呜咽，还有月光在空中融化的细碎声响，吱吱，像是无数细细小小的气泡裂开。

陈麻子在黑暗里缩成一团，停止了颤抖，胸口的起伏也平息下来。

他抬起头，看到窗外透进来的月光，以及，月光后面的女孩。她坐在床边，只是一个剔透的侧影。

他听到了她的念诵。那是像被月光染白了的声音，在屋子里飘荡，在他耳中缠绕。多少个夜晚，他要靠读这些诗来入眠，来驱赶噩梦。但现在，红袖的声音如光，所照之处，噩梦幽然退却。

他不再呜咽，但仍流泪满面。

后来，红袖倦极，念着念着便睡着了。而陈麻子怔然看着她，一夜未眠。

红袖担心的事情并未发生。陈麻子早早就出去了，但一整天，也没人过来把她带走。她在担惊受怕中度过了这一天。

傍晚时陈麻子回来，带着食物，依旧面色冷峻。

一切如常。唯一不同的是，入睡前，陈麻子突然有些扭捏，支支吾吾半天，最后递给她一本书，让她读诵。他甚至还专门买了烛火，这间屋子里常年不去的幽暗，终于被橙黄色烛光所驱散。

红袖没有拒绝。

这种日子持续了好几天，陈麻子回家越来越早。他在红袖的读诗声中睡得越来越沉，甚至偶尔还会在睡梦中露出笑容。以前，红袖稍有动作，他就会无声无息地睁开眼睛，现在，他陷入了久违的酣睡。

于是，在一个晚上，红袖悄悄从他腰带上取出钥匙，打开铁锁。锁被打开时发出“咚”的一声脆响，红袖的心脏都快跳出来了，但她回过头，发现陈麻子只是翻了个身，兀自沉睡。

她跨出这间囚禁了她十几天的屋子，在城里奔跑。月光在青石板上流淌，她的脚像踩在水里，溅起一片光亮。四周刚开始都是陌生的，但她跑着跑着内心就清明起来了。她一路向家里跑去。

当张老二开门看到红袖时，十分惊讶，但惊讶转瞬即逝。他看着浑身脏乱的女儿，说：“进来吧，我给你烧水洗澡。”

红袖已有十几天未曾洗浴，她在热水里泡了很久，然后回到自己房里。她房间里的床已经被拆掉了，张老二给她搭了简单的木床，抱了一床棉被。那棉被上有熟悉的家的味道。红袖心力交瘁，躺在床上后很快就睡着了。

第二天一大早，她的房门被打开，走进来的却是陈麻子。而她的父亲张老二站在门外，垂着脑袋，看不清表情。

红袖顿时全部明白了。

所以，当陈麻子过来把她从床上抱走时，她没有挣扎。当她经过沉默的父亲时，她也没有咒骂。她只是闭上眼睛，清晨的第一缕光照在她身上，却带着刺骨的寒。她在陈麻子的怀抱中晃动着，一步一步，堕向自己无可避免的命运。

那个早上，陈麻子抱着红袖，没有回家，而是将红袖打扮得美艳无方，倾国倾城，然后带着她来到醉仙楼。当红袖脸上的罗巾被揭开的那一刻，连阅人无数的老鸨都抽了一口凉气。

一时间，无人说话。

“她还是处子之身。”陈麻子以这七个字打破了沉默。

老鸨听后，当场给了陈麻子五百两银子。陈麻子怀揣银票，面无表情地往外走，却在出门前的一刹那，转头看了红袖一眼。

还是那种蛇一样的目光。

三、重逢

老鸨没有急着让红袖接客，而是给她遍请名师，琴棋书画，诗词歌赋，无一不授。巧合的是，教红袖吟诗唱词的，正是她幼时趴窗窥学的那位先生。红袖盈盈一礼，道:“先生安好。”先生一愣，问:“你还记得那首《春江花月夜》吗?”红袖当即背诵全诗，仍是一字不差，先生怔然良久，最后又是长叹一声。

学了三年，红袖已到了二八年华，容色更是冠绝一时，才艺也不输花魁。老鸨见时机成熟，就请画师照着她的侧影描摹肖像，印了数千份，让人在河边派发。这些画像或沿河南下，或逆流北上，传到了中原各个富庶之地。一时间，红袖的名字举国传颂，有富商专门乘船而至。最终，那个姓胡的肥胖老板以一千两白银和五株血珊瑚，加上坐拥江南七座钱庄的身份，得到了红袖的初夜。

而这一切，红袖都不知晓，她在红帐罗床上想到的，是那个清淡如烟的林公子。

他在河边倚栏眺望的样子，其实已经模糊。但那抹整个轮廓的剪影，就像是用刀子在心里刻出来一样，越是过得久远，越是深刻。

她打听过，林公子在小城里逗留了数日，派了很多人去寻找所谓的天空之城，但最后没有结果，就离开了。再过一阵，又听说有人在下游某个淤滩找到了那艘画舫，但人去船空，里面腐迹斑斑，像是荒废了几十年一样。看到的人赌咒发誓，说木质空朽，一脚就踩空了，摔得他够呛。但人们根本不信，因为那艘船才消失了几天而已。

那座飘渺的天空之城，依旧飘荡在传说里。

她这么想着，然后屋门被推开，胡老板走了进来。

在被压着的时候，她脑子里想的，依然是林公子。

最初的那段日子，红袖是醉仙楼的头牌，住在天字一号厢房里，客人非富即贵。老鸨为了延长她的价值，并未刻意追求生意红火，而是安排每月只接一客，而其中，胡老板是最经常来的客人。他甚至想过把红袖赎出去，但他已有很多房妻妾，加上醉仙楼不愿放走这个招牌，此事也就不了了之。

大多数时候，红袖就在厢房里练琴读诗，偶尔也倚在门外栏杆上，看着街面上人潮川流不息。

醉仙楼临河而建，潺潺水声终年不绝，听得久了，红袖会觉得那是从梦里流出来的声音。而梦里，除了这些清幽细语的水声，还有一个独立栏前的男子……

她摇摇头，不再去想。

就算再怎么日思夜想，也终究是南柯一梦，梦醒，那道人影就会变得跟水面一样荡出模糊的涟漪。

门外栏杆前，除了红袖，还有许多姐妹。不过她们却不像红袖那样一月只接一个客人，都是久经风尘，只盼着客源广进，因此大多穿得暴露，白生生的手臂和大腿在红木栏杆后若隐若现。路过的男子多半会仰头上瞧，有钱的被她们招过来，囊中羞涩的便只能暗吞几口唾沫，依依不舍地离开。

红袖不与她们为伍，因此站在栏杆右角，手托香腮，舒眉凝眸，呆呆地看着流水如梦，云天一色。

这三年光阴逝去，也恰如流水，远去不再。

这一日，正发呆时，忽听身边姐妹们一阵聒噪，纷纷举手向河边招摇，叫道："公子，来楼上玩一玩啊。"

"舟车劳顿，洗一洗风尘吧。"

"来呀来呀……"

莺莺燕燕的声音向下传去，一时间，街面上热闹非凡。

红袖以前也见过这阵仗，多半是遇见俊俏公子哥儿了。都说婊子无情戏子无义，但戏子愿意演好唱本，姐儿也爱俏小生，多少风尘佳话，便说的是这一类。遇见长得俊俏的，甚至有风尘女子宁愿不要嫖资，也愿春风一度。

但很少有这种满楼女子同时招摇的情况。

红袖好奇，扭头去看，看到街上一位白衣公子正骑着马从石桥上经过。马匹神骏非凡，也是一身纯白鬃毛，四蹄健壮，顾盼生风。而那公子，提着缰绳，脸上是懒洋洋的表情，但剑眉星目，脊背挺直，长衫随风微微扬起，俨然浊世佳公子的风采。

不过红袖也不是肤浅之人，看了两眼，便收回目光，继续望着云天。但过了几瞬，她突然心里一动，连忙低头看向那公子，顿时心脏都快停止跳动了。

那是林公子！

是的，时隔三年，她没有忘记这张脸。因为多少次梦里相见，远隔长河，河面大雾弥漫，那张脸虽然总是模糊，但现在一看到他，顿时雾散烟逝，一切都明晰起来。

但林公子并未注意到她，依旧慢悠悠地打马而过，眼眸微眯，不知在想什么。栏杆前的姐妹们叫得更起劲了，连连挥手，有些连露骨之言都叫嚷了出来。

骑马倚长桥，满楼红袖招。

到了晚间，红袖实在忍不住，吃过饭，便去问相熟的绿莺姐姐。

“怎么，你这个小妮子也动心了？”绿莺打趣道，“你平常可是谁都瞧不上的，胡老板那么有钱，赵公子那么有才，你都是一脸哀怨，今儿个是怎么了？”

红袖不理绿莺的打趣，又问了一遍，绿莺才说：“好吧，我帮你问问。”

过了一个时辰，绿莺才终于回来，掩嘴笑道：“小妮子你一贯冰雪聪明，这次可走了眼。那人姓林，却不是什么公子，也不是文人雅士，只是城南一粗鄙农夫而已。”

“城南？”红袖一愣，“就是前几天地震的那里吗？”

“对，地震是城南发生的，那农夫的地可能也被震坏了吧。”

红袖摇摇头，“他不可能是农夫。”

“怎么不可能，你瞧他白天打马而过多么潇洒，其实只是去铁匠铺订了一批农具。姐姐跟你说，对这种人别上心，都是装出来骗小丫头的。以前有个姐妹，叫荷香，夜夜出去私会，但那冤家表面清高，愤世嫉俗，其实只是一个街头打架的混混，最没骨气。荷香被抓住后，老鸨子带着几个壮汉去找那冤家，他倒好，二话不说就跪在老鸨子面前，连声说是荷香勾引他。老鸨子倒也没说什么，只转身看着荷香，问，这种人值得吗？”

红袖听得入神，问：“那后来如何？”

“唉，也是那姐妹可怜啊。私会情郎这事儿说来浪漫，但到底是青楼忌讳，荷香被罚三天不给吃东西。这还好，只是她打那以后，每日里以泪洗面，再无笑颜。你想，来青楼的人，那个不是找乐子的呢？谁愿意看一张苦兮兮的脸？她以前的相好也渐渐不找她了，加上吃得少，哭得多，自然老得也快，没多久就从头牌降到花娘。你想象不到花娘的遭遇，被逼着天天接客，染了病，就卖给下等妓院。再后来，我也没见过她了。”

听绿莺说得唏嘘不已，红袖心里也波潮起伏。同是天涯沦落人，一旦堕入红尘，再难翻身，一般青楼女子都会互相帮衬着。听到这桩惨事，红袖难免感同身受，久久无言。

这时传来龟公叫客的声音，绿莺听到自己的名字，便往外走。

“等等，”红袖伸出手，拉着绿莺衣摆，“那个混混，后来怎么样了？”

绿莺脸上浮起几缕冷笑，道：“他坟前的草，恐怕已经有几尺高了吧。”

“是你做的？”

绿莺摇摇头，把衣摆拉出来，“这条街上的姐妹都凑了钱。”走到门口时又转过身，一字一句地道，“好教世人得知，青楼姑娘，命贱人不贱。”

往后的几日，红袖一直心不在焉，趴在栏杆上思绪纷乱。她相信绿莺姐姐没打听错，但让她承认林公子只是一介农夫，也是万万不能。记忆中的林公子淡然如烟，倚马过桥的林公子更是风姿卓然，都不是终年土里刨食的模样。

林公子倒是有好几次路过，都是匆匆骑马去骑马回，听人说，是去催城东杨铁匠的进度。瞧他的神色，一次比一次眉头紧锁，似乎杨铁匠给他定制的农具至关重要，且马上就要用到。

半个月后的下午，林公子回去时，马后面拖了一辆板车，上面用稻草盖住，看不清载了些什么。但显然，板车上的东西十分沉重，马拉得吃力，吭哧吭哧喘气，地上也压出了明显的车辙。

打那之后，林公子就再也没有出现在城中。

又过半月，一个斜阳欲老的黄昏，红袖正准备回房，看到一个人影走进了醉仙楼。虽然那人低着头，鬼鬼祟祟，但红袖是一眼就认出了他——杨铁匠。

在红袖还没进醉仙楼时，家离杨铁匠的铺子不远，加上与杨铁匠的女儿杨小兰同龄，常过去玩耍，因此对杨铁匠特别熟悉。她也知道杨铁匠平日里木讷着脸，整日埋头推拉风箱，却有个爱嫖的恶习，每月总会把辛苦打铁的钱用作嫖资。为这，家里人不知跟他闹过多少回。好几次红袖过去找杨小兰耍，坐在门口编草环，都会听到那个泥房子里传来的歇斯底里的哭喊和咆哮。

现在看到杨铁匠进来，红袖心里一动，走到楼梯处。

杨铁匠沿着折梯，低头上楼，与红袖擦肩而过时，忍不住多看了红袖几眼。

女大多变，红袖的模样、身材早已长开，且经过三年的才艺教授和礼节训练，气质变化翻天覆地，早已不是当年皱巴巴的小丫头。杨铁匠没有认出她来，但他知道这样的容色，哪怕是自己一辈子不吃不喝，埋头打铁，也不可能碰得着，便只能尽力多看。那目光若有形质，恐怕早已将红袖来回摸了个遍。错身而过后，他才不舍地收回目光，进了三楼七号房。

三楼七号，是紫罗姐姐。红袖思忖着，唤来小厮，耳语几句，小厮便上楼去敲门。

紫罗探出头来，一脸不耐烦。小厮指着红袖这边说了几句，紫罗才心不甘情不愿地出了门，一边整理衣衫一边走过来。

房间里传来杨铁匠的催促声。

“冤家你就先等等吧，”紫罗冲屋里媚声道，“等我回来，不把你治得服服帖帖！”走到红袖身前时，声音兀地变冷，“哟，花魁姑娘，找我这个下等花娘干嘛？”

其实紫罗生得并不丑，相反，五官颇有几分清秀，眼里春水流淌。只是右侧脸颊上有一条胎记，猩红色，像从血管里爬出来的蜈蚣，钻破皮肤，嵌在颊侧，看着颇为惊悚。因此她只能当花娘，接一些农夫铁匠之类的客人，久而久之，不免心里有怨，对待刚进青楼就芳名遍传的红袖，总是语中含刺。

“紫罗姐姐，”红袖不理会她话中的嘲讽，“妹妹有事相求。”

“这我可当不起。”

“姐姐是前辈，请万不要推迟。”红袖解下腰侧的玉佩，悄悄塞进紫罗手中，轻拍两下。

紫罗愣了愣，掌心温润的质感告诉她，这块玉价值不菲。她左右看看，笑呵呵道：“妹妹见外了，有什么事，就直说吧。同在一个屋檐下，姐妹情深，姐姐还能不帮你？”

“适才进屋的杨铁匠，是姐姐的客人吧？”

“妹妹对这等粗汉也有兴趣？”紫罗斜睨着红袖，嘴角勾起怪异的笑，那条猩红胎记也因此扬起，像是在蠕动，“要是妹妹真想试试这种粗鄙莽汉，这个生意我可以让给妹妹的，分文不抽。小事一桩，妹妹尽管开口。”

红袖按捺住胸口的怒意，笑道：“哪敢跟姐姐抢生意。我是想拜托姐姐打听一下，他前不久接了一桩活儿，是定制的什么农具，还有，让他做农具的……那个人是谁？”

紫罗揣了玉佩，上楼进房间，不一会儿就传来呻吟之声。这恐怕是故意叫出来给红袖听的，其中意味，红袖自然领会。她心有不齿，冷笑两声，回到自己房间，又想起两次见到林公子的情形。三年一晃而过，自己从黄毛丫头到妙龄之年，他却似乎没有丝毫变化，从容貌到神情，仿佛时光在他身上停滞了。

她这么想着，浑不觉已经过了一个时辰。门被推开，却是紫罗踉跄着走进来，红袖赶忙过去搀扶。

“这该千刀杀的铁匠！”紫罗坐到软布椅上，喝了口茶，连声咒骂，“不知道憋了多久！一身的力气全往我身上使，我是他铺子里那些铁疙瘩吗？我是风箱吗？这一单活儿接了，接下来三天不能接客人！妹妹，姐姐可是一边忍着疼一边帮你问的，那铁匠刚开始不肯说，一门心思在我身上撒野，后来姐姐软磨硬泡，才套出话来。”

红袖静待她说完，才道：“妹妹知晓了，妹妹领这个情。”

紫罗看她一眼，再喝口茶，才慢吞吞地说：“让杨铁匠做农具的人，姓林，来历不清楚，据说是住在城南三里外。一个人，神神秘秘的，也不跟人不打交道。还有，他让杨铁匠做的东西都很奇怪，说是农具吧，却不是锄铲锹犁之类。杨铁匠打了一辈子铁，也没见过那些东西，说不上来是什么，只知道有的是圆盘，有的是链条，还有锯齿……但那林公子出手阔绰，付了重金，他还是玩命儿赶了出来。”

听了紫罗的话，红袖心头疑惑更深，茶饭无味。

巧的是，没过几天，胡老板派轿子来接红袖去他的私邸。红袖本来有些烦乱，但突然想起，去胡老板宅邸途中要经过城南，便欣然同意。红袖上了轿，出城几里，便伸手让轿子停下，说要小解。

城南野木众多，杂草丛生，寻个草木多的低凹处就可解决。胡老板的手下要跟过来，红袖盯着他，冷冷地道：“你要看着我解衣吗？我不介意的，你可以跟上来，到时候我自会跟胡老板夸你护卫忠诚，尽责尽力。”

那手下听得脸上冷汗直流，想起胡老板虽体胖面善，但最容不得别人沾染他的女人，曾经有个伙夫戳破窗纸，偷看他的小妾洗澡，第二天眼珠子就被挖了。他连忙后退，说："姑娘请自便。"

红袖哼了一声，迈步往前，很快就被草丛遮住。城外风大，枝叶窸窸窣窣，一片翠绿间，已经完全看不到红袖的身影了。

红袖涉草往南，过了几个草坡，再穿过一条浅浅的溪流，就看到了蜿蜒前行的小路。

过溪前，她把绣花鞋脱下来，赤足涉过清凉的溪水。几条小鱼顺水游下，胆子颇大，在她洁白的脚踝处嬉戏。鱼吻留下的轻痒让她一阵发笑。小鱼游走后，她才上岸，却没再穿鞋，沿着小路前行。

越往前，地就越不规整，有上下错落的，有左右裂隙的，像是一张被揉过的陈旧的纸。红袖想起一个月前的地震，这片土地应该就是地震的正中心。她越走越慢，但好在不到半个时辰，她就听到了掘土声。

嗤，嗤，嗤……一下一下，极有规律。

红袖爬上一处土坡，顺着掘土声看去。远山近水一刹那变得模糊，翠绿的天色退成遥远的背景，在视野的正中间，只有一个人的身影如此明晰，如此近，仿佛触手可及。

林公子长衫束发，正坐在一处草坪上，安静地看着书。

离他不远，有一匹被蒙住眼睛的马正围着磨盘转圈。看仔细后，才发现那其实不是石磨盘，而是一个圆铁盘，边缘有许多凸起的铁块，间距相等。而套在马身上的链子也非常特别，是有许多空隙的铁链，马拉动铁链时，圆盘的凸起块与铁链的空隙完美嵌合，因而使圆盘转动。圆盘又带动底下的几个小圆盘，小圆盘上有的铸有铁锹，有的接着木桶，马来回拉动，铁锹便铲土，上扬，土落入桶中；桶中的土到了某个重量，又被拉着上升、翻转，把土倒到一旁。挖出来的土已经堆成了一座小山。

这些复杂的操作，竟不需人力。

林公子正看着书，突然抬起头，看到了呆呆的红袖。

他放下书，站起来，长衫在山风中浮动。红袖脸上蓦地涌起一层血色，心乱如风中摆柳，不知说什么好，转身便欲走。

“红袖姑娘，你好。”林公子的声音从背后传来，“又见面了。”

又见面了。

这四个字如同咒语般让红袖停下脚步。一群飞鸟振翅飞过，山风变得冷冽，两人的衣裳猎猎鼓荡。红袖背对着他，不敢回话，不敢转身。风继续吹，渐渐地，她感觉脸上有些发凉。

原来是自己哭了。

原来不管心里觉得怎么怨恨，怎么遗憾，在听到“又见面了”这四个字时，还是会哭泣。

原来，他还记得自己。

红袖抹去眼泪，调匀气息，转身盈盈一拜，道：“又见面了，林公子一向可好？”

四、悲惘

已是斜阳入暮，晚霞氤氲。两人坐在山坡头，正对斜阳，脸畔都被勾勒出淡淡的金色辉芒。

“这三年，你去哪里了？”

“我一直在这里。”

这显然是谎言。如果他一直在这里，红袖不可能不知道。她想生气，但又气不起来——他留不留在这里，跟自己有什么关系呢？他不欠自己什么，相反，他还有恩于己。所以她也并不拆穿他的谎言，只是闷闷地说：“你好像没怎么变化。”

“是啊，我一直是这个样子。不过，这些年你倒是变化很大。”林公子淡然道。

“女大十八变嘛。”红袖勉强笑笑，“才过了三年，已经有很多人认不出我来了。”

“不，我说的不是这三年。”林公子转头看着她，眼中目光灼灼。红袖心头一跳，低下头，但随即明白过来——他看向自己的灼灼目光里，并没有热切或倾慕，反而像是含着一种……悲悯。

悲悯?

红袖心头疑惑，自己现在是醉仙楼花魁，日进斗金，万人争之而不得，无论如何也不至于让一个在乡间掘土的农夫来怜悯。她想再问，但这时身后传来金铁交击之声，原来是土已经挖到一定深度，铁锹徒劳地在空气中掘土。

林公子走到那一套机关前，降低了原盘的高度，铁锹顿时有力地重新插入土中，一下一下地掘出深褐色的泥土来。

那圆盘颇为沉重，林公子搬完后，额头冒出了汗。

红袖掏出手帕，上前准备递给林公子，却见林公子掏出了一块手帕，擦拭额上汗珠。红袖仔细去看，发现那手帕上绣的暮晚山水竟与自己手帕上的图案一模一样。

“好奇怪，”红袖走到近处，问，“你的手帕跟我的很像。”

林公子把手帕叠好，放回怀中，笑笑说：“是吗？可能是巧合吧。”

“你在挖什么东西吗?”

“是啊，地底有我的一样东西。”

“什么东西?”

“对我很重要。”

红袖听出林公子似乎不愿意多谈他在挖什么，便也不再问。她小心翼翼地往挖的坑里看去，发现已经挖得很深了，黑黝黝的，恐怕能埋下一个站立的人。而那铁锹还在毫不停歇地挖，似乎要一直挖到地心里去。

她再次观察这套机关，越看越觉得巧妙。她虽是在城中长大，但去过几次乡野，人们耕种主要是靠人力在田里一根草一根草地铲，一颗种一颗种地种，如果这套机关流传出去，恐怕会举国震动吧。

但林公子站在这套足以改变天下的器具面前，依旧是面淡如水，他的视线甚至不愿意在机关上多做停留。他眺望着远山，斜阳也看着他，他的头发被风掠起，飘扬在金黄的霞光里。

“这些挖土的工具，是你自己想出来的吗？”红袖问。

“嗯，我只有靠它们，才能挖到……”林公子沉吟一下，“挖到让我回家的东西。”

“回家？”

“是啊，我离开我的家乡已经很久了。”

红袖突然想起，林公子在拒绝带她走时，也曾提到过他的家。她问：“你不是说过你是无家之人吗？”

“人怎么可能没有家呢？”林公子转过头看着她，“只是我的家很远，很远，远到你看不见，甚至想象不到。”

“你要是挖到了，就会离开这里了，是吗？”

林公子点点头，“我离家太远，离家太久，也应该回去了。”

“那你什么时候能挖到呢？”

“快了，”林公子脸上浮出一抹笑容，看着西方渐暗的天际，又看了看地上挖出的幽深的洞，“应该来得及的。”

“你回家的时候，会向我道别吗？”

林公子似乎有微妙的怔然，转头看向红袖。红袖的脸在晚霞中有一种泫然又隐忍的哀伤，很淡，很美，无法描述。林公子看着他，眼中悲悯之色更浓。

林公子正要说什么时，一阵脚步声传来，原来是胡老板的手下带着轿夫寻来了。红袖这才醒悟，自己已经离开快一个时辰了，相必他们都快寻得发疯了吧。

“姑娘！”那手下走过来，狐疑地看着林公子，又看看红袖，才道，“天色晚了，快跟我们回去吧！”

红袖低着头跟他往回走，这时，林公子突然喊出她的名字。

所有人都止步，回头看他。红袖的目光中带着某种不易察觉的期盼，其余人则满是怀疑和警惕。

“红袖姑娘，你一生悲苦，注定伶仃，愈往下走，愈加艰难。若要回避，需要服从，不要跟命运对抗。谁都无法在命运里挣扎，愈是挣扎，愈加痛苦。”说完，林公子负手转身，西边天空晚霞尽敛，黑夜开始发酵。群山更加深邃神秘，像融化的巨人。那手下催着红袖离开，自己却忍不住好奇，转头回望，看到男子那长身而立的身影已经模糊不清，倒是那套奇怪的机关依然在掘土。

红袖提着鞋子，默默行走。后面的人连忙跟上来。

林公子依然站在山坡上，仿佛要把这一场黄昏守望成黎明。黑暗越来越浓，天边却升起了星星，林公子望着星辰，又看向红袖已经消失的方向。良久，他叹了口气。

那一夜，红袖到达胡老板的府邸时，已经很晚了。

胡老板家大业大，生意繁忙，喜欢在城外的青山下修建山庄，偶尔来休憩。他此番从京城而来，专为与红袖春风一度，却等了红袖两个时辰。轿子抬进来时，那手下还不等红袖掀帘而出，就跑到胡老板跟前，在他耳边窃窃私语。

他们声音虽轻，但红袖还是听到了，是在抢先说自己去找野男人，误了时辰。她也不上前，裹着裘巾，等他们讲完。

胡老板听完后，点点头，便对红袖道："来，伺候我休息吧，我有点累了。"语气不咸不淡，一如往常，似乎什么也没发生。

那手下一愣，想再说什么，却被胡老板轻轻抬起的手止住了。其实不单他惊诧，就连红袖也有些不解，这个臃肿的商人远没有他外表看起来那么和善。她原以为会受到惩罚，但胡老板似乎并不打算追究。

这一晚跟其他服侍胡老板的夜晚一样。完事后，她一边替胡老板揉捏肩膀，一边唱曲儿，在轻柔的歌声中，胡老板很快就入睡了。红袖却一直睡不着，心里想着林公子现在是不是还坐在坡上，听着单调的掘土声，等待挖到……

突然，整个屋子一阵摇晃，房梁和床发出吱呀声响。胡老板在一瞬间就醒过来了，爆发出与肥胖身形不相称的敏捷，猛地窜到门口，跑了出去。红袖这才反应过来，披上衣裳，顺手拿起胡老板的袍子，也跑到了院子里。

夜很凉，石板路更是冷如冰，红袖的赤足不停地换着地方踩，眼睛却望向北边。这个山庄的所有仆人都在院子里，红袖找了找，却没发现那名护送自己回来的手下，还有几个护院也不见了。

"又是地震……"府邸里的人交头接耳，"这是这个月第二次地震了。奇怪啊，以前从没有地震过，怎么这么快就来了两次呢？”

而更多的仆人，则对着赤身裸体的胡老板窃窃私语，虽然听不到在说什么，但其中的嘲笑是能感觉到的。幸好红袖适时地走过来，递上袍子。胡老板面色阴沉地披上，也看着北边，眼中神色莫名。

北边……地震传来的方向，正是林公子挖土的地方。地震，林公子，这两者不会有什么关系吧？

地震属天灾，断无可能是人为，但第一次地震之后，林公子就在震中心挖着什么；现在又短时间内再来一次，依然是同样的位置……

红袖越想越惶然。

院子里的人等了很久，却不见再有余震，便各自回屋。红袖也跟着胡老板回到卧室，这一夜，她再没有睡着。

好容易熬到天亮，吃过早饭，胡老板便用轿子送她回醉仙楼。她左右四顾，发现府里人比昨晚又少了很多，心里略一回想，立即知道是少了哪些人——昨夜嘲笑胡老板的人全都不在了。而那名送自己来的手下和几个护院，也都一直没有出现。

她心事重重地坐轿回城。

轿夫们似乎担心余震，这一路脚程很快，红袖也不便再让他们停下。行到一处高坡时，红袖心里一动，忍不住掀开帘子，探头北望。这里正是她昨天赤足跋涉过的地方。一阵含着细沙的风吹过来。她眼睛有些迷住了，揉了揉，又转头，定睛看向昨天遇见林公子的那个土坡。

那里只剩一个方圆百丈的巨坑。

五、寒冬

秋去冬来，一场奇寒席卷了整个江南，大雪积压，运河冰封。城市被雪掩住，人人缩在家里，有钱的烤暖炉，穷苦的烧干柴。终年热闹的醉仙楼终于在这场罕见的大雪中，变得冷清起来。

天气太冷，做什么都没劲，似乎连欲望都被冻成冰。没客人来，姐儿们便偎着火炉，嗑瓜子，打纸牌，或者互相传些闲言碎语。这些消磨时间的玩意，红袖一个都没参与。她是靠读书来打发日子的，常常早上拿起一卷书，再放下时，已经翻到书尾，一天的时光也到了尽头。

但好书难求，看完后她闲得慌，便央求龟公去书斋去买。龟公却不识字，也不情愿在天寒地冻的天气里出门，木着一张脸。

“陈大哥，麻烦了，再帮我去看看吧……”

龟公扭过脸，不看她，也不回答。

这时节生意冷清，红袖便去请示老鸨子，能不能自己去书斋看看。老鸨子正一心发愁天冷的生意，无心管她，没怎么想就同意了。

红袖便裹紧大衣，用围脖遮住脸，撑着伞，向书斋迤逦行去。雪依旧下个不停，鸿毛也似，在她周身簌簌飘落，偶尔起风，便绕着圆圈，像是在跟红袖打闹嬉戏。周围房屋顶上都是积雪。太冷了，街上人烟稀少，雪中只有她的一行脚印，很快也被落雪覆盖了。

她来到书斋，却看到大门紧闭，落雪簌簌。想来也是：这么冷的天气，谁还来买书？

红袖失落地叹口气，站在店门口踯躅半晌，慢吞吞往地回走。雪依旧下个不停，走到一条寂缈的街口时，她突然觉得有些熟悉，似乎自己曾经在月光下从这条街上奔跑过一样。她想起来，这就是陈麻子囚禁自己的地方。

陈麻子——红袖对这三个字的感情很复杂。她痛恨陈麻子对自己命运的迫害，冷酷地把自己买到青楼。但另一方面，她不得不承认，如果不是陈麻子，自己的命运会更加孤苦一些，在清贫的生活里，寻一个根本不爱的人嫁了，可能是一个屠夫，也可能是土里刨食大字不识的农民。她说不上这两种命运谁好谁坏，但随着年月慢慢增长，她对陈麻子刻苦的仇恨也慢慢淡却。

在青楼里，她也听到过很多陈麻子的传闻——每当提及他时，红袖就会竖起耳朵，仔细倾听。前几年还不断有人见到陈麻子，看到他孜孜不倦地挣钱，什么活儿都干。但这半年见到他的人少了，有人说他已经挣得金山银山，离开这座小城。更多的人说，陈麻子已经死了，因为他像疯狗一样敛财，得罪了许多人。

红袖站在屋子前，犹豫良久，雪越下越大了，伞面上都积了一层雪。她终于伸手，推了推木门。出乎她的意料，这间木门居然没有上锁，一推便开，只是发出了些吱吱呀呀令人牙酸的声音。

屋子里有些暗。她收了伞，把伞靠在门边，走了进去。

依旧是灰尘满地，残破的蛛丝在黑暗里晃动，一片寂静。红袖有些害怕，正准备离开，却看见了床下面的木箱子。

她记得，那个箱子里装了满满的书。

想了想，她摘下腰侧的琉璃挂坠，放在床上。这是胡老板送给她的，具体价格她不清楚，但几十两银子是值的，够买了几箱子书了。然后她弯下腰，去拖床下的箱子。

“你要干什么？”身后传来幽幽话语。

红袖吓了一跳，险些摔倒，转过身，发现在墙角的黑暗中，躺着一个人。那人没有起身，只是艰难地伸着头。

“你是谁？”红袖惊魂甫定，随即联想到自己被囚禁的时候，陈麻子就喜欢躺在屋子的这个角落里睡觉，“你是……陈麻子？”

“原来是你啊……”地上的陈麻子发出嘶哑笑声，慢慢把伸着的脑袋放平，好半天才说，“我以为你不会再回这里了呢。”

红袖听出他声音里的虚弱，问：“你生病了？”

“咳咳……不打紧。”

“还不打紧？你都起不来了。”

“我说没事就没事。你是来偷我的书的吗？”

“没有！”红袖指了指床上的琉璃吊坠，“我是在买书。这个吊坠能卖几十两银子，足够买这些书了。”

“嘿嘿，现在你出息了啊，出手就是几十两银子，但……咳咳，不卖，这些书多少钱都不卖。你走吧。”

红袖站在屋子中间，想了想，最终还是把吊坠拿起来，准备走出去。

“等等……”陈麻子突然抬起头，看着她，一双眼睛沉在暗黑中，“你能……咳咳，你能，给我念一段书吗？”

红袖一愣，想起三年前给他念书的情景，心中一叹，点点头。她从箱子里抽了一本书，走到窗子下，借着天光，轻声念诵那泛黄古卷上的文字。

小小的屋子里，红袖的声音如同水面涟漪，轻轻荡漾出来，撞到陈旧的墙壁，又继续回荡。一层一层，不绝于耳。

陈麻子初时睁大眼睛听着，不久后便感到一种久违的睡意，眼皮越来越沉。黑暗向他敞开了怀抱，他全身心地沉进去。

红袖念完一个章节，才发现陈麻子已经睡熟。这本书饶有趣味，她没有放回箱子里，拿着书离开。但离开前她心里一动，把手放在陈麻子额头上，发现竟烫得吓人。

隔了几日，红袖看完书，便去陈麻子家换另一本。陈麻子也默许了这种行为，只是要求她离开前，给自己念上一段，在自己睡着后离开便好。

而陈麻子的病情，也因红袖请来的大夫，在慢慢好转。当时，他在一片药香味中醒来，看到正在扎针的大夫时，先是错愕，随即勃然大怒。但红袖跟他说明大夫是她花钱雇来后，他便不再说话，闭上眼睛，任大夫在自己身上施为。也就是在这一刻，红袖才知道，原来陈麻子这么多年不择手段地敛财，到最后竟然分文积蓄也无。

他挣的那些钱，去哪里了呢？

红袖还在疑惑时，大夫的话就让她更不解了。

“这不是发烧这么简单。”大夫皱着眉头，“这高烧是受伤引起的。”

“受伤？”红袖有些诧异，转头看向陈麻子。陈麻子的脸色苍白如纸，嘴唇半丝血色也没有，看上去确实有伤在身。

“请姑娘先行回避，我检查一下他的身体。”

红袖连忙避到屋外，过了半个时辰，才见到大夫满头大汗地走出来。

“怎么样？”

“他伤在后肩，这伤口……”大夫犹豫了一下，似乎在思考怎么措辞，“我也是平生仅见。但好歹是取出了伤他之物，再辅以汤药，应该没有性命之虞。”他掏出一块叠好的白色毛巾，层层打开，里面躺着一颗光滑的铁块。

“这是什么？”

大夫捋了捋胡须，沉吟道：“应该是某种箭镞。我猜这陈麻子被箭射中，把箭矢折了，箭镞留在身体里……”顿了顿，又摇头，“但又不像，老夫这把年纪，还是见过些世面的，但也没听说过哪一族人用这么光滑的箭镞。”

猜测了半天，也没个结果。红袖便付了银钱，大夫留下几副药后告辞离去。红袖走进屋子，见陈麻子已经换好汤药，呼吸虽然微弱，但绵绵不绝，料来已无大碍。

“再……再给我念念一段书吧。”陈麻子道。

红袖便挑了本没看过的书，念了一会，直到陈麻子睡着，才拿着书离开。

大雪纷纷，越下越浓，整个江南笼罩在一片素白里。这雪下得凶，好些上了年纪的人都望着天色，喃喃念道，“这雪不寻常啊……”但红袖却十分喜爱这样的天气，寒雪如幕，遮盖了所有人的欲望。小城里杂乱不休的纷争停歇了，人们都在这种天气里，难得地休憩。

红袖读着陈麻子的书，享受于文字的愉悦。她时常点着灯，窗外雪花飘落，屋里一灯如豆，看到深夜。她越看越发觉得惊奇——陈麻子其貌不扬，贪财如命，但藏书却非常珍奇，都是市面上难买的孤本或古籍，似乎是书香世家传下来的。但红袖无论如何也不能把“书香世家”这个词和陈麻子联系起来。

红袖读书飞快，隔几日便去换书，也见到陈麻子伤势逐渐好转，脸上有了血色。

关于这些书的来历，红袖问过好几次，陈麻子始终闭口不谈。但有一次临近傍晚时，落雪簌簌，红袖正对他念诵《商君书》，念到一半，发现陈麻子还没有睡着，而是睁大眼睛，眼眶里盛着一汪浊泪。

红袖一愣，放下书。

察觉到她的动静，陈麻子闭上眼睛，眼泪顿时从眼角两侧淌出。

他不愿被红袖看到，翻了个身。

红袖有些错愕，道：“我刚刚……念错了吗？”

“没有，”陈麻子依旧背对她，声音闷闷的，“你念得很好。”

“那……”

“太像她了。声音和语气都跟她一模一样。”

红袖一头雾水，问：“像谁？”

陈麻子却又沉默了。

红袖看了看窗外，天光渐晚，落着零星雪片的天空也昏黄起来。“那还需要我继续念吗？”她问。

陈麻子却答非所问：“以前，她也喜欢下雪天看书，看完书，就看着天空。她说，她的家就在天上。她总是这样，说一些我不懂的话，不但我不懂，阿爹也听不明白。”

“噢，”红袖终于听出了一丝端倪，说，“她……是你娘？”

“嗯。”

“那这些书是她的吗？”

陈麻子没说话，算是默认。

红袖不禁咋舌：“原来是你家里的。这些书都算古籍，还有不少孤本，你家能收集这么多，想必非富即贵吧？”

陈麻子吭哧吭哧坐起来，背靠着墙壁，与红袖对视。他摇摇头，说：“不富也不贵。我爹只是个行商，在遇见阿娘之前，有些积蓄，但跟富贵人家也比不得。为了收藏这些书，几乎把家里所有银两都花了，日子过得紧巴巴的。”

“那为什么要买书？”

“因为阿娘喜欢看书。我也不知道阿爹和阿娘是怎么在一起的，但阿爹很爱她，愿意把一切都给她。别说日子过得紧了，就算欠债，他也不眨眼。但阿娘……”他眯起眼睛，眼角尚残有泪痕，似乎在努力回忆，“但不知道为什么，阿娘从没有笑过，好像没有任何事情能让她高兴。她明明坐在那里，但又离我们很远……但阿娘很爱我。她总是对我说，没事的。真的会没事吗？要是没事的话，那阿娘就不要再折磨我了，求求你，从我噩梦里出来吧……”

陈麻子难得地絮絮叨叨，但说得支离破碎，情绪起起伏伏，红袖听了半天也听不出什么头绪来。但陈麻子显然陷入了久远的回忆中，并不理会听者的情绪，过了很久，在红袖马上就要忍不住打断他前，他突然停下。

红袖反倒有些错愕。

陈麻子顺着墙壁往下滑了滑，身子缩进被子里，良久，幽然叹息一声：“但我很想念她。”

这一声叹息，让红袖想起了自己的母亲。她到醉仙楼之后，尽管没被严格限制自由——主要是老鸨也知道，这些女孩逃出去之后，在外面的生活会更凄惨——但也很少回家。在她印象中，家已经没有了温馨和暖色，一回想起来，只能想到父亲张木匠阴郁的脸色，以及将自己还给陈麻子时那冰冷的声音。她对父亲已毫无怀念，但想起母亲来，还是会有一些怀念。这几年她还是托人往家里送了些钱。之所以不自己去送，主要是难以面对父亲接过银钱时的表情，她无法想象父亲的表情是喜是悲，但毫无疑问，喜和悲都只会让她更难过。

“说起来，跟城南一个无名农夫有关系！”陈麻子说的时候，兀自咬牙切齿。

红袖的心突然一跳，但立刻忍住了，装作无事一般，闻到：“一个农夫怎么会伤到你呢？”

“你不知道，那农夫可邪门得紧。”

那一夜风冷月高，陈麻子在月色中赶到城南土坡时，已经是半夜了。

他是从城里人的闲语中听出端倪的。白天他在酒馆里喝闷酒，正好杨铁匠也在。二两黄汤下肚，杨铁匠的脸就红彤彤一片，梗着脖子跟人吹牛，吹着吹着，就提到了他受雇定制铁器的事情。

“说起来，老子现在也没搞明白……他画的图奇形怪状，有棱有角，造起来本来就麻烦，那家伙还要求一分一毫都不能差。”杨铁匠灌了一口酒，跟周围人说，“你们晓得我老张家打铁，向来都是打的大家伙事，锄头犁耙这些玩意儿，够分量就行，结实，经用。那家伙的东西，还真不好弄，我本来想轰他出门，但他掏了一张银票，娘的个腿子的，银票！”

旁人来了兴趣，赶忙问是多少。

杨铁匠却拿捏着，不肯明说，只嘿嘿一笑：“反正老子今年逛醉仙楼的钱是有了。”

“难怪你最近都不开张了，要不去花楼，要不就来喝酒，”旁人起哄，“原来是发了大财！”

却也有人不信，问道：“还有这等好事，杨铁匠你莫不是喝多了把我们当猴耍吧？”

杨铁匠登时眼睛就红了，从怀里掏出一叠纸，排在桌子上：“我老张什么时候乱说过话！那家伙后来把图纸给要了回去，但我早就自己抄了一份，你们来瞧瞧，看我老张有没有乱说。”

众人围过来，看到图纸上画满了各式各样的图形，大如盘，小如珠，有杆也有柱，还要环环紧扣的链条。只是这些图形都歪歪斜斜，想来是杨铁匠在抄的时候走了样。

杨铁匠在一旁得意道：“嘿，打这些玩意儿可没少费我功夫，铁疙瘩就耗了上千斤。本来我有意偷个懒，蒙混过关，但那家伙眼睛好得出奇，一下子就看出哪里不对，叫我重打。娘的个腿子，要不是看在钱的份上，早跟他红眼了！”

众人一边看一边啧啧称奇，然后继续喝酒打趣。他们只关心张麻子挣了多少钱，会不会请他喝多了一跺脚，把这顿酒钱给全付了。至于纸上画的什么，他们并不感兴趣，但酒馆里还有一人，却越看越奇。

那便是陈麻子。

他几乎是一把将图纸抢过来，从上到下仔细看，没放过任何一处细节。这些图形对他而言是陌生的，但也是玄奇的，他本能地感觉到所有的图形都并不孤单，它们会组成一个完整的器物。他闭上眼睛，脑子里图形飞速流转，却始终纷乱。

到了夜间，他还是没有理出头绪，加上想起杨铁匠说那农夫出手阔绰，索性披衣起床，向城南而来。

等到了山坡，他已经听到了一下一下的钝响，仿佛黑夜下的土地是个老朽的胸膛，里面的心跳无力又迟缓。驻足听了半晌，他才反应过来，是有人在掘土，并且已经掘得很深了，声音在幽长洞道的侵染下变得模糊飘忽，一如此时的夜风。

陈麻子正准备上前，突然听到一阵脚步声从北而至，步履混杂，似乎正有几个人匆匆赶过来。他本能地伏低身子，探头望去，果然看到五个大汉正走上山坡，手里提着棍棒，向坡对面的一个男子走去。

那男子应该就是杨铁匠说的农夫——也就是林公子了。陈麻子却没细瞧他，而是看向林公子身旁，在那里，是一连串正在高矮起伏的器械。泥土因这套器械而源源不断地被挖出。陈麻子只看了一眼，心里便一紧——果然！那些图形被制出来后，是一整套完善、流畅的组合工具！

五个大汉中，当头一人走到林公子身前。陈麻子认得这人，原是城里一个泼皮，坏事做尽，现在在富商胡老板手下做事，唤作刘满。听说胡老板手下的脏事，大半是他所为，只不知现在出现在这里干什么？

林公子抬起头，月下眉目清秀，定定地与刘满对视。

"你知道这块地，"刘满跺跺脚，斜睨林公子，"是谁的吗？"

"城外之地，是无主之物吧。"

"哼，就凭你这句话，我就能把你送进官府，治你个目无朝廷之罪！"刘满道，"要知普天之下，莫非王土，难道你想造反？"

刘满在胡老板手下做事，靠的也不全是无赖撒泼，此时一句话堵住了林公子，心里不免得意。他斜眼瞧过去，却发现林公子脸上一点反应没有，依旧是淡淡的表情，像此时洒下来的淡淡的月光。

林公子道:“你们为什么会觉得土地是被人类统治的呢？你们生命短暂，在时间里只是蜉蝣，我见过太多人想当这片土地的主人了，但最后，都成了土地的一部分。”

刘满一愣，他原以为自己威胁过后，对方要么害怕，要么暴怒。这两种情况他都熟悉，都知道怎么处理，但林公子这番带着怜悯的话着实在他意料之外。他弄不明白这番话是什么意思，但有一点是听出来了，道:“你是说圣上也会——这可怪不得我了，走，跟我去见官！”

林公子不为所动，用带着可怜的眼神淡淡注视刘满。

刘满被看得心里发毛，一摆手，山庄里带出来的四个护院便走上前，去拽林公子。但当护院们的手刚碰到林公子时，一直淡然的林公子突然动了——微微错身，以极其轻微但有效的动作避开了护院们的抓拽。

“噫，”一个护院骂骂咧咧道，“邪了门了！”再张开双臂去环抱林公子，但依旧被林公子从容躲开。林公子也无意反击，只是在护院张牙舞爪的动作中移动，连脸上的表情都没有变。

见一时半会儿拿不下林公子，刘满索性不管这边，径直向那一套正在挖掘泥土的器械走去。之前他回到山庄，跟胡老板耳语了这农夫的事情，虽然胡老板没说什么，但他跟随已久，在胡老板没有表情的脸上已经揣摩出了命令。

这个农夫，活不过今夜。

但他真正在意的，却不是一个青楼女子的姘头，而是这套可以由马拉动自行掘土的机器。多年点头哈腰又欺男霸女的日子让他有了敏锐的嗅觉，闻到了银子的味道。所以这个古怪的农夫就交给护院了，现在，他要得到这套器械。

林公子察觉到他的意图，想抽身过来，但护院们终于反应过来，成圆把他围住。林公子似乎已久不愿意动手，一时被拖住了。

刘满走到器器面前，惊讶于铁器互相咬合驱动的神奇。地面上已经挖出了一个口径一尺半的洞口，恰可容人，黑幽幽的，一根链条伸进去，咔嚓咔嚓的声音从里面传出来。马在黑夜中不断绕圈，于是这套机器依旧在不懈地挖着。

刘满正准备动手拆下来，一个人突然挡在他面前，耳中听得一阵怪森森的话音："想一个人发财，这可不地道啊。"

"陈麻子？"刘满也认得这个在城里有名的掮客，"你来掺和做什么！"

"好东西见者有份。"

"快滚！"

陈麻子丝毫不怵，笑道："我陈麻子的名声你应该听过，什么时候钱粘了我的手，还能走？"

正在陈麻子和刘满僵持时，不远处的林公子转头看过来，看到陈麻子后脸色终于变了，冷声道："是你！"

所有人都愣了，停下来，齐刷刷看向陈麻子。

陈麻子却是一头雾水，道："你见过我？"

林公子没回答，眼睛死死盯着，眸中神色莫名。

陈麻子心头疑惑更重，在记忆里仔细搜寻，确定自己从没见过他，正要说话，身侧被挖出来的洞口里突然发出“滴”的一声，十分清脆，仿佛金铁交击。他低头看去，原本幽深的洞内，居然冒出了一点光亮。

仿佛挖通了到达另一个世界的道路。

“这是什么？”陈麻子惊异道。

这时，林公子突然暴起，向这边冲过来。护院们发一声喊，齐齐扑上，两人扑空，另两人却抱住了林公子的腿和腰。

“拦着他！”刘满本能地大喊。

林公子一时挣扎不开，手伸进怀里，掏出一件黑油油的物事。紧接着，一声爆响震碎了夜色，抱着林公子腿部的护卫惨叫一声，捂着胸口抽搐。第二声怪响随即响起，另一个护院直挺挺倒在地上。所有人都惊呆了，看着林公子。此时的林公子却是眼睛泛红，挣脱怀抱后，抬起那黑黝黝的物事，对准了陈麻子。

陈麻子只看到那物事中有白色的光点汇聚，身体本能地感觉到危险，使劲向右一扑。扑的过程中，第三声怪响在他耳边炸开，后背先是一凉，随即一阵撕心裂肺的疼痛传遍全身。他扑到地上，就势一滚，滚到草坪里，艰难地抬头看去。

之间林公子奔向地洞口，朝里面看了一眼，脸上浮现出欣喜神色，嘴里念道:“还来得及。”随后便往洞里跳，但这时，一旁的刘满回过劲来，合身扑上，把林公子扑到一边。两人在地上滚了几滚，浑身狼藉。今夜的第四声怪响出现了，刘满惨呼一声，在地上滚了几下之后就不动弹了。

林公子爬起来，再次冲向洞口。

他刚到洞口，一阵强光突然从地洞射出来，如利剑般刺向夜空。苍茫夜幕，一柱擎天。这一瞬，天边明月失色，四野亮如白昼。地面突然剧烈震动起来，土泥翻滚，草木簌簌，周围的一切都开始往下陷。

“不！”林公子大叫一声，纵身跳下挖掘出来的洞口。

陈麻子不顾背后剧痛，拼命往远离洞口的方向爬，但土地下陷的面积太大，周围一片混乱。他的脑袋撞到了一块石头，眼前一黑，便昏了过去。

“我再醒过来，就是第二天上午了。”陈麻子回忆起来，心有余悸，“娘的，那块山坡全部陷进去了，地上有一个大洞，幸亏我被埋得浅，挣扎着爬出来了。”

红袖问道：“那其他人呢？”

“你好像很关心，你认识他们吗？”

“没……没有啊，我怎么会认识这种人。”

陈麻子点点头，“嗯，你认识的都是达官贵人，确实不会认识我们这种人。”

屋子里一时沉默了，静得能听到雪花在窗棂堆叠的声音，一片一片，恰若细沙流淌。已经有些晚了，窗外的光亮渐渐黯淡下来。

“后来我也没再见着他们，可能都被土给埋了吧。”陈麻子说完，闭上了眼睛，似乎有些累了。

红袖往后靠，肩膀倚着墙壁，里面似乎有某根弦突然断了。她的表情沉在浓重阴影里，呼吸似有似无。

这一天，红袖没有给他念书就离开了。她突然看不进书了，长时间地倚在窗口，看大片大片的雪花在街道上堆落。她再也没有回到这间屋子里来换书。

再后来，雪就停了。

阳光在江南大地上清扫雪迹。这场奇怪的大雪来时轰轰烈烈，消退时却无声无息，无痕无迹。

六、南莺

这一年春天，红袖再次看到了陈麻子。

当时红袖睡到日上三竿才起来，洗漱时听到楼中隐隐人语，心觉好奇，便披着衣服走出房间。醉仙楼大堂里挤满了人，每层木楼里的姑娘都出来了，趴在栏杆上，嗑着瓜子，对着下方大堂指指点点。

“出什么事了？”红袖问道。

“又来新姑娘了。”一旁的紫罗道，“穿得破破烂烂的，不知道长的怎么样，要是长得不好，被人玩厌了，我就去求妈妈让她给我当丫鬟。”

旁边的一个姑娘闻言，发出“嗤”的一声笑，说：“哟，就算长得再不行，脸上没有胎记就好。”

“你这个被万人捅的，你说什么？”

紫罗发怒时并不是目眦欲裂，而是斜睨着，侧脸上的胎记活了一般蠕动着，看上去令人不寒而栗。那姑娘被这种表情吓着了，但姐妹们都在侧，也不能示弱，便道：“你上次的丫鬟，活本来干得好好的，被你用开水泼。怎么着，现在又想祸害新来的？”

“谁叫她不长眼？”紫罗道，不以为然地继续嗑瓜子。

红袖没有理会这种争吵，早把注意力放在大堂，果然看到老鸨、龟公、打手这些人围在厅堂内。他们中间是站着两个人，一个衣衫褴褛，身形瘦小，一直低着头，长长的头发遮住了她的表情，想必就是紫罗所说的新来的姑娘了。而站在她旁边的人有些眼熟，红袖看了几眼，心口一跳，便将他认了出来——陈麻子。

“这回这个货色不错，”陈麻子对老鸨道，“长得清秀，家里人都饥荒死了，没有什么麻烦。身子还完整，我检查过的。这回怎么说，也不能低于——”他把手伸出来，宽大袖子遮住了他和老鸨的手，谁也看不到他们在袖子里做什么手势，“这个数。”

“呵，你当我陈姐儿是第一次做这个买卖？”老鸨把手抽出来，嫌弃地用手帕擦拭，然后把手帕扔了，“这小丫头一看就不是江南长大的吧？”

“怎么不是！”陈麻子指天发誓，“正经的大家闺秀！”

“你说瞎话烂嘴巴，我可不跟着你瞎眼睛，任谁看了，会信她是大家闺秀？”老鸨说着，捏了把那女孩的下巴，问到，“你说，你是在哪里长大的？”

“你告诉她！”陈麻子大声说。

“你别瞎掺合，你肯定串通好了，但我要听她说！嘿，别看现在世道好，中原这么繁华，可外面正打仗呢，战火一起，多少人流离失所，往江南来逃难。现在出了城，到处都是逃难的人，这种柴火妞，一看就是散了亲没了家的人。”

女孩被老鸨捏住下巴，不得不抬起头，满面污泥下，是一双清澈的眼睛。清澈里带着倔强。“我是西羌族人，才不是你们什么江南破地方长大的！”

“你——”陈麻子作势抬手要打，女孩仰着头，丝毫不退缩。老鸨、龟公一干人笑吟吟站在一旁，这种把戏见多了，袖手旁观即可。一旦劝了，价码就压不下来，越不在意越好。

陈麻子也不舍得真打，青楼是看皮相的，一个巴掌下去，就少了十几两银子。他的手尴尬停在空中，有那么一会儿，才落下来，顺势耷拉了几下头发，说：“别的不谈，你看她这姿色，鼻梁高，眼睛纯，嘴巴厚，不知多少男人会喜欢呢！”

“陈麻子啊陈麻子，你跟我卖过多少姑娘了，还不了解行情？现在达官贵人喜欢的，还是江南清秀姑娘，这种眼睛里带着野性的，谁敢沾？嘴巴厚，牙齿也尖，谁敢送进去？说实话，这种人到了我醉仙楼，也就是打杂倒水，挣不了钱。”

几番争论，价格就是谈不拢，老鸨气定神闲，陈麻子脸上却是青一阵白一阵。这个过程中，女孩站在中间，听着被别人如货物一般讨价还价，被推来攘去，嘴唇越咬越紧，眼眶沁出泪水。但她拼命睁着眼睛，不让泪水落下来。

“算了，我去卖给别家吧。”陈麻子拉着女孩，转身就走。

红袖在楼上围栏旁看着，居然有些紧张起来。她知道这是买卖最关键的时刻，陈麻子想卖，这是肯定的。而老鸨也想买，虽然她刻意带着不以为然的语气和表情，但从她看向女孩时那偶尔闪出光亮的眼睛里可以看出来——那是贪婪的目光。现在谁先开口，谁就输了。

陈麻子和女孩走到门口了。醉仙楼的朱红大门如一张大口，外面是阳光密布人群熙攘的街道，光线透进来，太亮了，以至于红袖完全看不到外面的场景。但她知道，外面是无比广阔的所在，与这里相比，是另一个世界。

红袖看到老鸨的手开始举起来了，但在老鸨开口之前，陈麻子已经转过身来。老鸨顺势拍了拍袖子上的灰尘，冷笑地看着陈麻子。

“算你狠！”陈麻子从嘴里挤出这个三个字。

红袖心里涌起一阵失望。她说不上这失望从何而来，或许是在这个倔强又无助的女孩身上，她看到了自己的影子。这一幕何其熟悉，当初她就是被陈麻子带到醉仙楼大堂里被卖掉的，此时似乎场景重现，但这个女孩比她更有勇气，虽然无力反抗命运，但能向悲惨的命运扬起下巴，不让泪水流下。红袖很清楚，即使女孩走出了醉仙楼，也会被陈麻子卖给别的青楼，但她依然希望她能够走出去，走出朱红的大门，融化在炽烈辉煌的阳光里。

但现在，陈麻子沉不住气，选择了屈服。

陈麻子最先开始提的是一千五百两银子，最终以四百两成交。他走的时候，闷闷不乐，正好红袖从楼上下来，两人擦肩而过。

错身的时候，红袖嘴唇翕动，吐出了一句既轻又沉的话。

“你会有报应的。”

陈麻子的身体顿了一下，似乎听到了，又像是没听见，短暂的停顿之后立刻恢复正常，走出朱门消失了。

这个新来的女孩只有十四岁，被老鸨取了个“南莺”的名字。这个年龄本可以接客了——有些男人对这种年龄的女孩有特殊的癖好，但南莺跟别的柔弱女孩不同，她眼睛里有一股子野劲，看久了会怵得慌。老鸨怕出事，便先教她规矩，恩威并施。这也是惯常手段了，周遭都是莺声浪语，再烈性的女子，终究熬不过日复一日的浸泡。

南莺初时对醉仙楼的一切都很抵触，待得几个月，出于少女心性，也慢慢对周围放下戒心，但还是与醉仙楼里其他姑娘保持距离。只有一个例外，便是红袖。

“红袖姐姐，”南莺经常来红袖的房间，“我觉得你跟其他人是不一样的。”

红袖不禁好奇，“怎么不一样了？不都是流落风尘，为人掌中玩物吗？”

“我说不上，红袖姐姐，这是一种感觉。我们西羌族人都有这种感觉，很准的。”

一起吃饭时，南莺也靠近红袖近旁。醉仙楼用饭规矩森严，若是接客，便送上好饭好菜去厢房，若是无事，便要聚到后院用餐。一百多女子围七八桌而坐，老鸨坐当中一桌，其余按地位分开坐。红袖作为醉仙楼头牌，通常坐老鸨身边，南莺刚开始坐角落的桌子，但被几个上了年纪的女人欺负之后，就直接搬着椅子坐到了红袖身边。

“妈妈，这——”坐在红袖下侧的艳丽女子，名叫赤凤，已经二十六了，但因深受城里某位富户宠爱，因此也排上了这桌，一向跋扈，此时被挤到，眉头深深皱起，“不合规矩吧。”

老鸨看了一眼脸上红彤彤的南莺，竟然笑了。“毕竟还是小丫头，”她呷了口茶，不理赤凤，却对南莺道，“你都来了这么久了，习惯这里了吗？”

因搬了椅子，南莺有些喘气，坐到椅子上，左右看看。所有人的目光都在她身上，她却撇撇嘴，说：“这里一点都不好，东西不好吃，睡得不舒服，这身衣服也是怪怪的。”她把广袖挽起来，露出白生生的手臂，直接伸手拿桌上的水果吃。

老鸨道：“总会习惯的，没事儿，慢慢来。”

“这里不好玩。”

“你还小，不懂得乐趣，等你再长大一点儿了。放心，你在这里，只要守规矩，乖乖的，没人会欺负你的。”

南莺含混地应了声，也不知听见没有。

见老鸨不管，赤凤有些挂不住脸，但老鸨是万万不能直接顶撞的，她转头看见红袖也被南莺挤得手脚伸展不便，道：“红袖，这规矩你也不管？”

红袖却没说话，甚至都没有转头看向赤凤，用筷子夹了块鱼片，放到南莺碗里，说：“用过饭食了再吃水果吧，不然肚子不舒服。”

“哦。”南莺乖乖放下桃肉，在袖子上擦擦手，开始吃饭。

赤凤脸上顿时一片透红，捏住筷子，过了许久才站起身，对老鸨欠身说吃饱了要回房休息。老鸨饶有兴味地看着这一幕，对红袖道：“既然你也喜欢这丫头，就教她读些书识点字吧，一直这么野可不行。”

自打这以后，南莺就更频繁地往红袖房间里跑了，有时很晚了，就蹭在房里过夜。她们睡在床的两头，红袖半夜醒来时，看到两只细细小小的脚伸到被子外。窗外透进来的月光在这双脚上流淌，肤质在月光浸润下近乎透明。她会把被子拉上一点，盖住这双脚，不让夜晚的寒凉来侵蚀。有时候红袖有客人，南莺才不得不回到自己的房间，客人一走，她就又黏回来了。

有一次，红袖教南莺念词，读到前朝亡君李后主的《蝶恋花》，红袖念道：“桃李依依春暗度，谁在秋千，笑里轻轻语。一片芳心千万绪，人间没个安排处。”念完后，红袖心头莫名隐痛，放下书卷，望向窗外。

“姐姐有心上人是吗？”南莺把脸凑上来，“是谁这么幸运啊？”

“别胡说。”

“肯定是！有一天我姐姐也是突然这么忧愁，放下马鞭，一个人跑到帐篷外面，坐在草地里折草。我当时还以为她生病了呢，结果过几天他们告诉我，我姐姐喜欢上了大头哥哥。你现在这个样子，跟她一模一样。”

红袖一下子来了兴趣，问道：“大头哥哥？头非常大吗？”

“是啊，很大很大的，”南莺用手比了一个夸张的形状，“都不知道怎么长的，看上去憨憨的。但他骑在马上就不同了，用一根绳套能同时套住三匹马，拍着胸膛嗷嗷叫，可威风了。”

“那他喜欢你姐姐吗？”

南莺仔细回想了一下，摇摇头，“不知道。听说我姐姐编了一个花环准备送给他，在我们那里，编花环就是说喜欢上他了。只要大头哥哥收了，我姐姐以后一辈子都要跟他了。”

“你姐姐送了吗？”

“送了啊。”

“后来呢？”

“后来……”南莺长长地吐出一口气，“后来他们都死啦。大头哥哥骑着马冲上去，用绳套拉住了好几个人，但他们人太多了，一拽，就把大头哥哥拉下马了。然后十几个骑兵上去，都没有用箭，是直接踩的。我姐姐被几个人抓走了，死的时候没穿衣服。”

窗外掠过的风一下子冷了起来，河面泛着冷冷的光，一晃一晃，有些扎眼。红袖也有些黯然，摸了摸南莺的头发，说：“不要太难过，世道如此，活下去已经很不容易了。”

“是啊，至少我活下来了。”

南莺沉默了一会儿，又抬起头，说：“反正如果红袖姐姐有喜欢的人，一定要争取的。你是我见过的最美丽最特别的人，如果你都不能跟喜欢的人在一起，那我们就都不能啦！”

“瞎说，”红袖刮了一下她的鼻子，“你也很漂亮的。”

“那当然！”南莺扬起头，“我也有人喜欢的，一点都不比红袖姐姐差。”

红袖笑了笑，没有在意，准备伸手关上窗子。南莺见她压根不相信自己，急道：“我没有骗人！”

“那你倒说说，是谁喜欢你啊？”

“唔，我还不知道他叫什么名字……”南莺露出忧愁的神色，“逃难的时候遇见的，憨憨傻傻的，但是特别照顾我。后来我们被冲散了，但是走之前，他说一定回来找我的，会带我走，带我回到北方。”

“男人的诺言总是轻易出口，你不要太当真。”

南莺牙齿咬紧，脸上迸出一抹刚毅的神色，道：“不！虽然他只比我大一岁，但我相信他，他一定会回来找我的。只要他回来，我就要离开这里了！”

红袖默然。她心里并不相信南莺说的，在醉仙楼里待了五年，她见惯了男男女女红尘恩怨，虽只冷眼旁观，却深有感触：世间无情物，莫过于两样——岁月与男人，前者摧残身体，把青丝熬作白头，红颜揉成枯骨；后者寡情负心，把柔情弃如糟糠，教血液冷成寒冰。更何况，南莺十四岁，那人十五岁，只是两个孩子，如何能逃出醉仙楼这个深渊？但她马上又想到，自己其实也只有十七岁，也同样是个半大孩子。

她抚着南莺的头发，叹出了一口幽长的气息。

七、奔爱

这一年，新帝登基，地震频发，边塞战乱。大批塞民的家园不再安全，他们仓皇奔逃，向着陌生的南方行进。背后，是连天腾跃的火焰。

塞民们拖家带口逃难，但还未进入汴京，往往全家人就只剩下了一个。孤单的幼童站在路边，边哭边向路过的人伸手，但人们疲于逃生，大多置之不理。长得乖巧些的女童还好些，会被捡便宜的人抱走，或卖或私养，男童们在路边东倒西歪。这一年刮向中原的春风，带来的不再是泥土与春芽的气息，而是弥漫着死亡的腥臭。

成千上万的难民如一股涌流，进入中原时浩浩荡荡，但这片土地贪婪而狂躁地吞噬着他们，他们一路行进，一路留下饿殍。这股涌流每时每刻都在被吸榨，越来越狭瘦，恐怕很快就会完全干涸。在注定奔向死亡的旅途中，涌流中却分出一小股，慢慢偏离逃难线路，来到了这座小城。

城门紧闭，将这几百个难民挡在外面。但城外夜夜哀号，民心不定，最终司城还是决定开门，放人进城，但派了军兵押送，将他们押到城西临时安置的营地中。那里有帐篷，有稀粥和馒头，虽不是家，但对于流离失所的难民来说，已是难得的安憩了。

难民进城这一天，阳光难得的灿烂。这座城市笼罩在太平里已经很久了，战争每天都能听到，但终究远在天边。因此当这群因战争而背井离乡的人排队沿河穿城时，城里许多人都跑出来看热闹，醉仙楼的姑娘们照例倚在栏杆上，嗑着瓜子，看着河畔如长蛇般缓慢蠕动的人群。

“你看他们，臭烘烘的，闻着还有死人的味道。”紫罗一边掩鼻，一边指着河边人群，语气里既有鄙夷，也透着一种残忍的兴奋。

其余人也叽叽喳喳，这种难得的场景令她们产生了一种优越——同为乱世浮尘，都是生不由己，她们却有屋檐可以躲雨，有饭食可以充饥，最起码不必客死他乡。

红袖向来看不得人受苦，只瞟了一眼，心里一叹，便转身走回房间。刚推开门，就听见栏杆处传来几声惊呼，接着便是呵斥，她连忙转身，见到刚才还在看热闹的姐妹们都乱作一团，拉住一人，问道：“怎么了？”

“哎呀！”那人拍拍胸口，“南莺这死丫头，跳楼了！”

红袖一阵天旋地转，好容易镇定下来，又听那人续道：“刚翻下栏杆，就被老秦给拉住了。”

这姐儿说话一惊一乍，红袖索性松了手，走出楼道，看到栏杆处有好几个姐妹正在合力把一人按住，而那人正是南莺。老秦——也就是楼里的龟公，平时佝偻着，此时一张白脸气成了绛红色，见南莺挣扎，一个巴掌狠狠拍下去。“啪”，只一声，就有血从她嘴里迸出来，溅到了按她手臂的紫罗身上。南莺脸上迅速泛出赤红的掌印，进而肿起，变得乌黑。

这一巴掌太吓人，按住南莺的几个妓女都愣住了，尤其是紫罗。南莺也被扇得脑中嗡嗡作响，停止挣扎。

“叫你给我闹！”老秦叉着腰，恶狠狠骂道，“小蹄子你给我弄清楚，这不是你撒泼的地方！”

红袖反应过来，连忙上前，挡住南莺，对老秦斥道：“什么事值得你下这么狠的手！”

“红袖姑娘，这可不是我先动的手。你问问这些姐妹——刚才看好好的，她突然翻过栏杆要往下跳，拉都拉不住。这股子疯劲儿，不打怎么行？”

“就算她有什么不对，也不能这么毒啊。这张脸要是打坏了，你赔给妈妈那四百两银子？”

老秦一噎，嗫嚅道：“我不打，她要是真跳了，别说四百两，老妈子一分一厘都挣——”他这话却没说完，因为看到妓女们的神色已经变了，由原本看热闹的嬉笑，变得恭恭敬敬。老秦也是在风月场所混过些年月的人，知道老鸨已经无声无息站在身后了，并不转身，“刚才要不是我拦着她，她早跳下去了。她是醉仙楼的姑娘，为了醉仙楼好，别说担这辣手摧花的骂名，就是拆了我这把老骨头，又有什么话说！”顿了顿，转过身，看到老鸨，讶道，“啊，妈妈，你怎么来了？”

老鸨面色阴沉，并不答话。她看看南莺脸上的巴掌印，看看一脸诚恳的老秦，沉默良久，蓦地一巴掌扇在老秦脸上，然后道："把这丫头给我押到黑房离去，反省三天。其余人都散了，看什么看！不去准备晚上接客，嫌钱没挣够？"

老秦挨了一巴掌，面不改色，只点点头，就过来揪南莺。红袖一把推开他，道："我来扶。"

老秦为难地看着老鸨，却见老鸨脸上并无反对之色，只得讪讪地跟在红袖身后。

红袖扶着南莺，边走边低声问："你今天怎么了？"

"我看见他了。"南莺的声音也很低，因脸肿而显得有些苦涩，但透着一丝兴奋。

"谁？"

"就是他啊，他遵守约定了，他来找我了！"

红袖一颤，知道她说的是谁了。"你确定没看错？"

"我怎么可能看错！过了一年，他更瘦了，也更高了，但我能一眼就肯定，是他。不会有错的。"

"是在难民队伍里吗？"

"是的，红袖姐姐，我想今晚就去找他，让他带我走。"南莺突然用力抓住红袖的手臂，语气低而急切，"红袖姐姐，你一定要帮我！这是我唯一的……"

正说着，到了黑房门口，老秦过来推南莺。南莺连忙闭嘴，但眼睛死死看着红袖，恳求之意溢出眼眶，红袖正准备说什么。老秦已经关上了房门，索上铁索，把南莺的一双眸子关在了黑暗中。

夜晚来临得比想象中快。红袖在屋子里如坐针毡，走来走去，夜晚从窗外悄悄潜进来，弥漫在她周围。四周还有无数嘈杂的声音，醉仙楼的生意在戌时与亥时之间最好，人来人往，调笑嬉戏，但亥时一过，夜晚就消弭了这些声音。

红袖一直从人声鼎沸坐到夜深人静，初时还担惊受怕，但慢慢就安定下来了。床边有一面镜子，她看过去，镜面里映照出来的，是南莺那张青春飞扬的脸。这样的脸，不应该凋零在醉仙楼这种腐烂的地方。

所以，最后她站起来，先是走到老秦住的一楼东侧，还未进去，一股酒气就冲了出来。老秦喝醉了，正睡得迷迷糊糊，因此对自己的钥匙被人拿走毫不知情。红袖再上楼，来到黑房前，用钥匙打开了硕大的铜锁。

这一系列动作，她都是在黑暗中完成的，过程没有预料中的那么惊险。黑暗蒙蔽了一切。

南莺被开锁的声音惊醒，艰难坐起来，看着门口。看到红袖出现的一刻，她的眼睛一下子酸涩了，泪水涌出，道："红袖姐姐，我还以为你不来了呢……"

"傻妹妹，我怎么会不管你。"红袖过来扶她，发现她坐姿怪异，是用手撑着地的，一看便明白了，问道，"老秦又打你了？"

南莺摇摇头，道："不是老秦，是老鸨子。她傍晚过来问，我没说为什么跳下楼，她就用热巾布裹住铁棒打我。"

棒子裹布，打在膝盖和臀背上，不会留下伤痕。这一点，老鸨很清楚，红袖也清楚。她心下一酸，问道："你现在要去找他吗？"

南莺重重点头。

红袖本想劝她，但看到她脸上的疤痕，和那乌黑疤痕上的坚毅神色，话到嘴边却也说不出口，只是点头，道："他应该在城西营地，很远啊。"

"没关系的，我能过去。"

说完，南莺便挣扎着起来，走向楼外。醉仙楼周围建有高墙，养着烈犬，严防人进出。以南莺此时的体力，想出去，千难万难。红袖轻叹一声，扶住她，道："我送你去吧。"

南莺点点头，想说什么，却泣下一滴泪。

红袖思索了一阵，从厨房取来一块带肉骨头，抛给烈犬。这狗平时都吃不饱，正饿得磨牙，见了骨头，只忙得埋头啃咬。红袖和南莺便趁机从一尺高的狗洞钻出。

长街幽幽，晚风拂荡。红袖往身后看，墙在黑暗中更显得高大，像一尊俯视众生的巨人雕像，而她只在雕塑的脚底。但现在，她居然已经离开了这座高墙围住的牢笼，站在外看，有一种奇怪的错觉——原来，逃离醉仙楼，逃离这命运的束缚，并不是很难。

"走吧，"她裹紧衣服，"路还很远。"

她们沿着街道边缘走，走得很慢，幸好后来遇到了一辆空马车。车夫被红袖招过来，狐疑地看着这两个深夜里出现的艳丽女子。这狐疑的目光在看到红袖掏出的银锭时消失了。"去城西，营地那里。"红袖简短地说。

车夫也不多话，待她们上车之后，抽了下鞭子，马车便辘辘转动起来。

到达营地时，已经是过午夜了，偌大的营地一片安寂。这儿说是营地，却连个围栏都没有，只是上百个破旧帐篷聚在一起。连巡逻的士兵都嫌晦气，现在也早已溜号，只剩几只绑着的火把，摇曳着微弱的火光，仿佛随时会浓重的黑暗碾灭。除此之外，只有夜风呼呼，以及偶尔从某个帐篷里传来的咳嗽声。

“这么多帐篷，怎么办呢？”

南莺咬咬牙，道：“一个个找吧，我已经没有退路了。”

红袖取下火把，扶着南莺，撩开最近的一个帐篷。借着火光，她们看到了一群躺在沉睡的人，衣衫褴褛，面目狼藉，他们流浪了上千里，此时好不容易躺下，睡得格外香甜。即使有人被火光照醒，抬抬眼皮，看见红袖和南莺，也就又翻身睡了——她们手里只有火把，没有刀刃，那么，就不危险。

南莺摇摇头，道：“这里没有。”

她们一个帐篷一个帐篷地找，火把都快熄灭了，依然没有看到熟悉的人影。南莺初时还镇定自若，但每一次摇头过后，脸上的惊惶就要加重一分。

“会不会是你看错了呢？”红袖小心翼翼地问。

“不会的，就算我看错什么，都不会看错他。”南莺抬起头看向红袖，火光中的脸泛着金色，与这夜格格不入，“他一定在这里的。”

红袖默默点头。两人继续在这些帐篷中翻找。这个寒夜即将过去，天际已经出现了隐隐红光，正当红袖掀开帐篷，扭头打算再劝南莺时，却见南莺突然发出一声惊呼。

帐篷中，一个少年猛地起身，也震惊地看着南莺。

“好了好了……”少年抚着南莺的头发，语气宠溺，“别哭了，我们这不是已经见到了吗？”

南莺埋首在少年怀中，抽泣不已，瘦弱的肩膀耸动着。

红袖也有些眼涩——世间何其慌渺，人如蝼蚁，全都在命运的磨盘下艰难逃生，四处流离。两个在乱世中失散的人，能再次相遇，不得不说是上天的眷顾。而这种眷顾，却不会发生在自己身上。

这么想着，鼻子一酸，眼睛便蒙上了些雾气。她怕南莺和那少年看到，连忙扭头，用袖子擦了擦。刚准备去提醒南莺，眼角却捕捉到了一丝熟悉的身影。

一个穿着破袈裟的和尚坐在帐篷的角落里，眉目老朽，眼睛紧闭，嘴唇偶尔动一动，不知是睡着了还是在默念经文。而和尚身侧，正躺着一个男人，微微蜷着，虽然是背对红袖，但他露出的侧颊，一下子击中了她。

红袖手里的火光一晃，险些没有握住。

她屏住呼吸，生怕喘息大一点都会吹破眼前的景象，轻轻上前，火光随着她移动，照亮了这张沉在黑暗中已久的脸。

林公子。

纵是满身狼藉，衣衫褴褛，昏睡不已，他依然是林公子——那个船头赏斜阳的林公子，那个倚马过长桥的林公子。

原来上天不仅仅眷顾南莺。

这一刻，她手中的火把散着暖洋洋的光，浸润全身，如沐天恩。

“在下陈云川，姑娘大恩大德，感激不尽。”少年双膝跪地，俯身道，“若今生无以为报，来世愿为牛马。”

红袖回过神来，连忙扶起少年，见他虽衣着破败，形销骨立，但眉宇俊秀，气度端正，难怪南莺钟情于他。“都是姐妹，应当的。”她道，“那你们接下来打算怎么办？”

“我们要立刻出城。”南莺接话道。

红袖点头，略一思索，把手上的玉镯捋下来，放到南莺手中，道：“姐姐身上没带多少银子，这玉镯还值点钱，你拿着。你们出了城，走得越远越好，千万别叫妈妈给抓住了。到了平安的地方，把这镯子拿到当铺，当了钱，好好过日子。”

南莺本来已经收住泪水，此时听了，顿时再次泣不成声。玉镯上还带着红袖的体温，上面雕琢着精致竹叶枝条，通体翡绿，绝非凡品。她知道这是胡老板赏赐给红袖姐姐的，给了自己，胡老板发现了，肯定要责怪红袖。

她正想说着什么，红袖却握着她的手，轻轻拍了两下，一如从前她睡不着去蹭红袖的床的时候，红袖会轻轻拍她的脑袋，哄她入睡。

千言万语，已传尽。

陈云川连东西都没有收拾，拉着南莺的手，出了帐篷，趁着夜色向最近的西城门走去。运气好的话，能在正卯时分赶到城下，城门一打开就出城，远离这个破败的城市。

看着他们的身影慢慢被夜色吞没，红袖不舍又欣喜，揉揉眼睛，再抬起头，他们已经彻底消失了。

她回过头来，林公子依然在沉睡。她走过去，深吸口气，点了点林公子的肩膀，林公子毫无反应，倒是身旁的老和尚睁开了眼睛。

“他怎么了？”红袖觉得林公子沉睡得有些不正常，似乎是昏迷了，“生病了吗？“

老和尚摇摇头：“佛怎会生病？佛只是去往天界，留下这具躯壳。”

“等等，你说——他是谁？”

“他是佛，”老和尚双手合十，“老僧在守护佛的躯壳，等佛归来。”

红袖回到醉仙楼时，已近凌晨，天光吐亮，晨风微荡。

她一夜未睡，已经很是疲倦，但想到老鸨马上会发现南莺失踪，暴风骤雨将来，怎么也睡不着。她干脆洗漱一番，穿戴整齐，坐在房间里静静等着。

但出乎意料的是，一直到中午，楼里都一点动静也没有。这种安静显得诡异，像是惊雷藏在微风里，随时会炸响。

午饭时，她小心观察周围人的神色，发现从老鸨到姐妹，所有人都与往常无异。仿佛南莺的失踪，没有引起任何人的注意。

不过这样也好，没人注意，南莺和陈云川就能跑远。

想到这里，红袖暗暗松了口气，但这口气没出去就又被她屏住了——林公子还在难民营里昏迷不醒。

“红袖啊，怎么了，怎么魂不守舍的？”老鸨放下筷子，问，“是不是发生什么事情了？”

红袖连忙摇头，道：“只是昨晚没睡好，做了些噩梦。”

“那就好，晚上还是安心睡觉好。我那里有些熏香，安神用的，待会儿你拿些过去。”

红袖点头道谢，心中却还是记挂着林公子。这一顿午饭她匆匆吃完，跟老鸨道了别，正要回房，脑中突然灵光一闪。

她怔住了——对于脑袋里冒出的想法，她自己都有些害怕。但，这个想法像是恶魔的种子，迅速在她脑中生根发芽，膨胀开来。

“妈妈，我有一事相求。”红袖对老鸨行了一礼。

“有什么就说吧，妈妈还会亏待你不成？”

“我想见一见陈麻子。”

“陈麻子？”老鸨皱着眉，回忆了一下，“就是那个掮客？”

“就是他。”

老鸨脸上露出玩味的笑容，道：“当初是他把你卖到楼里来的，怎么，你还记恨着他？”

“是的，”红袖见老鸨脸色微沉，欠身道，“不过我的记恨并非出于他把我卖到楼里——我还要感谢他呢，要不是他，我现在还在破巷漏屋里，忍饥挨饿的，说不定已经嫁给了隔壁杀猪的赵傻子。”

“哦，”老鸨脸上缓和了不少，“那你怎么还记恨他呢？”

红袖从容不迫道：“妈妈有所不知，在我被卖给醉仙楼前，他曾经把我囚禁过十几天，在黑漆漆的屋子里，不能踏出一步。我昨晚做的噩梦，就是因为梦见了那一段时日，哪怕隔了几年，一旦回想，还是心跳手颤。”

“他居然对你做过这种事！确实轻饶不得！”

红袖看到老鸨脸上做出的愤然之色，知道这是她假装的——老鸨在这行里混了一辈子，怎么会不知道陈麻子这类人做过的事情？不过红袖心知肚明，嘴上却得显出感激来，道：“多谢妈妈心疼。所以，我刚才越想越气，这口气不消下去，恐怕此后都摆脱不了这个噩梦。”

“确实可恶，那你打算怎么做呢？”

“我只想——”红袖抬起手，咬牙道，“我只想扇他一巴掌。”

“这个无妨，妈妈下午就给你把他找来。”

红袖再拜，起身后，想了想，道：“只是我这么折辱他，万一他以后不卖姑娘给楼里了，岂不是碍了妈妈的财路？”

老鸨呵呵笑道：“不会的，他这种人，为了钱什么都肯干。只要给他钱，别说你当众扇他巴掌，就算让他跪地叫娘，他也照干不误。这些都不算什么，我听人说，他曾经把他娘——”老鸨突然打了个颤，摇摇头，没往下说了。

下午时候，陈麻子就被叫到了醉仙楼。红袖一看到他，眼睛就像是被刺了一下——他比上次所见，更瘦了，一张脸上几乎没有血色。

众人围着他，他有些疑惑，向老鸨问道：“叫我来做什么呢？”

老鸨抬起下巴，朝红袖点了点，道：“我家丫头想见你。”

红袖走上前，在陈麻子不解的目光中，扬起手，猛地扇下。但快打到陈麻子时，看到他脸上已经几乎瘦得皮包骨头了，手一抖，这一巴掌落到陈麻子脸上时便失了劲道，只轻飘飘的一声“啪”。

老鸨皱了皱眉头。

红袖瞥见了老鸨的表情，知道这样混不过，心一狠，还未落下的手又提起来，反掌抽在陈麻子脸上。这巴掌爆发出来的声音，令听见的人都觉得脸上隐隐作疼，红袖更是感觉手背与陈麻子的骨头相撞，散架一般的疼。

陈麻子嘴角流出一丝带血的涎水，但他脸上依旧木然，仿佛这突如其来的巴掌跟吹过来的风一样。他没有还手，没有咒骂，甚至都没有去擦嘴角的血，垂着头站在红袖面前，站在所有人嘲弄的目光中。

老鸨的嘴角扯出一丝笑，转身便走了。

红袖放下心来，上前一把揪住陈麻子的衣领，道：“知道我为什么打你吗？”

陈麻子低着头，在沉默中像一根枯朽的木头。

看着他可怜兮兮的样子，红袖心里突然有些后悔，但想起现在正躺在难民营里的林公子，银牙一咬，道：“你做了太多丧尽天良的事情，我是替老天惩罚你。你看看你，做了一辈子坏事，现在还落个破破烂烂的下场。这次教训你记好，”说着，她露出嫌恶的表情，“以后要多积功德。”

陈麻子还是一副逆来顺受的样子，围观的人发出几声嘲笑，觉得无趣，纷纷散了。大堂中央，只剩下红袖和陈麻子。

红袖趁机凑近陈麻子耳畔，小声道：“刚刚真的对不起，不然没机会跟你说话——难民营里有个老和尚，他身边有个昏迷的年轻人，你把他带到我身边来，悄悄的。两百两银子做酬劳。”

这番话已经在红袖心中演练过无数次，此时说出，又快又轻，这一连串声音连红袖自己都听不清。她说完后，缩回身子，有些担心地看着陈麻子。围观的人虽然散了，但刚刚自己的反常举动，还是引起了几个人的注意，如果要再说一遍，势必会引起老鸨的怀疑。

但很快，她就发现自己的担忧是多余的。

因为，陈麻子依然低着头，但一直木然的脸上开始像湖面泛起涟漪般，轻轻颤动起来。红袖虽然看不清他的正脸，但从他侧颊的变化和微微起伏的胸膛可以看出——他正在无声地、有节奏地笑着，并在小声说着什么。

红袖不得不前倾身体，才听清那几个个字——

“钱不够，得加。”

八、救助

天很快黑了，红袖又困又倦，但强撑着没睡着。到了下半夜，万籁俱寂中，果然传来了窸窸窣窣的声响。

红袖心头一跳，困意全消，打开窗，看到院墙的阴影里，一个更黑的影子在攒动。黑影顺着墙角移动，缓慢，无声，靠近了红袖的楼下。红袖扔下绳索，黑影接住了，一阵簌簌的声音过后，黑影拉了拉绳子，红袖开始往上拉。

黑影绑住的东西很沉，红袖使劲全力也难拉住。黑影顿了顿，突然向红袖打了个手势，让她停止拉扯，并把绳子在房间里绑好。红袖照做了，黑影试了试绳子，觉得牢靠，便两手拉伸，脚蹬着墙壁，一步步爬上了这位于四楼的房间。

灯光照在他脸上，正是陈麻子。

他从难民营把林公子运来，顺着狗洞塞进醉仙楼，再扛着他来到红袖楼下，早已气喘吁吁，脸色煞白。但他没多话，和红袖一起拉绳子，两人合力，总算把绳子上拴着的林公子拉进了房间。

林公子还昏眠着。红袖试了试他的鼻息，感觉到了微弱但均匀的呼吸，悬着的心总算落回胸膛。

“人带来了，给钱吧。”

红袖从床头取了一串象玛瑙手串递过去，道：“你快走吧。”

“这玩意儿……”借着灯光，陈麻子仔细端详着手里的玛瑙手串，暗褐色的圆珠里，光晕似在游离。以陈麻子的眼光，一看就知道不是凡品，三百两银子恐怕都拿不下来，“不值钱吧？”

“胡老板赏的，怎么可能便宜？”红细看着躺在床上的林公子，急道。

“万一是假的呢，我还能再回来找你换？”

红袖气急，又从枕头下摸出一块玉佩，丢过去，道：“加上这个，你满意了吧？”

陈麻子乐呵呵地把玉佩和玛瑙手串收进袖中，拍了拍，道：“这还差不多。”又转头看了一眼林公子，眼睛眯起，伸手在自己后肩处划了一道，“这人，就是伤我的那个城南农夫吧？”

“不……”

“你不用瞒着，看在钱的份上，我不会对他怎么样。”陈麻子拍了拍袖口，“但这个人……”他犹豫很久，缓缓道，“不简单。”

红袖自然知道林公子来历神秘，但听到陈麻子这么说，还是疑惑地挑了挑眉头。

陈麻子道：“我背他的时候，别看他这么瘦，顶多也就一百斤出头的样子，但扛在肩上，沉得很，恐怕两百斤都不止！还有他打伤我和刘满的兵器，我至今都没琢磨出来。我不知道你为什么要救他，或许是看上了这幅好皮囊，但——”

夜里响起了更声，陈麻子朝窗外看一眼，没说完。

他走到窗前，打算爬下去时，红袖问道：“但是什么？”

陈麻子沿着绳子，身体有一半已经隐藏在墙壁下了，看了眼红袖，好半天才说：“你小心点。”

陈麻子走后，红袖心里莫名空落落的。她竖起耳朵，贴在门边，一切都寂静无声，才放下心来，回到床边。林公子仍在昏睡。红袖把手指探在他鼻下，过了很久才能感觉到若有若无的呼吸，很微弱，但很稳定。

这两年到底发生了什么，让他这样一个淡薄高贵的人，沦落到难民里，不远千里从边塞迁徙而来？她想着，把手放在林公子脸上，太瘦了。他脸上的骨头似乎都在硌她的手指。

红袖知道，把林公子藏在自己房间这件事，是万万不能传出去的。醉仙楼规矩森严，最忌姑娘倒贴，坏了行规，尤其是红袖这样顶尖儿的花魁。一旦被发现，红袖会受到什么惩罚且不说，林公子肯定是性命不保了。所以这几天，红袖格外小心，对老鸨谎称说来了月事，要在屋里休息。

须知在青楼，姑娘们每月的月事何时来，何时退，都要记录在册。毕竟对青楼女子来说，每个月只有这几天能够休息——当然，如果碰到有特殊癖好的客人，就下场悲惨了。曾有一个富商公子，面白如纸，眼眸血红，看着随时咳血而亡的样子。这位公子乘船南下时路过醉仙楼，大摇大摆地携几十个小厮进来，娇羞含蓄者不要，放荡美艳者不要，只挑正逢月事的姑娘陪床。老鸨面露难色，道：“公子，青楼女子这月事红潮，见了不吉利，许多客人都避之不及。要不，您再——”富商公子扔下一张银票，老鸨后面的话就停下了，转过身，巡视一圈手下的姑娘。她目光所至，姑娘们纷纷让开，露出躲在最后面的小姑娘。当时整个醉仙楼，只有她正值月事。后来，这个姑娘严重感染，躺了大半年才好，但自此体弱易病，不久后被老鸨寻个理由卖出去了。至于那公子，听说继续南下，没到下一城就被河匪劫掠，船沉人亡。听到这个消息时，老鸨正在清算当月银钱，冷笑道：“说了会倒霉，还不信！”

所以老鸨听到红袖来了月事，对着册子看了眼，疑惑道：“提前了五天？”

红袖早有准备，掏出一条涂了鸡血的白布，说道：“怕是有了风寒，加上身子虚，提前了。”说着就要把白布送到老鸨面前。

老鸨连忙后退一步，避开那团刺目的血迹，道：“既然姑娘身子不适，那这几天就不必迎客了，如果胡老板来，我替你打发。饮食羹汤，都一应送到你房中。”

接下来的几天，红袖大部分时间闭门不出，坐在床边，看着林公子。只有小厮进来送三餐时，她才把林公子往床内侧挪挪，用被子盖住，自己也以被遮腿，冷冷地看着小厮将饭盒放在桌上。

在挪林公子时，她才明白陈麻子所言非虚——林公子看着瘦骨嶙峋，身体却奇重无比，她使了好大劲才能挪动他一点儿。

林公子仿佛陷入了极深的睡眠，连着几天都保持着微弱而持续的呼吸。但好在红袖给他喂汤喂饭时，他能下意识地嘴唇张合，把汤吞咽，将饭咀嚼。吃完后，立刻沉沉睡去。

所以大多数时候，红袖是一个人度过的。但林公子的脸近在咫尺，她长久看着也不会觉得厌倦，仿佛在阅读漫长的古卷。她身后香炉里，青烟袅袅升起，烛光撑开一蓬淡黄色的光晕。屋子里的时间过得很慢，仿佛一切都停滞了。

后来红袖想，如果时间就停在这几天，永远循环，那该多么幸福。

最早发现红袖不对劲的，是紫罗。

怀疑首先来自于嫉妒。

紫罗这几天接了几个客人，都是泥里打滚、墙下抡锤的人物，折腾了几天，浑身酸痛，叫苦连天。用餐时她看到老鸨身旁空着一张椅子，不禁想到自己骨头都快被拆了时，红袖却安逸地躺在房间里，好吃好喝供着，心中忿忿。小厮给红袖送餐时，她从门缝里窥视，看到红袖坐在床的边缘，被子盖到腰间。连着好几次，红袖都是这个坐姿。

紫罗总觉得哪里不对劲，左思右想后，反应过来——如果是月事不适，通常会坐在床头中间，哪有一直在床边缘的？倒像是床上还藏了另一个人的样子。

于是，一个傍晚，紫罗敲响了红袖的房门。

红袖正看着林公子发呆，听到敲门声，突然一惊，连忙把林公子推到床侧，用被子盖好，一边问：“谁呀？”

“红袖妹妹，是我呀，”紫罗在门外道，“听闻你最近身体不适，姐姐我给你送来了古方红糖，热水泡了喝下，暖宫补血，要命的疼啊，马上消失。”

紫罗可从来没有这样好心过。红袖皱眉道：“多谢姐姐，不过妈妈已经给送了一大堆糖方了，妹妹身体也好了许多。”

紫罗道：“原来是姐姐送的东西多余了啊，连门都不让进。”

红袖犹豫一下，检查了一下林公子，确认被子盖得齐齐整整，一眼看不出端倪来，才起身去给紫罗开了门。门一开，紫罗便推门而进，走到房中，红袖拦都来不及。

“姐姐在看什么呢？”红袖的声音充满不悦，道。

“妹妹客气。”紫罗一边敷衍，一边继续环顾，“妹妹这房中物事，真是极尽奢华，不愧是花魁啊。”

红袖冷道：“有什么姐姐看得上的，言语一声，拿走便是。”

“不敢不敢，我一个下等娼妓拿了花魁屋里的东西，妈妈还不得把我骨头都拆了？”

“既如此，那妹妹也不强塞在姐姐手里了。”红袖坐在椅子上，打了个哈欠，下了逐客令，“妹妹乏了，现在要休息了。”

紫罗的目光从床上开始，往四周巡视了一遍，最后又回到床上，看着略微拱起的被子，笑了笑道：“也好，妹妹身子娇贵，姐姐服侍妹妹上床休息。”说完，她大步上前，抓起被角。

红袖阻之不及，整颗心悬起来，大喊一声：“不要动！”

紫罗闻言，更笃定心中猜测，嘴里道：“妹妹何必客气。”猛地一把将被子提起来，“姐姐帮你就是！”

绣着金丝鸳鸯的被子被掀开，掠起的风一下子吹过来，屋里香炉的青烟被吹散。红袖被烟迷了眼睛，心下更是焦急，正好合身扑上，突然听到紫罗“咦”了一声。

被子下，什么都没有。

“那妹妹早点休息。”紫罗满是疑惑，但嘴里已经反应过来了，“姐姐就不打扰了。”趁红袖还没发火，匆匆逃出屋子。

红袖却没发火，只看着空荡荡的床铺，愣住了。她先是感到一阵困惑——她明明记得是林公子是在床上躺着的，然后是慌乱，仿佛身体里的潮汐逐渐退去。林公子又消失了吗？他的出现没有来由，他的离去没有征兆，他就像她生命客栈里的过客，雨夜时突然来到，黎明未至他却已经出门；落雪时他踩着屐痕来到，但还未喝上一杯热茶，他又继续穿上蓑笠离开。红袖走上两步，来到床前，愣愣地站着。她的房间里开始下雪，落满全身。

这时，一只手从床下伸出来，攀上她冰凉的脚。

红袖正要惊叫，眼睛却瞥到了那只手，指节瘦长，看着莫名让人心疼。她的惊呼在冲出嘴巴之前消失。她蹲下来，看向床底下，里面很黑，幽暗的空间里，有一张苍白的脸。

“红袖姑娘，”那张脸虚弱地喘息着，但嘴角还是挤出了微笑，“又见面了。”

红袖蹲在地上，右腿弯曲，身子伏低，侧脸快要贴到地上了。这个姿势很费劲，但她一点都不觉得身体吃力，就这么保持着僵硬的姿势，看着床底下那张在幽暗里显得模糊的脸。好长一段时间，她不知道说什么话好。

“红袖姑娘不认识我了吗？”林公子道。

红袖道：“认识……你、你怎么跑到床下面去吗？”

“你是告诉我的，现在会有危险。所以我提前准备好了，会在这时候醒来，爬到床下，避开刚才那才那位姑娘。”

红袖一愣。什么时候告诉他的？难道是守在床边，自言自语，说出了他被醉仙楼其他姑娘发现的后果？她接着看向林公子，发现他一直支着头，呼吸渐重。

“哎，你快出来。”红袖脸上火烧般热起来，“怎么能让林公子在床下说话呢？”

“那既如此，就冒昧出来了。”

林公子从床底爬出来。先前他身上的褴褛衣衫已经被换掉，穿着轻薄的贴身白衣，红袖素来爱洁，经常打扫，床底也很少灰尘。但林公子的白衣和头发上还是染了尘，他走了几步，离开床边，然后拍了拍衣服。

他做这些动作的时候，分外认真，都没有看一旁的红袖。等拍干净了，他才抬起头，对红袖虚弱地一笑，道：“这身衣服，是红袖姑娘为在下换上的吧？”他似乎站不太稳，身子摇晃，扶着桌子慢慢坐下来。

红袖却脸上发热，心想自己这是怎么了，不就是为他换个衣服吗？自己在欢场也不是一天两天了，什么没见过？她咳嗽一声，抬起下巴，道：“林公子原先的衣物实在不堪，加上林公子沉沉昏睡，实不知何时醒来，所以我未经林公子同意便换了衣服。”

林公子点点头，既不羞也不恼，说：“很合适，多谢了。”

红袖一时不知道说什么好，昂着下巴，慢慢垂下来。两个人静默无声，视线偶一对上，又立刻错开。窗外暮色渐渐笼罩，蜡烛燃尽，火焰跳了下就熄灭了。屋子里顿时格外幽暗。

扑通。

红袖一惊，待细看，才发现是林公子突然趴在桌子上。

“公子怎么了？”红袖问道。

但林公子久久未答。红袖凑到跟前，看见林公子虽然浑身乏力，手脚不支，但嘴唇还在翕动。她把耳朵贴过去，屏息聆听，才勉强听清林公子的话。

“让我照到光……”

九、萌动

下半夜的时候，林公子从床上醒过来，看到屋子里分外亮堂，不啻白昼。

红袖支着下巴，坐在圆木桌边，正在看一本书，不时翻动。她小小的鼻翼以极轻微的幅度翕动着。似乎感受到了林公子的目光，她抬起头，与林公子的目光对视，又转头理了理妆容，道："公子现在好一些没有？"

林公子依旧脸色苍白，点点头，道："好些了。"他眯着眼睛，这才看清四周摆放，不禁愣了，"这些，是红袖姑娘布置的？"

小小的厢房里，凳子上，床角，桌子中心，木柜上层里面，红砖地板上……全部摆上了点燃的蜡烛。烛光汇聚到一起，连缀成了光的海洋，拱卫着林公子。他的身上没有丝毫阴影，眼睫在烛光照耀下，宛如透明。

"嗯，有了点力气，"他说，"红袖姑娘为何彻夜不眠？"

红袖犹豫了一下。

林公子恍然，挣扎着爬起身，道：“你来床上休息吧，我坐着便好。”

红袖摇头道：“林公子快躺下，你身体不好。我素来眠浅，睡得极少，一般都会翻看些野史志异，何况……”她顿了顿，后面的话没说出来。地上摆着这么多蜡烛，而周围木质家具居多，万一不慎，极易失火。她得守着这些蜡烛。但她性子高傲，此番话自然不能告知林公子。

林公子却似看穿了她的心思，点点头，道一声：“那辛苦红袖姑娘了。”身子软倒，立刻又昏睡过去。

红袖一直守着蜡烛，接近丑时，蜡烛才泣尽烛泪，次第熄灭。充斥厢房的光海由盛转衰，如同退潮，露出漆黑冰冷的海底。烛芯泛红，像是奄奄一息的发光鱼类，很快便完全熄灭。

红袖的睡意也同黑暗一起来临，趴在桌子上沉沉睡去。但因睡姿别扭，睡眠果真很浅，黎明刚刚喷吐，就醒过来了。朝阳在窗纸上洇成一滩胭脂色。她把窗子打开，略带冷清的空气涌进来，脑子顿时清醒不少。

红袖的房间虽不临街，但位置高，能俯视小城大部分地方。晨光在大街小巷，以及低矮的房屋上铺开，河水流淌，水面上被染成了晃动的晕红。天才刚亮，就已经有人在街上走动，几家面铺都开了张。这时，红袖突然看到，临着醉仙楼北边的一条小巷子里，坐着一个人影。

那是一个老和尚，身披破旧袈裟，盘腿倚在墙边。当红袖看向老和尚的时候，老和尚也正好转了转眼睛，向厢房这边看来。

两人目光在空中对视。

红袖想起老和尚说过，林公子是他的佛——而现在，她却把佛偷到了自己房中。想到此处，红袖心里一慌，连忙把窗子掩上。但即使关上了窗，老和尚的目光依然能穿透窗纸，落到红袖身上。这目光里有沉默的指责，以及凄凉的恳求。

红袖背对窗子，几次深呼吸之后，才勉强把心安定下来。这时，林公子在床上翻了个身，呼吸急促，但仍未醒来。

“要照到光……”红袖念叨着。她看看窗户上的红光，又看看床上——把林公子拖到窗前，直接照到光，最为方便。但一来林公子这么重，难以拖动，二来窗子虽高，但对面也有高楼，容易被人看见。

她环视屋子，看到妆奁，连忙把妆奁里的铜镜拿出来，小心地支在阳台上。铜镜反射着朝阳，林公子脸上一片辉芒，呼吸渐渐平稳。

下午的时候，林公子醒了过来，看到红袖坐在窗边，不时转动铜镜，即使太阳移动，也始终让光照射到他脸上。

“真是辛苦红袖姑娘了。”林公子恢复了些气力，勉强道，“对红袖姑娘来说，不过是第三次见到在下，而且前两次都是萍水交错，聚散匆匆，实不知因何对在下如此照拂？”

红袖一怔，铜镜失手掉落，幸好质地坚硬，并未摔破。她把镜子捡起来，继续反射阳光。看着林公子的脸笼罩在黄色光辉里，她突然想起，自己在面对命运的种种狰狞时，被父母出卖，被富商压在身下，心里想着的，都是这张脸。她从来没有想过为什么，现在略一思索，其实答案很简单。

“因为林公子是小女子的心——”她的理智压抑住了脱口而出的

冲动，“新老师，嗯嗯，林公子教会我许多道理。”

林公子安静地看着她，像是看破了她拙劣的遮掩，又像只是恢复了如以往般的淡然。

红袖有些尴尬，想了想，道：“林公子这需要照到阳光的，是什么怪病么？”

林公子顿了顿，道：“算是吧。”

“嗯，以前也听说有人有这种病，但却是不能照到阳光，与林公子相反。还有人不能闻花香，有人不能吃鸡蛋，很多的……”

她这么闲扯着，林公子淡淡点头。她又觉得屋子里气氛怪异起来，加上林公子目光总是落在自己脸上，让她不禁红了脸，艳落霞光。

“对了，”红袖想到院外巷子里坐着的老和尚，问道，“那个和尚是来找你的么？一直坐在那里，好像是在等你。”

林公子摇头：“不过又是一痴人而已。”

“但他觉得你是佛。”

“他随着难民迁移，一路上见多了残忍可怕的事情，信念动摇。只是我恰巧这时出现在他面前，让他以为我是佛。”林公子的声音又如叹息，“他只是把崩塌的信仰在我身上弥合了而已。”

这番话红袖不是很懂，她在书本上见过许多道理，但终究没有亲历过。她一时不知道怎么回复。

屋子又恢复了刚才的怪异感。

红袖暗恼——扯了两个话题，都没有把这种僵局打破。

但她一念未毕，林公子却已经打破了僵局，问道：“刚刚红袖姑娘所说，是心上人么？”还未等红袖回答，他定定地看过来，声音里透着苦涩，“其实对我而言，红袖姑娘又何尝不是……”

林公子昏过去后，红袖有很长一段时间不敢相信自己的耳朵。

她想再问一遍，问林公子刚刚说了什么，但他如此安谧地陷入了昏眠中，她既不敢也不能去叫醒他。于是，她在脑子里一遍遍回放刚才的声音，确认那句话的意思只能推测出一个结果。这个结果令她脸红心跳，小鹿乱撞。

“我这是怎么了？”她想按住那只轻盈跳跃的鹿儿，但总是没有成功。

而当林公子醒来后，她又失却了再问的勇气。

但显然，因那一句话，有什么东西在屋子里融化了，然后又有什么东西在屋里萌芽了。这一切都发在声寂静无声中。

到了晚上，林公子醒过来，已经恢复了些神采。他走到窗边。两个人各自坐在窗子两侧的墙壁边，隔着五六尺远，外面的人看不到他们，他们看得到彼此。

是林公子先开始说话，红袖回应，到后来红袖问一些林公子的事情，大多数林公子都只是微笑。但具体聊了什么，问了什么，又在红袖的记忆里褪了色。很多年以后，红袖抚摸着脸上的伤疤，窗外大雪遮蔽，寒冷从骨子里泛出来，她就是靠回忆度过的。但很奇怪，她清楚地记得很多事情，记得自己怎么一步步沦落到如此地步，却偏偏不记得这重要夜晚的细节，一切都像是蒙着一层雾。大抵最美好的事情，总是让人觉得失真。

但她和林公子的距离，确实在这一晚上拉近了许多。正如林公子所言，她是第三次见到林公子，前两次见面的时间加起来都不超过半个时辰，但林公子对她的了解，却犹如多年好友。

满屋子的蜡烛燃烧，像十几只好奇的眼睛，一眨一眨地看着这对男女。

下半夜的时候，红袖跟林公子讲起了南莺的事情。她说："南莺应该已经跑得很远了。真好，她遇到了自己喜欢的人，然后又得到了自由，这真是天底下最好的事情。我虽然身陷在青楼里，像笼中之鸟，但一想到南莺能够自由走在陈云川身边，走过大大小小的街巷，也会觉得很快乐。"

这番话说完，林公子却不像之前那样立刻回应她，对视良久，道："你也想离开，是么？"

红袖点头，又摇头道："我想离开。但我以前也有单独外出的机会，却还是回到了这里——我只是没有逃离的理由。"

"红袖姑娘，你一生艰难，如果能真的逃离这命运……"后面的话，林公子没说完。他身子探了探，握住了红袖的手。

于是，红袖接下来的话，也说不出来了。

他们就这样握着彼此的手，不说话，厢房里静谧如梦。

第二天，红袖醒来时，林公子已经不见了。屋子里只有她一个人。巨大的失落再次涌来，她站在屋中央，有些站立不稳。但她很快又看到桌子上压着的一张纸。

"我恢复了体力，要去办一件事。事情办成后，我会带你走。顺利的话，今晚到了寅时，你站在窗外长桥上，我就会接到你。切记，寅时正刻，不要提前，也不要晚。"

红袖看着匆匆写就的纸张，字迹虽浅，没有署名，但不失清隽与筋骨，正是林公子的手笔。看了几遍之后，她又生怕别人看见，小心把纸张叠好，放进贴身衣物里。胸膛都暖暖的。

林公子要带自己走。她默念着这句话。

她记得五年前第一次遇见林公子时，她央求林公子带自己走，但被林公子淡然拒绝。那个时候，林公子富贵多金，乘船南下，如今他衣衫褴褛，自保都难——但不知为何，这个时候的林公子要带她离开，她更高兴。

一整天，红袖都在收拾自己的东西。最开始收了一大包，想着是逃亡，没有必要的就不带了，又把无用的取出来。如是几次，行囊越来越小，她也越来越轻松——只要能逃走，再多的身外之物都不足惜。

到了临近夜晚时，街上挑了灯笼，她突然记起林公子的怪病，想着要不要带几支蜡烛。万一他又发病，可以点蜡照光。

红袖越想越对，便从库房取了蜡烛，捆成一堆，抱着往回走。

远处的院子里，老鸨正和姑娘们围桌用饭，喧闹声远远传来。红袖皱皱眉，决定绕开院子，免得被老鸨撞见，于是拐过一条廊道，从醉仙楼西侧回房。

西侧院墙边，卧着一条大黑犬，正伸着舌头，涎液自嘴角流下。红袖想起来，之前她带着南莺逃出醉仙楼，就是用肉骨头贿赂了这条狗，从旁边的狗洞里钻出去的。现在，想来南莺应该已经和陈云川逃得远远的了，日子虽然艰难，但总算是跟相爱的人在一起。想着这些，红袖嘴角浮现了笑容，自己也马上就要离开这个地方了，说不定舟车船马，海角天涯，哪天还能再遇见南莺。

离狗洞不远，就是先前关押南莺的黑屋。红袖想着心事，从旁路过，快走过时突然停下来。

黑屋里传来了隐隐啜泣声。

红袖心里一叹，想来，又是哪个姑娘被老鸨罚了吧。

红袖没进过黑屋，但听人说过，里面用黑漆刷满，铁门一关，没有任何光线能进去。不消两三个时辰，人就能陷入绝对的黑暗和恐惧中，加上吃拉喝撒全在里面，关得稍久一些，就必须跟自己的屎尿睡在一起。如此手段，再高傲的性子都被会拉到下贱的泥潭里。往往关个十几天，被放出来时，姑娘们浑身哄臭，畏光胆怯，再无斗志，以后唯老鸨之命是从。

黑屋的位置位置很偏，只有一个黑衣小厮在不远处的凉棚里看守，此时正打着哈欠，背靠棚口，看来是想打会儿盹。他瞥了眼红袖，又闭上了眼睛。

红袖想了想，转身回到厨房，拿了盘桂花糕。她悄悄把黑屋铁门地下的拉栓打开，露出一道小口，把糕点递进去。

黑屋里的啜泣声停下来，有人在里面摸索，很快接住了糕点盘。

显然这这些桂花糕是黑屋里不会有的待遇，里面的人饿极了，大口咀嚼声传来。红袖默默叹息，把拉栓合上。

黑屋里的最后一点光亮消失前，里面的人一边嚼着桂花糕，一边含混地道:“饿……”。

红袖正要起身，突然浑身一颤，如遭雷击。她愣在门前，好半天，才凑到门边，颤声道:“南莺?”

十、逃离

红袖紧张地转头，朝那看门小厮看去——他靠着凉棚，闭着眼睛，嘴角流下一道亮晶晶的细丝。红袖心里稍定，凑近门缝，小声道:“南莺，是你吗？”

黑屋里的声息消失了，但很快，啜泣声再次响起。这次红袖听得真切，的的确确是南莺的哭声。

“南莺，你怎么被抓回来了？”红袖使劲抵了一下门，铁门纹丝不动，“你在里面多久了？”

南莺的声音透过门缝传来:“红袖姐姐……”又是一阵呜呜咽咽的哭泣声。

“别哭了，”红袖说，“我去央求妈妈，她不会关你很久的。”

南莺却道:“红袖姐姐不用管我了……”

她的声音透着死灰般的沮丧，完全不像之前倔强不屈的样子，红袖一愣，道:“告诉我，怎么回事。”

“是老秦抓到我们的……”南莺喘息了一声，道，“我们沿着河往北边走，晚上都没有休息，人越来越少，本来以为已经逃出去了。我们在路上还决定，找一个小村子安顿下来，用姐姐你给的玉镯换钱，买个小屋子，他在里面好好读书，考取功名。以后富贵了，可以再把姐姐接出来……”

红袖听得皱眉，瞧了一眼那看门小厮，打断道：“后来呢？”

南莺的声音停了一会儿，再响起时，已经带着哭腔：“后来老秦就追来了。”

红袖心里一沉。

南莺续道：“老秦他们坐船来的，比我们快。我们往野地里跑，他们又骑马，十几个人。我崴了脚，就被抓住了。今天清早被带回来的，就关在这里了。”她顿了顿，又说，“不过我没有把姐姐供出来。”

红袖心转似电，原来老秦早已经带人出去追了，难怪这几天没见到他。她下意识安慰道：“南莺你别担心，这几天楼里都很安静，妈妈不像是很生气的样子，肯定是打算大事化小你回来就好了。我去跟妈妈求求情，你可以早些出来。”

黑屋里一阵沉默。红袖耐心等了一会儿，这才意识到自己手里抱着蜡烛，是要逃走后给林公子照光的。继而想起自己马上就要逃走了，要是今晚给南莺求情，明天自己就不知所踪，相比南莺遭受的惩罚会更重吧。

“对了，老秦怎么知道你们一直往北边沿河走呢？”红袖的下半句却没说出口——今晚她和林公子一起逃走，决不能沿河了。

南莺道：“姐姐还记得那个载我们去城西营地的车夫吗？”

“嗯，怎么了？”

“我被抓回来的时候，听老秦跟别人说，那个车夫送我们到营地之后，没有走，一直跟着我们。他看到我们朝北边走，第二天就跟老鸨说了。老鸨给了他几两银子，等抓我后，再给他十两。”

“给了吗？”

南莺道：“我被关进来时看到，老秦已经去找那个车夫，应该快过来了。我跟他们说我是自己逃出来的，他们不信……红袖姐姐，那个车夫见过你的样子，你要小心。”

原来如此……红袖沉思，这几天楼里的风平浪静，只是为了稳住自己。老鸨肯定知道有人帮南莺出逃，只等这几天不动声色地把南莺抓回来，再叫上车夫，把自己指认出来。

看来得早些走了。

红袖打定主意，索性把蜡烛放在一边，对门缝道：“南莺，姐姐自身难保，可能以后照顾不到你了。好好活下去。”

隔着铁门，南莺凄然道：“谢谢红袖姐姐……其实，我不叫南莺，我的名字——”

看门小厮翻了个身，红袖吓得一颤，没有听清南莺的话。她正要离开，突然想起一个很关键的问题，趁小厮还在睡，问道：“你被抓进来了，那陈云川呢？”

南莺犹豫了一下，道：“我崴了脚，跑得很慢，云川说拿姐姐你的玉镯去集市上买马，让我在一个巷子里先躲着。我就把玉镯给他了。他是黄昏时去的集市，我在巷子最深处等着。等到第二天天亮，才听到马蹄声。”

红袖身子有点发冷，明知道接下来发生了什么，还是下意识地问:“是他吗?”

南莺的声音低如死灰，“是老秦。老秦把我抓回来了。”

红袖默然无语，抱着肩膀，感觉夜晚的寒冷开始降下来了。

南莺突然拔高了声音，道:“但他一定是去买马匹了，集市上的马肯定很贵，姐姐的玉镯买不下来……嗯嗯，他肯定找了一个晚上。等他牵着马回到巷子时，找不到我了，他很难过。是不是这样，红袖姐姐?”

红袖站在门口，夜风吹了过来，她有些战栗。“是的，一定是这样。”她在冷风中说。

红袖刚回到房间，正要收拾，门就被敲响了。

“红袖姑娘，”一个小厮站在门口，恭敬地说，“妈妈请你下去。”

红袖往窗外看了一眼，楼外河水潺潺，月光如匹练。长桥孤零零立在河水之上。寅时还早，林公子不知身在何处。待会儿车夫指认，自己肯定要被老鸨关进黑屋里，绝难逃出去。等到了寅时，林公子独立长桥，等不来自己，会不会也很失落?

但该来的，总是躲不过。红袖贪恋地看了一眼那长桥，站起身，道:“走吧。”

红袖神情倨傲，步履坚定，小厮有些愣住，连忙跟在她身后。来到大厅，已经站满了人，醉仙楼里的高低贵贱的姑娘们都在场。一百多人分在在厅堂角落和楼梯口，姿势各异，表情不一，但所有人的视线都汇聚到了大厅中央。

准确地说，是汇聚到了大厅中央的南莺身上。

南莺委顿在地，一身绫罗肮污不堪，头发凌乱，垂下来，遮住了她的表情。

红袖从楼上下来，一路上，姑娘们纷纷侧身，让她走到最靠近南莺的楼梯栏杆处。

“都到齐了？”老鸨拢着袖子，站在南莺身边，环视一圈——看到红袖时，眼睛抽搐了一下，“到齐了就好，来来来，你们都看一下。躺在地上的这个，是什么人？”

老鸨的目光太过可怕，被扫视到的人，都下意思往回缩。没人回答她的话。老鸨干脆指着紫罗，问道：“紫罗，你说，是什么人？”

紫罗左右看看，其余姑娘纷纷躲避，只得硬着头皮道：“是叛徒。”

老鸨摇头，又看向别人。姑娘们拼命想别的答案，又说婊子的，还有说贱货的。问到红袖时，红袖心想反正跳不掉了，昂首道：“她叫南莺，是我们的姐妹。”

不料老鸨却点头，道：“没错，这个坐在地上的，是南莺，是你们的姐妹，是我的女儿。”说着，她走到称南莺为婊子的姑娘面前，狠狠扇下一耳光，接着说，“我在你们身上都是花了心血的，琴棋书画，诗词歌赋，只要你们想学，我都去请先生。有一次，我听到有人在房间里念《北里志》，里面说，‘妓之母，多假母也’。”

红袖略微赧颜——有一阵子，红袖读了不少笔记小说，其中《北里志》最为喜欢。想来是自己看得入神，念出声来，被老鸨听见了。

“但你们也别忘了，《北里志》的下一句，是‘亦妓之衰退者为之’。妈妈我也是从你们这条路上走过来的，”老鸨道，“你们学的东西，我也学过；你们接的客，我也接过。你们的心思，我当年也有。我知道你们一动了心，就想逃出去，想着外面多好啊，郎情妾意，三餐四季。”她的语气猛地加重，“但你们错了，你们一来不知道外面是什么世道，二来不知道男人是什么东西！别看皇朝已定，战火烧不过来，但对我们女人来说，从古至今，一直是乱世。这世道，女人比浮萍不如，比草芥更贱。你们跑出去了，能干嘛，在田里唱曲儿？那些勾引你们的男人，更是靠不住，就是一时偷个腥而已。你们也不是良家妇女，都是被卖过来的，真跟人跑了，等他醒悟过来，想起你们身上压过多少男人，还会把你们放在心上？”

一番话说完，大厅里鸦雀无声。好些姑娘都低下了头。在大厅围观的男人都抱着手臂，脸上笑盈盈的。红袖留意到，龟公老秦旁边坐着一个男人，鼠眉鼠眼，贪婪地看着四周衣衫轻薄的姑娘们——正是之前送她和南莺去营地的马车车夫。

老鸨伸出手，指着周围的小厮杂役们，骂道：“你们笑个屁啊，这世道就算是男人的世道，也轮不到你们这些个不男不女的人！”

顿了顿，老鸨继续道：“但幸好，还有这块地方庇佑着你们。青楼不仅仅是销金窟啊，是我们这些被抛弃的人的家啊，没有这醉仙楼，你们中有多少人都死了！青楼的规矩从来不是乱立的，你们之前有人出门，我都会派人在后面悄悄跟着。谁要忘恩负义，私自逃走，绝不能轻饶，免得你们以后还往这火坑里跳！南莺这丫头，就是刚刚逃走被抓回来的，她肯定是轻饶不了，帮她逃走的人，不管是花魁还是最下等，也得受罚！”

这几乎就是直接冲着红袖说的了。红袖已经能感受到上百道目光向自己汇聚过来，这些目光是有温度的，聚在一起，刺破衣服烧灼皮肤。但她微微抬起下巴，径自看向南莺，对她们的目光浑然不觉。

老鸨朝龟公老秦招了招手，老秦会意，推了推车夫。车夫站起身，走到大厅中央。

“那天，你是不是看到了两个人去的？”

车夫点头如捣蒜，道：“是啊。两个姑娘，都挺漂亮。”

老鸨伸手一指南莺，问：“其中一个，是她吧？”

车夫看着南莺，舔了下嘴唇，道：“是这个小姑娘。我跑来跟你说，她沿着河跑了，你还不信……”

“另一个人也在这间屋子里，”老鸨没搭理他，“把她找出来。”

车夫笑嘻嘻点头，却不动身，只看着老鸨。

老鸨冷哼一声，掏出十两银子。车夫连忙伸出两只沾满油污的手，捧在老鸨面前，老鸨皱眉，把银子丢过去。车夫一下没接住，银子在众人的眼光中，掉在地上，跳了几下。车夫捡起来，不顾上面的灰尘，用牙咬了咬，脸上顿时笑开了花。

收了钱，他环顾一周，对老鸨说：“有点看不清，我上前看看？”

老鸨点头。

车夫快步走到紫罗面前。紫罗里面穿着鹅黄亵衣，外面只套了件半臂薄衫，胸前高耸。车夫走过来，都没看她的脸，目光只盯着她胸口，仿佛要用视线将衣衫射穿。

“看够了没有！”紫罗冷哼一声，裹紧了衣服。

车夫脸上挂着谄笑，摇摇头说：“不是你。”又走到下一个姑娘面前。

他就这样用眼睛占着便宜，一个个看过来，穿得多的看了便走，穿得少的就驻足很久。约莫一炷香功夫过后，老鸨终于耗尽耐心，道：“你快点儿，没见过的人，就别浪费时间。要看要摸，等会儿结束了再去，给你打折。”

车夫唯唯诺诺点头，不舍地跳过几个身段玲珑的妹子，走到了红袖面前。

尽管心里已有了准备，但近在咫尺地看着车夫猥琐的面孔，红袖还是心里一颤。她下意识想退后一步，脚刚迈出，又收回来了。她迎着车夫的视线，抬起头，微微咬住嘴唇。

车夫看着她的脸，眯起眼睛，似乎在回想什么。

“是不是她，你直说。”老鸨走了过来，但并未看车夫，也是盯着红袖不放。

车夫转头，看着老鸨，道：“不是。”

老鸨的步伐停了停，脸上掠过一丝错愕。其余姑娘也皱起眉头，纷纷低语，一边交头接耳一边偷看红袖。最诧异的当然是红袖了，但她努力让自己脸上没有表情。

“你看清楚了吗？”老鸨问，“别看错了。”

车夫摇头道：“看得很清楚，不是她。”又环顾一圈，指着南莺，“跟她一起上车的姑娘，不在这里。”

老鸨脸上阴晴不定，目光灼灼地看着车夫。车夫嬉皮笑脸地迎了上去。她又突然转身，走到南莺身前，一巴掌扇下，扇到近前时又改为抓住南莺头发，提起来，说：“南莺，你说，跟你一起上马车的，到底是谁？”

南莺艰难地抬起头，满面污浊之下，露出一抹笑容，道：“妈妈，是梅香姐姐带我出去的啊。妈妈你还记得梅香姐姐吗，她被你逼着接客，感染后又卖出去。她就是死在那条河里的啊，妈妈，她每天晚上在楼里转悠，是她把我……”

老鸨再也忍不住，一巴掌扇下去，登时在南莺脸上打出一个红肿的手掌印。“闭嘴！”老鸨声音颤抖，“梅香……她命不好……”

“落到你手里了，她当然命不好。”南莺不顾脸上火辣的疼，碧色眸子里满是倔强，“什么青楼是家，明明是坟场，为了钱，你害了多少姐妹的命。除了梅香——”

话未说完，老鸨抓着她的头，狠狠往地上掼去。南莺奔波多日，又被关了一天黑屋，精疲力乏，登时撞得晕了过去。

“你们谁跟她讲的这些事情！”老鸨恶狠狠环视一周。

自然没人站出来承认。

老鸨喘口气，语气稍平，挥挥手，似乎累了，道：“都散了吧。还愣着干嘛，晚上不接客了？”姑娘们本来期待着看场好戏，此时不由失望，转身离开。南莺也被龟公带回黑屋。

车夫讨好地看着老鸨，说：“我也可以走了吧，陈麻子还包了我的车呢。”

老鸨厌恶地挥挥手：“滚吧。”

红袖看看天色，已经晚上了，再过几个时辰，就到了跟林公子约定的时间。她也转身要走，但老鸨突然在身后道：“红袖，你等一下。”

十一、夜逃

红袖回到房间，坐在床上。

窗外夜色阑珊，河水潺潺。楼下又传来了觥筹交错和嬉笑打闹，刚刚还凝重肃杀的氛围，一扫而空，仿佛做梦。属于醉仙楼的一天又开始了。红袖把门关紧，走到床边，看着河水出神。

刚刚她要回来时，老鸨叫住了她。她以为老鸨还要责难，却不料看到老鸨脸上绽开了和善且愧意的笑容。老鸨说："红袖，你心思敏锐，我也不瞒你，我之前确实以为是你在帮南莺这丫头。整个楼里，你们关系最好嘛。"

红袖依旧是一头乱麻，含混地点了点头。

老鸨以为红袖生气，笑容谄媚，道："不过你真是妈妈的好女儿，懂事听话，不枉妈妈在你身上花了那么多心血。妈妈错怪你了，放心，以后自然多照顾着你。你身体调好了吗，要是没好也不着急，多休息几天，想吃什么用什么，说一声就好，我让人给你送去。"

红袖道：“妈妈客气了。”又问，“那南莺怎么办呢，关几天就放出来吗？”

老鸨笑容僵了僵，冷道：“她破了规矩，不是不接客那么简单了。我不会关她。不过这种野傲性子我见多了，任是多硬多轴，要整治起来，也简单。我让老秦去库房里取了药，晚上混在水里给南莺喝。再去找几个乡野汉子，把她送过去，关在一个房间里，任他们折腾。过得一晚，明天那丫头醒来，把她衣服剥了，捆上手，用马拴着一路走回来。”老鸨没有留意到红袖逐渐变暗的表情，兀自恶狠狠道，“这么一折腾，还没见过能继续傲着的人。就是可惜了南莺的初夜，要不是怕她伤人，初夜可值好几百两银子呢。”

红袖听得心寒，应付几句，就上了楼。

她原本还收拾了点东西，但现在，她只想早点儿逃出醉仙楼。尽管老鸨满口仁义，每句都是为了姑娘们好，还把好几个姑娘说哭了，但红袖清楚得很——老鸨眼里，没有世道，没有女儿，没有人情，只有银子。只要能掏出这个地狱，跟林公子在一起，她宁愿什么也不要。

但即使这么想，她脑袋里面还是浮响起了老鸨的话——

“……你们也不是良家妇女，都是被卖过来的，真跟人跑了，等他醒悟过来，想起你们身上压过多少男人，还会把你们放在心上。”

红袖连忙摇头，不会的，林公子不是这样的人……

就这么胡思乱想着，不觉间，夜已经深了。楼下的喧嚣也弱了许多。离寅时还有一个时辰，她身子有点困，想着先睡会儿，但又怕睡过。林公子说过，让她寅时站到桥上，只要到了桥上就可以把她带走，万万不能错过时间。可是为什么呢，林公子要带她走，早一点晚一点不可以吗，为什么一定要是寅时？不会是在骗……

她猛地扇了自己一巴掌，头脑顿时清醒了许多。她在房间里走来走去，突然想起待会儿要逃出去的狗洞，担心老鸨会把洞给堵上，于是悄悄下楼。

红袖步子轻，走的又是偏僻处，避开喧哗，一路都没人发现。来到院墙边，看到狗洞敞开，恶犬伸着舌头，呼呼喘气。

一瞬间，红袖心里狂跳，想着如果现在出去，肯定没人发现。她可以躲在桥底下，等着更声，只要寅时响起，就跑到桥面上。林公子说过，只要到了桥面上，他就一定会带自己走。

她转身去厨房取了一碗骨头肉，再往回走，一边走一边看着四周，脑袋里盘算着，冷不丁就撞上了一个人。

是龟公老秦，端着食盘，腰间挂着一串钥匙，铃铛作响。

“哪个不长眼的，没看到我手里……呀，是红袖姑娘啊。”老秦的表情和语气，转换自如，笑道，“这么晚了，红袖姑娘来这里做什么？”

红袖道：“肚子有点饿，下来厨房拿东西吃。”

“这点事，跟我们说嘛。想吃什么，我吩咐厨房去做就可以了。”老秦一边看了眼红袖手里的肉，说，一边整理手里的木质食盘——刚刚跟红袖一撞，食盘上的瓷碗里，水都溅了些出来。

红袖瞥了眼食盘，上面只有几个馒头，和一碗水，问道：“老秦你这是给谁送的啊？”

老秦撇撇嘴道：“还能有谁？南莺那个小冤家呗，妈妈吩咐的，给她送点吃的和……”他低头，看了一眼那瓷碗，碗中水波微荡，映着远处灯笼里的红光，分外诡异，“……和喝的。”

红袖一愣，耳旁随即响起老鸨对她说过的话。

老秦见红袖发愣，道：“那红袖姑娘慢走，还要吃什么的话，直接吩咐厨房吧，我去把这些拿给南莺。”说着绕过红袖，往黑屋的那条廊道走去。

红袖愣在原地，往回看看，老秦的背影已经消失在转角；往前看看，院墙的狗洞里，略微透出昏黄的光。想来是墙外挂着灯笼，光洒一地，穿过那小小的洞口，在漆黑院墙内，造出了一小片清亮。这光在夜里有些淡，如同林公子的眼神。

对了，林公子，她心里反复念着这三个字，林公子，林公子，主要出去，就能跟林公子一起远走高飞了……她咬着嘴唇，几乎尝到了腥咸，终于抬起脚，把那碗骨头肉洒在离狗洞一丈远的墙边。

恶狗闻到肉香，立刻喘粗气，拖着铁链跑到肉骨头那里，吭哧吭哧地吃起来。

洞口彻底为红袖敞开了。红袖走过去。

这时，身后隐约传来了老秦的声音：“南莺啊，饿了吧，来，吃点馒头，喝点水……放心，妈妈说了，明天就把你放出来……来……”

红袖站住，低下头，墙外洒进来的光微微曳动，一时间无比遥远。

老秦正要把食盘从门洞里塞进去，身后响起脚步声。

他转身，诧异道：“红袖姑娘，你怎么又来了，厨房在那边啊。”

红袖点点头，环视一周。凉棚里已经没有了看守的小厮，想来去提前溜号了，换班的很快回来。四下里一片寂静，四下里一片寂静，只有恶犬啃食骨头的声音响起——迟钝，连续，如同荒坟里传来的心跳。

红袖心惊胆战，但强自镇定，说：“我来跟南莺说会儿话。”

老秦道：“那可不行，妈妈吩咐了，今晚让她……好好休息。”

红袖看了眼地上的食盘，说：“那我把吃喝给递进去，总可以吧。”说着蹲下来，端起食盒，实心木制的食盒果然很沉。她把盛馒头和水的碗都拿起来，放在地上，塞了一个馒头进去，嘴里道，“南莺，你慢点儿吃……”

“水，水也给她送进去啊。馒头干，要就水。”老秦在身后道。

红袖一手提着食盒，一手扶腰，站起来：“哎，腰有点疼，弯不下去。老秦，劳烦你一下。”

老秦暗暗骂咧一声，蹲下来，拿起碗，要往门洞里递。这时，头上传来了呼啸风声，还没反应过来，脑袋上就被重重地砸了。

“怎……”老秦晃了一下，只觉得耳朵里嗡嗡响。世界在旋转。

他抬起头，看到了红袖的手，以及她手上抓着的食盘。风声又响起了，昏沉的意识警告他危险已近，但嘴里还没喊出声，嘣，这下食盘结结实实砸在他太阳穴上。

老秦一声不吭地倒在地上。

红袖按捺住胸中如鼓的心跳，从老秦腰间拔下钥匙串，试了几次，把黑屋铁门打开。南莺的脸在月色下浮现出来，格外憔悴，睁眼看了下红袖，又阖上眼皮。

“南莺……”红袖看着她这样萎靡的模样，近乎半昏迷，不禁心疼。

南莺挣扎了下，但起不了身，红袖连忙上前扶住她，扶到屋外，靠在墙边。南莺顺着墙慢慢坐倒。

“你放心，姐姐带你出去，跟你一起。我们今晚逃出去，以后，有姐姐吃的饭，就不会给你喝粥。”

南莺没有睁眼，但眼角默默淌泪，显然听清了这句话。

红袖把老秦拖到黑屋里，将门锁了，又扶着南莺走过拐角，来到狗洞处。洞口仍在，但她已经不敢上前——

恶犬蹲在洞口，嘴边犹挂着汤汁肉渍，喉咙低鸣，一双眼睛在夜里透着寒光。

它已经吃饱了骨头和肉，饥饿褪去，守门的职责令它恶狠狠地看着两个狼狈的女孩。

红袖试着往前一步，恶狗立刻伏低身子，作势欲扑，嘴边尖牙隐露。

看来从狗洞出去的计划不行了，这狗吃饱了，一时不会再饿，得想新的法子。红袖拉着南莺的手，往正门的方向看去，已经深夜，大厅里依旧传来行酒令和嬉笑打闹的声音。

“先回去吧，撑住，我们要上楼。”红袖说，搀着南莺，沿人少的路径，一路有惊无险，回到厢房。

离寅时尚有一阵子，红袖关好门，看着窗外。长桥在灯笼照耀下，格外安静。没有任何人要走上去的迹象。

“红袖姐姐，”南莺躺在床上，脑袋肿起好大一个包，气若游丝地道，“我们可以等到天亮……天亮的时候厨房的马车会去买菜，我们躲在马车里面，用竹篓遮住……”

红袖摇头道：“不行，我们一定要在今晚出去，要在寅时之前。”

南莺闭着眼睛，微微点头，脑袋一侧，又陷入昏迷中。

红袖在屋里左思右想，盘算着醉仙楼的所有出口——院墙太高，肯定爬不上去；狗洞被挡，只得作罢；后门有小厮日夜换班看守，硬闯不得……

醉仙楼那两扇朱红色的大门，突然在她脑袋里浮现。

“正门……”她喃喃念道，掐了下手指，心里顿时一片亮堂。

青楼做的正是夜晚的生意。醉仙楼从傍晚开张，有时彻夜不休，但也有背着妻子偷跑出来的，玩到很晚，便会结账离开，悄悄回到家里。这时，作陪了一晚的姑娘偶尔也送他们到门口。这类客人大都是城里小商贩，家里有母老虎管着，出来偷腥，手头紧巴，也没钱找红袖这种花魁，只找下等花娘。红袖见过几次紫罗扶着醉醺醺的客人往外走，送到街上，妖娆作别，然后折返。

想到此处，红袖从床下摸出一块玛瑙玉坠，起身出了厢房，走到紫罗屋前。

紫罗揉着眼睛打开门，见到红袖，一脸不耐：“这么晚了，你不休息，我还要睡觉呢。好不容易伺候完一个，累死我了……”

红袖朝她里屋看了一眼，只见粗布麻衣洒在地上，一只长满黑毛的小腿垂在床边，显然经过激烈折腾，已经睡熟了。

“姐姐的客人，是什么时候走？”

紫罗见红袖眼神闪烁，疑惑道：“天亮前回家就可以了……你问这个干嘛？”

红袖走进屋，关上门，然后盈盈跪下。

紫罗吓了一跳，道：“妹妹这是干什么？”

红袖低声道：“妹妹从没有求过姐姐，现在，想请姐姐帮忙。”

紫罗一脸狐疑，斜看着红袖。她头发披散，但发丝间依然可以见到那条猩红色的胎记，像是血色蜈蚣从草叶间伸出头，也在打量红袖。“你先说。”她退后一步，道。

红袖一咬牙，道：“我今天要和南莺一起出醉仙楼，请姐姐帮忙。”

紫罗惊道：“你……你说什么？”

红袖知道自己说得很清晰，没回话，昂起头看着她。

半晌，紫罗脸上的夸张之色才收敛，反而露出一笑，看着红袖。那条蜈蚣也随着笑容而抖动起来。“这么说，南莺还真是你帮着逃出去的了，现在，不光是南莺要逃，你也要逃？”紫罗笑道，“姐姐就不明白了，你好好的花魁不当，神仙的日子不过，为什么非要逃出去，逃进乱世里呢？”

红袖道：“其中缘由，不足以道。但今晚寅时之前，我一定要出去，求姐姐帮帮我，大恩大德，来世不忘。”

紫罗讶道：“妹妹这是要害我啊。帮你们逃出去了，先不说成不成，我都要被妈妈剥了皮的。”

“妹妹有个办法，神不知鬼不觉，姐姐只要装作不知道就好了。”

“还是不行，这太吓人了。”紫罗拍拍胸膛，“你也不是没见过妈妈今晚发的火，我不敢。妹妹你快走吧，收了这心思，我就当你没来过我这里。”

红袖掏出袖子里的玛瑙玉坠，捧在手里。暗夜笼罩，这玉坠流淌着一层华贵而沉郁的光。红袖跪行一步，把玉坠捧到紫罗面前道：“自然不是找姐姐白帮忙。这是胡老板私下里送给我的，按他说，随便找个当铺，都能换八百两银子。姐姐请收下。”

紫罗看着玛瑙玉坠，嘴边的笑容凝固了。作为下等花娘，供贩夫走卒们亵玩，嫖资不过一两银子，还被老鸨尽数收走。运气好时，能私下里从客人身上嗲出一二钱银子，还得小心藏好，一旦被老鸨发现藏私，又是一顿毒打——八百两，是她甚至难以企及想象的数字。她也深知自己日渐色衰，过不了几年，就会被更年轻的女孩顶替，连下等花娘也做不了，到时候，没有钱财傍身，就是死路一条。

她吞了口唾沫，道：“妹妹不愧是花魁啊，这么贵重的物事，随手便拿。跟我这种贱妓相比，真是贵如天上啊。”

红袖道：“只要姐姐帮忙，这块玉坠就是姐姐的了，谁都不会知道。”

“这说的是什么话！姐妹一场，帮忙是天经地义！”紫罗抓住红袖的手，扶她起来，再把手收回来时，那块玛瑙玉坠已经从红袖手中消失了，“现在，妹妹请说你的计划。”

寅时将至，大厅里的狼藉已经消失，只剩下一两个穷酸诗人，喝得醉醺醺，犹自握着酒壶，躺在角落里，喃喃念叨着酸腐诗句。看大门的两个小厮打着哈欠，趴在桌子上。

今晚客人不多，午时以后就没几个买欢的人进门了，倒是陆续有客人散去。有些自己独自出门，大都是新客，有的客人来找相熟的姑娘，一场交欢，一掷银钱，再离开时，姑娘多半会送一送。不过老鸨吩咐了，有姑娘送客出门，就得多留个心眼。

眼下，就有个熟悉的身影，扶着两个醉醺醺的干瘦男人，从厢房里下楼，走向门口。

右边这个十五六岁的小厮瞧了眼，道："是紫罗姐姐啊，嚯，今晚可够折腾吧。"另一个小厮正打瞌睡，抬眼瞧了瞧，又埋头下去。

紫罗啐道："笑个屁啊，等你长大了，可别学他们。这吴家老三、老四，真是两个冤家，非要一起来……哎我这身子骨。"

小厮道："姐姐这身子骨要是哪里酸疼，我可以帮姐姐揉揉啊。"

"小冤家！"紫罗斜睨他一眼，"这么小就想着占便宜，以后怎么得了，多少良家妇女得遭了你的罪。"

小厮道："谁说我小，姐姐又没有验过。"

这么互相调笑着，紫罗已经把两个客人带到了门口，扭头对小厮道："姐姐送他们到街上。"

小厮道："还能不信姐姐么！"

紫罗媚笑，然后转头对右边那个一直垂着头的客人低声道："走呀！"

客人微微抬头，看着黑夜里的朱红大门，愣了一下。

这个客人，正是红袖，紫罗左手边需要扶着的人，自然便是南莺。

红袖想的法子很简单——趁紫罗的客人没有醒过来，偷了衣服，外衣披在南莺身上，内衬粗布着被红袖裹着。她们再把头发弄脏，扯得蓬松，只要低头，也难以辨出是男是女。南莺浑身委顿，也强打起精神，走起来正好犹如醉态。紫罗跟看门小厮素来打情骂俏，扶着这两个喝醉的“客人”出去时，跟小厮拌几句嘴，分散小厮注意力，多半会顺利。

至于紫罗，送走她们之后，把衣服拿回来，天亮前把客人叫醒，让他独自穿衣服离开。谁也不知道发生了什么。唯一的麻烦在于小厮见过她扶着两个人离开，老鸨询问起来，嫌疑很大——但这也好办，紫罗死咬不放，就说自己接了两个客人，反正青楼里收钱就放客人进来，没有记录是常有的事情。何况，那狗洞附近还堆着几块吃剩的肉骨头，到时候说是红袖用骨头贿赂了恶犬，从洞里爬出，也没人会质疑。

结果也正如红袖所料，每一步都走得很顺利。现在，站在这扇大门前，红袖突然想起了第一次进这扇门时的情景。

那时候，她被陈麻子卖进来，沦为青楼女子，对她来说，这扇门就是轰然合上的命运之门。命运对她转身，露出狰狞面目。她以为再也逃不出噩运魔爪，但现在，离自由世界，离林公子，自由一步之遥。

只要迈出去就行了。

紫罗悄悄捏了一把红袖的肩，低喝道:“走啊。”

红袖安定心神，提起脚。

这时，身后传来了声音：“等一下。”

红袖浑身血液几乎凝固，好一会儿才听出来，这是守门小厮的声音。紫罗反应快速，转过头，嗔骂道：“小冤家，还没完没了了？”

小厮负手起身，向他们走来。

红袖几乎转身要跑了，紫罗的身体也抖了抖，南莺昏昏欲倒。但他们都站在门口，红袖靠着门，紫罗扶着南莺。

小厮走近，道：“夜深了，天寒，姐姐披件衣裳。”说着，把手从身后拿出，手上是一件褐布长衫。

紫罗连忙笑着骂道：“你这破衣服，自己穿吧，我出门走两步就回来，受不了寒。”

小厮闻言，撇撇嘴，又往回走。

紫罗连忙扶着南莺往外走，红袖也抬步跨过门槛。走这一步的时候，耳旁似乎响起了风声，身后的醉仙楼倏忽间远去。她在充满自由的深夜空气里呼吸，近乎贪婪。她再走两步，来到街心。这一次，命运终于被甩到了身后，她没有回头。

十二、丧亡

深夜的街上，空气寒凉。这大概是一天中最黑暗的时候了，挂在墙头的灯笼随风晃动，残光摇曳，随时会灭。

紫罗扶着南莺，走到街心，对红袖道：“到这里，就差不多了吧？”

红袖点头道：“多谢紫罗姐姐了。”说着，把南莺从紫罗手里接过来，搀扶着，南莺勉强走了几步，现在又陷入了浑噩之中，“南莺，撑住，寅时马上就到了。”

河水潺潺，不远处，长桥拱起身，像是匍匐的巨人。周围并无人声，如果林公子要来接她，应该也快到了，此时却踪迹全无。

红袖想，会不会是躲在桥下了？

紫罗道：“妹妹是等人来接吗？”

红袖看看长桥，有些焦急，点头道：“嗯，”醒悟过来，又对紫罗道，“谢谢姐姐，我们到这里就好了。姐姐回去吧，对了，这两件披在身上的衣服还给姐姐。”

紫罗却不接过，顺着红袖刚刚的目光，看向长桥。

“紫罗姐姐？”红袖有些纳闷，却发现紫罗转过了头，她的眼神在黑夜里显得很奇怪，没有刚才帮忙的热忱，透出几丝戏谑和……

残忍？

紫罗近前一步，垂下头，那条蜈蚣样的胎记在黑暗中隐露。“红袖，别怪姐姐。”她低声说，“这世道，身不由己。”

红袖心里一凉，下意识后退一步。夜风忽地大了起来，墙边灯笼熄灭，一时暗了下来，但很快，光再次涌现，照亮了整条长街。

是火把。

持火把的人从各个方向走出来，围住了红袖和南莺。红袖绝望地环视一圈，看到了许多张熟悉的脸，大多都是醉仙楼里的杂役小厮，每张脸都被火光拉扯出阴影，透出不怀好意的神色。

他们围在街上，手里举着火把，红袖脚下绽开了十几条影子。

小厮们让开一条路，从他们身后走过来的，是面色阴沉的老鸨。她旁边还站着一个人，头戴纱布，嘴里哎哟哎呀，正是龟公老秦。

老鸨的视线在红袖和南莺脸上闪过，最后落到紫罗身上，道：“那个勾搭我家姑娘的人呢？”

紫罗伸手一指：“肯定在桥那边。”

老鸨手一挥，立刻分出五六个小厮，擎着火把奔到桥的两边，上下搜寻。有几个还翻到了桥下，不放过任何一个死角。漆黑的河面上，倒映着火红的光。

过不多久，小厮们陆陆续续回来，对老鸨道：“妈妈，没发现有人在。”

老鸨道:“找得仔细吗?”

小厮回答响亮，道:“回妈妈，桥上桥下，桥面桥墩，能找得到的地方都到了。石头裂缝都有仔仔细细照过，要是还能有人藏着，妈妈把我剁了去砌石头。”

老鸨“嗯”了一声，转向红袖，嘴角露出讥笑，道:“看来，要接你的人，没有来。”

红袖扶着南莺，浑身颤抖。她看了看桥面，再看向四周，除了火把照亮的这一块地方，其余都陷入了沉沉黑暗里。仿佛整个世界就只剩下了他们，再也不会有人从黑夜里走出来。

“不……”红袖摇头，“林公子说了的，他一定会出现。”

老鸨道:“我早就说过，这世上的男人靠不住。南莺被抓的时候，那个小白脸早就抛弃她跑远了；你也是一样，男人随便说说，哄你而已，你还死心眼要过来。”说到这，老鸨脸上突然抽搐一下，咬牙道，“男人的话最信不得！他花言巧语，嘴里调了蜜，先把你的身子给骗了，等玩腻了，就会开始骗你的钱！女人就是傻啊，这么容易把一颗真心交给他们，任他们蹂躏，卖皮肉挣来的钱一分不剩地交给他们，结果他们转手就花在别的女人身上！等你挣不动钱了，踹你走的时候，眼睛都不会眨一下，跟当初在你耳边说甜言蜜语的时候，就像换了个人！男人就是这样的，他们是天底下最狡猾、最凶狠的动物！”

不知是火光照的，还是什么别的原因，一番话说完，老鸨脸上通红。她后退一步，喘口气，软声对红袖道:“都到这份上了，你就认了吧。我看你是块料子，埋没了可惜，只要你回去，以后再不东想西想，这件事……也就算了。”

话音未落，紫罗急声道：“妈妈，不能这么轻易放过啊！规矩就是规矩，这要是被人知道了悄悄逃跑都没什么事情，不消几天，楼里就没人了啊。”

老鸨看了紫罗一眼，没说话，只是轻轻摆了摆手。手下人会意，立刻上前，架住红袖和南莺，往街道另一边的醉仙楼大门走去。

那扇朱红色的大门，在此时看来，一片漆黑，仿若一张森然巨口无声张开。命运那布满尖细利齿的咽喉将要把她吞噬。

红袖有些失魂落魄地走在小厮们中间，不是因为被老鸨的话镇住，还是因为心里涌起的巨大失落。

她脚下的影子被火光照得很淡，但每迈一步，脚上都分外沉重。这些影子拖曳着她的步伐。

这时，空寂寂的街上，传来了梆子声。

当，当，当，当，当。

深夜五更。

寅时。

红袖突然一怔，转过头，看向星光下隐约的长桥。她狂叫一声，拉住南莺，使劲往桥边跑去。这一声太过突然，周围人还没有反应过来，就被二人突围而去。

红袖拉着南莺，一路狂奔，南莺本来浑浑噩噩，但被红袖这股突然的劲头感染了，也下意识跟着奔跑。夜风一下子大起来。

后面的人呼啦啦追过来，火把摇曳，幽影攒动，聚集成一大团黑影向她们扑过来。

长桥上空无一人，冷风吹起，水声潺潺。

但林公子说过，只要在寅时到了长桥，就会带她走！红袖耳畔回响着这句话，胸腔里热气涌动，带着南莺，跑了一小段，来到了河岸。

“拦住她们！”老鸨抬头看去，发现桥上空的黑暗里，似乎掠过了一个巨大的阴影，星光暗淡，一片漆黑，她心里突然升起一丝不详，大喊道，“别让她们上桥！”

几个小厮立刻扑上去，但红袖加快步伐，往前一跳。南莺在身后摔倒，她返回来拉着南莺，连滚带爬，爬到了桥面上。

“林公子！”她凄然喊道。

然而，桥上只有冷风呼呼，红袖抬起头，衣衫烈烈，夜空漆黑如墨。

红袖遍体生寒。

下一瞬，扑过来的小厮杂役们淹没了她。

老鸨走过来，往天上看了看，刚刚那个巨大隐约的黑影已经看不清了，仿佛从没出现过。她心有余悸，上前狠狠扇了红袖一耳光，吩咐道：“带走！”

一个高壮小厮上前，把跌倒的南莺扛在肩上，另上前二人，架住红袖，往回走。

他们小心提防着红袖再逃，但显然已经没有必要，红袖浑身乏力，低着头，忍了许久的泪水终于落了下来。

紫罗也跑到近处，见到红袖垂泪，得意道：“你还跑，妈妈，这次可饶不了她了吧——这丫头心野，驯不服的。”

老鸨依旧在打量四周，没回话。

紫罗继续道：“妈妈，我觉得把她关在黑屋里还不够，还得在脸上烙上刺青，贬为下等花娘，每日接客，才知道教训！”

红袖抬起头，脸上泪痕犹挂，看着紫罗侧脸上的蜈蚣形胎记，道：“我有什么地方得罪了紫罗姐姐吗，如此害我？”

紫罗笑道：“自然也没什么，就是也轮到你尝尝当下等花娘的滋味了。”

“所以姐姐宁愿不要我给的那三条玛瑙坠，价值数千两，也要出卖我？”

“你！”紫罗脸色一变，连忙看向老鸨，道，“妈妈，别听这丫头瞎说，我只拿了她一条玉坠，都上交给妈妈了！”

老鸨看着紫罗，脸上阴晴不定，好半天，道：“就知道你不会这么老实，哼，看我回去怎么收拾你！”

紫罗哭丧着脸，连声发誓，但老鸨置之不理。

他们径直走到醉仙楼前，火把高举，纷乱的影子扑在门槛上。他们正要上前，却发现门槛上的影子突然收束成一条，整齐地指向前方。

老鸨一愣，很快明白过来，影子向前，是因为身后出现了光亮——远胜于十几支火把的光亮，如同明月之于萤虫。但这漆黑浓夜，还有什么能比火焰更亮呢？

老鸨转过身，所有人转过身，红袖和南莺也转过身，他们一齐看到了那道贯穿天空的光。

仿佛明月从天空笔直跌落，沿路留下光辉，跌出了一条光之通道。这根光柱约有一丈口径，通体橙黄，光柱外飞舞着细小的光粒，仿佛蛾蝶，又很快在空气中湮灭。光柱的正好罩住长桥中间的桥面，一路往上，可以看到它高耸入云，照亮周围层层叠叠的云朵，一直插进云层深处，不可目测。

“这是……”龟公老秦抚着额头，一时忘了脑袋的隐痛，张大嘴，“这是啥？”

其余人也站在街上，一脸迷惘且惊叹地看着这根通天光柱。每个人脸上都蒙上了淡黄色的辉芒。

红袖张着嘴，表情茫然，愣了愣，突然挣扎起来：“林公子，林公子！”

老鸨上前狠扇一掌，道：“这跟你的林公子有屁关系！”

但红袖剧烈挣扎着，差点儿就挣脱了几个小厮，他们使劲全力，把红袖按在地上。但红袖昂着头，看着那道光柱，以及光柱尽头的云层，眼角含泪，嘶声挣扎。

那道光里面，确实没有林公子的丝毫影子，但一股奇怪而强烈的冲动告诉她，只要走进这道光里面，就能见到林公子了！

但如此多沉重有力的手臂按着她，让她死死贴在地上。哪怕使劲全力，也只能艰难地伸出手指，指向长桥。

指尖凝着一粒微光。

“佛！”

就在众人惊诧迷惑时，一阵悲怆的号叫突然响起，震碎夜色。

众人循声望去，只见长桥对面的巷子里奔出一人，跌跌撞撞地跑向那道光柱。

红袖认得，这人正是把林公子带到难民营的老和尚。此时他一改往日枯木般入定的淡然模样，浑身破衫垂挂，脸上皱纹挤成一堆，眼睛血红，状若疯狂。

老鸨喃喃道：“今晚是怎么了……牛鬼蛇神都出来了？”

老和尚毕竟与红袖无关，醉仙楼一众人都看着他奔上桥面，径直冲进黄色光柱中。一瞬间，煌煌辉芒照得他脸上纤毫毕现，苍老的皮肤宛若透明，血管根根可见。

“佛，带我走！”老和尚仰面朝天，两手张开，衣袖如鸟翼般猎猎鼓动。

接下来，所有人都被眼前的景象惊呆了——

老和尚腋下的衣袖仿佛真的蜕变成翼，可借风浮起。慢慢地，他的脚离开桥面笔直上升，如鸟如筝。越往上，他身上的衣服震动得越厉害。

那一刻，老和尚整个人都沉在刺眼的光辉中，真真像是佛陀升空，普照人间。

“这是……”老鸨仰着头，吞了口唾沫，把后面的话也吞了进去。

后面已经有人跪下了，连连磕头，喊着“阿弥陀佛”。

的确，如此异象，非神迹不能解释。

押住南莺的人中有两个也跪下了。谁也没料到，一直沉默萎靡的南莺突然一声大喊，往前扑出，抢过了一根火把。

“姐姐，快走！”南莺大喊，同时两手抓着火把，使劲一挥。一道炙热的弧光掠过，逼退了依然按住红袖的小厮们，红袖得了自由，立刻连滚带爬，跑向长桥。

跑了几步，她回过头，看到小厮们已经反应过来，恶狠狠扑上，但南莺不知哪来的力气，挥舞着火把，将他们逼退。

“姐姐，走啊！”南莺披头散发，声嘶力竭。

“一起走！”红袖咬咬牙，要回身去拉南莺，却也被南莺挥着火把打退。一道火焰擦到了红袖手臂。

南莺道：“姐姐你不要管我！走啊，走到那道光里，去另一个世界！”她一边喊，一边狠狠将火把砸到一个小厮头上，火星四溅。这种凶狠劲，让要冲过来的人都下意识退了一步。

有两个人想绕过南莺，刚一动身，南莺又扑了上去。

“给我往死里打！”老鸨终于发怒。

“走啊，你不走，我就要被打死啦！”南莺背对着红袖喊道。

红袖抹掉眼角泪水，转身跑向长桥。有几个人绕过了南莺，大步追过来，更多的人则围住南莺，想要制服她。

红袖拼命跑，跑到了桥边，光柱近在眼前。身后的人已经追不上她了。她转过头，看到南莺已经被一群小厮围在中间，但她依然拿着火把四下乱挥。

旁人近身不得，更加躁怒。老秦铁青着脸，接过一根长一些的火把，趁南莺转身，猛地砸下。

“姐姐，”南莺面向红袖，神色凄然，嘴角却带着一丝倔强，“记住我的名字，我不叫南莺，我是西羌族人，我的名字叫——”

话音未落，她身后的火焰划过一道弧线，正中她侧脑。

这一记火把的力道太重，南莺几乎被砸得双脚离地，身子侧飞而出。然后咚一声摔倒在地，再无声息。

红袖目呲欲裂，下意识将手伸出。南莺最后的呼喊犹在耳畔，“快走，快走”，红袖浑身颤抖。

小厮们越过南莺的身体，蜂拥而来。

红袖咬紧牙齿，几乎把嘴唇咬破，才让自己转过身，奔向那道贯穿天地的光柱。这一次，没有人能拦得住她了，她大踏步而上，跨过青石铺就的桥面，跑到了光柱面前。

她的手最先进入光柱。她本来以为光柱如此煌然，里面肯定炙热，但手伸进去之后，才发现这道光里竟只是稍稍温凉，像是伸进了一汪被阳光照过的水里，手指还能感觉轻微的黏滞感。

头顶，老和尚已经升进了云层，身影消失。

身后，一大群男人拥过来，个个面色狰狞。但奇怪的是，这一刻，一切都很缓慢。每个人的动作都被拖住了一样。红袖深深吸气。

只要自己进入，也会升到天上——天上，有林公子吧。

这么想着，红袖毅然迈步，踏入这道光柱里。

奇怪的拉扯力遍布全身，她摇摇晃晃地往上飘起来。

然而，一直以来稳定坚固的光柱，突然摇晃起来，仿佛云层里有巨人在拨动这根光之蜡烛。随后，它忽闪了几下，熄灭了。天地恢复黑暗。

温凉感消失了，黏稠感感消失了，浑身奇怪的拉扯力也消失了。

红袖落下来，身子一歪，跌坐在地。她看向云层，但黑暗吞没了她的视线，恍惚中，她听到了巨物掠空的呼啸声。红袖呆呆地仰着头，不知是痴了，还是在看老和尚是不是也会掉下来——但直到小厮们将她拉开，夜幕里依然一片宁静。

在黑屋里的时候，红袖试图在脑子里回放这一夜的情景。

这个晚上发生了太多事情，每一件自己都切切实实经历了，回想起来却总是模糊。她已经有些记不清自己是不是砸了老秦的脑袋，记不清长桥上是不是降下了通天光柱，脑子里浑浑噩噩，只有最后一个画面尤其清晰——

她被小厮们拖下长桥，一路拖回醉仙楼。经过街道中间时，她看见南莺躺在地上，老秦颤巍巍地把手伸到南莺鼻下，接着手一抖。老秦脸色苍白，看向老鸨，摇了摇头。

这个画面被懊恼和悔恨灼烧，渐渐泛红，烙铁一般印在红袖的脑子里。

如果自己没有信林公子留下的信笺，如果自己在恶犬去吃骨头时就直接爬出去，如果不是错信了紫罗……许多个决定，像是一根链条上彼此扣紧的环，让她陷入这种绝对的黑暗和寂静中，也一步步导致了南莺的死亡。

在黑屋里，这种悔恨是致命的。红袖的眼泪几乎要流干，想到南莺躺在地上逐渐变冷的尸体，就恨不得用脑袋去撞门。只有在疼痛和眩晕中，悔恨才会消减一些。

但即使脑子昏沉，口干舌燥，但脑袋里始终有一个念头——不喝从黑屋外送进来的水。

昨晚发生这么大的事情，老鸨包庇不得，只能当众将她贬为下等花娘，搬离醉仙楼顶楼厢房，住在底层，每晚接客。

老鸨知道她性子倔，在接客之前，先把她关进黑屋，名为惩罚，实际上，恐怕也是要将对付南莺那一套在她身上故技重施吧。

所以每天送进来的水，红袖都倒了，自己缩在角落里，抱着肩膀，昏昏沉沉。

其实她也知道，这样的抵抗并没有多大作用。

她渴晕之后，老鸨依然能轻而易举地给她灌药，甚至，老鸨其实并不需要下药，以她现在手脚无力的身体状态，根本无力抵抗任何侵害。

但她的牙齿还是有力气的。

两天后，黑屋门打开，光线潮涌而入。红袖被亮光刺得生疼，努力往里缩，用手挡住眼睛。待勉强能视物后，她移开手，看到一个老鸨立在门口。

红袖残存的意识告诉她，厄运将至。她伸出舌头，就要咬下，老鸨却早有预料一样，伸手捏住了她的颌骨。

“别急着死，”老鸨的声音有些奇怪，既不生气也不惋惜，倒显得冷漠，“有人赎你来了。”

老鸨挪开身子，红袖这才看到，原来门外一直站着另一个人。“林……”红袖喉咙干涩，想说话，却只发出一个模糊的音节。她努力向前探了探，才发现这个人影格外庞大，站在明亮光线里，一张肥大的脸似乎要被阳光融化。

“胡老板，”老鸨不再搭理红袖，对那人影低头道，“人就在这里了。”

胡老板看着狼狈地缩成一团的红袖，黑屋的臭味弥漫而出，他皱了皱鼻子，摆摆手。两旁立刻转出几个手下，扶起红袖。

“走吧。”胡老板说完，转过身。

红袖被人扶着，脑袋一晃一晃，世界像是盛满了水的透明缸子，明亮的水也跟着一晃一晃。走出醉仙楼朱红大门的那一刻，她终于坚持不住，昏了过去。

十三、往事

没关系的。

在他的记忆里，阿娘总是说这四个字。

还早的时候，家境还算殷实。阿爹在朝为官，政绩平庸，却喜欢纳妾。那些新收的小妾，每一个都不是省油的灯，牙尖嘴利，心思活络，联合起来欺负阿娘。他那时候还小，但已有了记忆，清楚地记得阿娘是怎么从主房一步步地搬到了院子的角落。

但阿娘说，没关系的。

对阿娘来说，只要有他，就够了——可能还得再加上一样东西，书。

阿娘喜欢读书。

作为府里的少爷，他有专门的房间和佣人，但每当夜幕来临，他就会悄悄从窗子溜出去，穿过整个院墙，来到阿娘的小房子。每次过去，阿娘的房间总是亮着一烛昏黄的光，褐色木桌被烛光照亮，桌上泛黄的书卷也被照亮。

“阿娘,”他走过去,蜷缩在阿娘腿上,昏黄的烛光也扑到了他白皙的脸侧,“你怎么这么爱读书啊?这些天先生教我识字,我都烦死了。”

阿娘放下书,抚摸他的脸,再揉了揉自己的眼睛,道:“你要学会认字啊,认字了,才能读书。书里面的东西,会让你明白真正的道理。”

他问:“什么是真正的道理?”

阿娘笑了笑,说:“真正的道理是说不出来的,你只有自己看书领悟。但你懂了它们,你就会变强大,周围的事情不会再影响你,因为所有人最终都会消逝,只有书留下来。”

他努力听着阿娘的话,但以他的年纪,很难明白这番话的意思。他问道:“所以是书最厉害,一直不会消失吗?”

阿娘停顿了一下。他转过头,但只能看到阿娘那被灯光映得消瘦的下巴,看不见她的表情。过了一会儿,阿娘摇头道:“有一个东西,比书更恒久,在它面前,任何东西都会消失。”

他咬着手指,想了半天,说:“黄金吗?”

“是时间。”

后来他就乏了,枕在母亲腿上,但就是睡不着。“阿娘,”他说,“我想听你跟我讲故事。”

阿娘并不会讲故事,但阿娘会念书。于是,阿娘一边看,一边轻轻地念着书上的文字。那些寂静清寒的夜晚,四周声影皆无,他只听得到阿娘轻盈温和的念诵,伴他度过良夜。很多年以后,每到夜里,往事就带来噬骨之痛,他只有努力回想这段时光里的声音,才能忘却一切，进入浅浅梦境。

阿娘唯一一次失态，是在他七岁时。

那天傍晚，夕阳艳红，花香浮动。阿娘难得地出了屋门，跟他一起在院子里闲走，他向阿娘抱怨识字的困难和私塾先生的死板，阿娘小声叮嘱他，要好好学，学会了才能看得懂书。

没走多久，他们就遇见了阿爹新纳的小妾。时至今日，他已经忘了那个女人的名字和相貌，只记得她格外受阿爹宠爱，但不知为何，无缘无故便嘲讽阿娘，说阿娘一天到晚待在屋子里挺尸，今天怎么跑出来了。

阿娘一如既往地微微低头，牵着他的手，从旁走过。

倒是他愤愤不平，站住了，大声咒骂那小妾。小妾的脸在斜阳下变得通红，狠狠地看了他们几眼，便转过身离开院子。

“傻孩子，”阿娘摸摸他的头，说，“以后别说这种话了。”

他说:“可是不骂她，她会觉得阿娘好欺负的。”

“你这么说她，她不会记恨你，只会说是我唆使的。”

他挠挠头，说:“那怎么办？”

“也还好，”母亲摇摇头，道，“没关系的。”

但母亲错了，这件事关系很大。几天后的夜晚，所有人都在熟睡，一星火光突然从窗外划进来，落到书桌边的古籍上。

火很快燃了起来，贪婪地以泛黄纸张为养分，不停扩张，等阿娘和他被黑烟呛醒，火势已经大了。

阿娘反应很快，先是抱着他冲出屋子，用水缸里的水冲他的脸。

他迷迷糊糊醒来，看到阿娘焦灼的脸。

这时候，府里人都被惊醒了，围在木屋前。火势太大，加上阿娘的屋子在院子偏角，只要把周围物事拆了，便可不用担心火势蔓延。因此，他们把周遭清理过后，但披着衣服看热闹，连去打水扑火的人都没几个。他看到阿爹也站在中间。

“老爷，”阿娘有些焦急，央求阿爹，“我的书还在里面，得把火灭了，把书拿出来啊。”

阿爹摇摇头，说：“火太大了，扑不灭的。”

“可是那些书……”

“你不是总说没关系的吗？”阿爹眼里火焰撩动，“没关系的，我再给你去搜了来。”

“但很多都是绝版，烧了就没了啊。”阿娘罕见地坚持着。

旁边的小妾说道：“人命也是绝版，烧了也没了。”

见没人理会，阿娘咬着嘴唇，突然跑到水缸前，把水扑到自己身上，然后一头冲进了屋子。所有人都吓得呆住了，他最先反应过来，大声哭喊。

阿爹这才紧张起来，连忙命令所有人打水灭火。

屋子不大，很快火就灭了，阿娘吸了浓烟，晕倒在焦黑床前，脸上也被烈火舔舐了一大块。

这次失火，几乎将阿娘的藏书全部烧毁，最后仅保住了一箱。阿娘也在床上躺了数月，脸上伤口才结痂，但原本白皙素净的脸，因添了一大块凹凸不平的伤疤，显得有些狰狞。

阿爹并没有追查失火的原因，尽管所有人心知肚明，阿娘也一如既往地沉默。只是从此之后，他们的关系更加疏离。不久之后，阿娘搬出府邸，带着两箱书，回娘家去住了。

“没关系的，”走前，阿娘照例抚摸他的脸，“你要好好学习识字。”

他抱住阿娘，说：“可是我舍不得你。”

“阿娘也舍不得你，但这里已经不能让我安心看书了。这样吧，等你识完字，学会了读书，我再把你接过来。”

阿娘帮他擦掉脸上的泪水，笑了笑，坐进了南下的马车。

但还未等他识几个字，家里就生了变故。先是阿爹上了一次朝，回来就唉声叹气，那几个姬妾围在他身边，叽叽喳喳，问个没完。阿爹的目光越过她们，看向那间被烧毁的屋子，扯了扯嘴唇，最终什么都没说。

那天以后，家里境遇每况愈下。阿爹被免职，整日赋闲在家，忧心忡忡，不时有提着刀的官差来府里，四下翻找。恐慌在所有的耳朵间流传。不久之后，便陆续有人离开，先是丫鬟，再是杂役，最后，阿爹纳的那些姬妾也纷纷卷了财产逃走，私塾先生自然也请不起了。

几天后的一个清晨，他正在迷迷糊糊睡着，这时，一双手把他抱起来。他睁开眼，看到了这几天正迅速衰老的的阿爹。

阿爹把他带到后院，早有一辆破败的马车等着了，府里的管家正坐在车辕上。“老福会带你去找你阿娘，”父亲小声说，“到了那里，就别回来。”

他有些不解。这几天发生的事情超过了他思考的能力，只能攥着父亲的衣袖。管家过来，弯着腰，把他的手抽出来，说："跟你爹磕个头，我们就得走了。"

管家已经白发苍苍，但手上依然有劲，按着他的头，在地上重重磕了下，便抱着他上了马车。

他把头探出去，看到阿爹依然站在后院门口。他突然想起来，这个男人虽然是他的父亲，但他一点都不了解。他只知道阿爹落魄时遇见了阿娘，在她的帮助下，很快平步青云，而阿娘所求，只是想有个地方看书。最初阿爹很尊重她，悉心为她搜罗古书，但随着权力和金钱的积累，态度慢慢就有了变化。他们之间本来也并无爱情。这次阿爹有难，也派人去跟阿娘求教，但只得回一句话——把儿子送过来。

一路上，他就这么胡思乱想着，从北方沿河而下，到了阿娘住的南方小村落。

到了村口，阿娘已经在等着了。几个月不见，她越发清减，一身素衣在风中微微摆动。

管家把他放下来，对阿娘作了一揖，便转身上了马车。

"你要去哪里？"阿娘问。

管家道："老爷让我把少爷送过来。我就把少爷送过来了。现在，我要回去了。"

阿娘道："你知道回去后你会怎么样吗？他收得太多了，谁也没有办法。会牵连到你。"

管家点点头，抖了抖鞭子，车轮辘辘，颤巍巍向来路驶去。

他到这个村子时，是秋天。南方艳丽的秋景驱散了他离乡的悲伤。不久之后，他跟村里的小孩混在一起，京城的娇贵迅速被乡野洗去，他白天在田间嬉戏，晚上回到母亲的小木屋里。

而到了冬天，气温虽不似北方的酷冷，却阴湿入骨，他只能缩在火盆旁，听着村里的老人讲故事。

这个冬天，天空阴郁，只在冬天的尾巴下了一场雪，细细碎碎，还没落地就化了。小孩子们在雪里欢快地跑来跑去，用手去接空气中的细雪。而老人们看着这一幕，眼眶里盛满了忧虑。

听小伙伴们说，一年中最好玩的其实是夏天。村头小河流淌，蜻蜓点水，草坡如毯，怎么摔倒都不会疼。所以春天刚过，他就迫不及待地等着夏天到来，跟小伙伴们一起上树捉鸟，下河摸虾。

但当夏天真正到来的时候，一切都跟想象的不一样。

烈日俯照，方圆千里的土地尽皆龟裂，空气中流火四溢。从四月起，天就跟被兜住了似的，一直到八月，硬是没下过一滴雨。附近河流干涸，植被早已枯黄，没有人有玩乐的闲心，哪怕是孩子，也老老实实待在屋檐下，不敢出去。老人们抖着嘴唇，眼里忧虑更深。

天灾未过，人祸又起。

一股山匪趁着旱灾，聚起了一批没饭吃的百姓，公然竖旗造反。反旗很快蔓延，江南千里赤地，有一半都插上了旗子。

朝廷赈灾慢如蜗牛，平反却是雷厉风行，没几日就派兵来剿。双方交手几次，互有胜负，形成了对峙局面。官兵背后有朝廷支持，粮草充沛，很快，对峙就变成了围困。匪兵占据几个山头，死守不退，粮草渐空，便将所守之地境内的村子搜刮一空。

他和阿娘眼睁睁看着屋里最后的一缸米被贼人端走，阿娘抱紧他，小声喃喃："没关系的，没关系的……"

村子里其他人也没了粮食，不消几天，饥荒就蔓延全村。

他长这么大，从来没尝过饥饿的滋味，只在这一年，真切地知道了食物对人体的意义。明明肚子空荡荡，却感觉里面多了一个怪物，一刻不停地噬咬肠子，把肠子咬断之后，又钻进血肉里，边咬边游动。他躺在床上，饿得浑身乏力，疼得翻来覆去。

阿娘比他更糟糕，连书都看不进去了，面色蜡黄，曾经在火里留下的伤疤也失了色泽，软绵绵贴在骨头上。

但阿娘一直在安慰他。

村里人先是把附近的树皮吃光，又挖出已经干枯的草根，带着土沙吃进嘴里。但这些还不解饿，他们游魂一般，聚集起来，想让山匪放他们出去。只要找到了官兵，就算被关押收监，也总比活活饿死好。

跟山匪去这么说的人，被直接砍掉了脑袋。

饿到受不了的时候，阿娘会抱着他，不停地抚摸他那已经失去了色泽的头发。他因饥饿难以入睡，阿娘于是又给她念书。阿娘带过来的那一箱子古籍，可以念很久。

奇怪的是，不管肚子怎么饿，身上怎么难受，听到阿娘念书的声音，他就会感觉到异样的平静。连睡眠也变得轻手轻脚，踮着步子进入他脑海。

“阿娘，”睡够了的时候，他张着干涩的嘴巴，问，“你看了那么多书，书上有没有说，饿着肚子该怎么办？”

阿娘道：“书上只是说，天地不仁，万物刍狗。但哪怕被丢弃，也要活下去。”

他迷迷糊糊地点头。

对于他这个年纪，死亡并不是多么可怕的事情，饥饿才可怕。他不懂阿娘说要活下去是为什么，但如果活着这么累，这么苦，还不如一睡不醒。他这么混沌地想着，突然鼻子一抽，闻到了久远而熟悉的味道。

肉味。

他挣扎着坐起来，猛吸几口。这股肉味是从窗外飘进来的，但当他想走到窗边时，却被阿娘一把拉住了。

阿娘把他搂在怀里，身子战栗不休。他不明白阿娘这种恐惧从何而来，小声说：“外面在吃肉……我饿……”

阿娘捂住他的口鼻。她的颤抖顺着皮肤也传到了他身上，他挣扎了一下，迟疑道：“阿娘，你怎么了？”

“大饥之年……”阿娘喃喃道。

那天晚上，小木屋的门被敲开了。村口的王大妈领着她的女儿小英站在门口，这对母女也是面黄肌瘦，站在一起，像是两根泛黄的木头。

小英的年纪跟他差不多大，去年秋天的时候，常常一起嬉戏。小英性子野，他就把小英背在背上，让她举着木棍，挥斩周围齐人高的草尖，过一把女将军的瘾。

“小英，”他高兴起来，“你来找我玩吗？”随即又沮丧地低下头，“可是我饿得没有力气，背不起你啦。”

在这个年纪，同龄的女孩比男孩懂事。小英明白她面临的命运，没有回答他的话，只是低着头，不停啜泣。

“别哭了！”王大妈呵斥小英，但自己也哭了起来，蹲下来抱着小英。过了一会儿，她站起身，对阿娘说：“孩她姑……”

阿娘摇头道：“不用说了，我不会答应的。”

王大妈看看他，又看了看小英，道：“你这是占了便宜，别看小英是女孩，长得比你儿子高，更重，能多——”

阿娘竟爆发了罕见的怒气，打断王大妈，吼道：“别说了，你给我滚出去！”

王大妈脸上没什么表情，或者说，表情被脸上的饥黄遮住了。她顿了顿，对阿娘的怒气无动于衷，说：“别赌气了，不这么做，我们都活不下去。”

阿娘道：“可是这么活下去了，能安心吗？”

王大妈颤抖了一下，半晌才说：“可我有什么办法，这世道就是把人往畜生身上逼啊。”

“畜生也做不出这种事。”

见劝不动阿娘，王大妈脸上抽搐了几下，拉着小英，慢吞吞转出门，往隔壁的赵叔家走去。

“小英，下次再来找我玩……”他对着小英的背影挥手。

等王大妈和小英的身影消失在赵叔家院墙的阴影里，他才收回目光，看着阿娘，问：“阿娘，他们怎么了啊，好像不开心的样子？”

阿娘脸上也有泪水，伸手抹掉，一把揽他在怀，边擦泪边笑着说：“没什么，王大妈想让你去陪小英玩过家家，我看今天已经很晚了，就没同意。”

“哦，”他挣扎了一下，撇撇嘴说，“那也不至于不高兴嘛，我下次再陪她玩好了。”

阿娘点头：“嗯，下次再玩。”

但已经没有下次了。阿娘把小木屋的门牢牢锁住，前后门都抵死了，抱着他缩在屋子里。他想出去玩，去找吃的，都被阿娘拦住了。偶尔会有人来推门，伴随着令人害怕的呜咽和号叫，让他莫名害怕。每当这时，阿娘就会捂着他的嘴，两个人屏气凝神，等门外的人走了才敢大口喘气。

但即使没有外人打扰，他们还面临着饥饿的威胁。撑了这么多天，对两个人来说，都是极限了。即使阿娘每晚悄悄跑出去打水，不停地灌进他嘴里，也挡不住饥饿的越加剧烈。

到后来，他连水都吞不进去了，意识模糊，眼前发昏，不能睹物。这样也好，他连饥饿也感觉不到。

阿娘很担心，不断在他耳边呼唤他，但这些声音远如云端，他听得到，却不知朝哪个方向回应。

直到有一天，阿娘把一块熟肉送到他嘴边。几乎是凭着本能，他大口吞咽着，腹中终于不再干瘪。但长久未进食，突然吃到肉，他的肠胃一时适应不过来，抽搐一下后，肉又全部吐了出来。

他的眼睛依然看不到，手脚无力，但好歹咀嚼了肉味，耳朵和鼻子苏醒过来了。他闻到了空气中浓郁的肉香，听到开水咕咚咕咚冒泡的声响。声响很大，不是水壶，倒像是大铁锅里满满的水煮开了。

“阿娘，你在煮肉吗？”他虚弱地问。

“是的，跟赵屠夫买来的……”阿娘的声音有些颤抖，像是寒风吹过，打着冷战。但这明明是夏天。

他说：“那阿娘你也吃啊。”

阿娘说：“没关系的，我吃过了。”

“哦……”

阿娘摸着他的头。阿娘的手有些黏稠，又带着温热，感觉怪怪的。但他迷迷糊糊，眼不能看，不知道阿娘手里是什么。

阿娘把地上的肉捡起来，小块小块地喂他吃进去。他脸上终于有些一丝血色。肚子消化着肉块，身体里为数不多的力气全部集中了胃部，他脑袋不能思考，昏昏欲睡。

睡之前，他听到了母亲近乎叹息的声音：“睡吧，睡醒了，肉也就煮好了。没关系的，你慢慢吃，一定要活下去，活下去。”最后，母亲把嘴凑近他耳朵，“慢慢吃，没关系的……”

然后他就陷入了昏睡。

这一睡不知多久，肚子的肉早已消化干净，饥饿重来，而且比之前更剧烈了。他眼前饿得发昏，什么都看不见，只得沙哑着喊：“阿娘，阿娘……”

然而，没有人回应他，只听得到耳朵内部响起的嗡嗡声。

他艰难地在地上摸索，鼻子适应过来，闻到了无比浓香的肉味。

他心里一喜，顺着肉味爬，好半天才摸到一口支起的大锅。火已经熄了，锅壁还热着，却不烫手。他的手努力伸过锅沿，探进一片温热的液体里，这股温热感刚刚好，不凉也不至于烫，很熟悉，像是趴在阿娘怀里的温度。

阿娘呢？他想，又叫了几声，依然无人应答。

他用手在液体里晃了晃，感觉有些浓稠，应该是肉汤。

他顾不得手脏，抓起一块软乎乎的肉，轻轻便撕了下来，往嘴里塞去。

真是美味啊……

他的身体在渴求更多的肉。于是，他不停地从锅里撕下肉，喂进嘴里。他先是慢慢咀嚼，恢复了些力气之后，牙齿便成了利刃，快速咬磨，大口大口把肉吞进去。

渐渐地，他的力气回到身上，耳朵里的嗡嗡声消失了，他听到门外传来了脚步声。接着，他眼睛里的昏光逐渐淡去，视野变得清晰，就在要看清屋子里是什么情形时，屋门被踹开了。

一大帮士兵拥了进来。他们手里提着米袋，脚步繁乱，却在靠近他周围一丈时同时停住。短暂的停顿过后，士兵们纷纷退却，米撒了一地，同时响起接二连三的呕吐声。

他心里掠过一丝阴云，两手强撑着，看向大铁锅里面。

锅里盛满了乳白色的汤液，以及一丛散开的黑发，像是某种旺盛生长的细长海藻。头发遮住了一切，他看不到汤液里面是什么，但身体的反应比他的头脑更快，痉挛已经从胃部传来。

奇怪的是，那一瞬间，他心里什么感觉都没有。就好像这只是一个普普通通的夏天傍晚，斜阳晚照，阿娘依旧坐在木屋前，看着书，等他跌跌撞撞地跑过草地；就好像他沿着时间溯洄，来到从前，什么都没有发生，他只是跑到阿娘身边，身上沾满草屑，歉意地看着母亲，而阿娘照例抱着他，说：“没关系的。”

耳旁恍惚响起了声音。

“没关系的……”他听到阿娘如此说道。

十四、胡府

有那么几年，红袖过上了还算安稳的生活。

这得归功于胡老板的财富和结交。进了胡家，红袖才知道胡老板一手创下的家业有多么雄厚——在苏州宅院里举行的纳妾婚宴上，管家站在厅前，每收一个名刺，便高声念着名刺上的人名和官衔。红袖一身繁重华服，端坐堂中，耳边响起一个个耳熟能详的名字，一连串掉在地上能砸出一个大坑的官衔，虽然早有预料，还是对这种阵仗感到惊讶。

那时，胡老板在堂前迎客，一身大红的喜服罩在臃肿的身躯上，显得滑稽。然而没人敢取笑他——就算有，也只能深埋心里。

整个婚宴过程中，他一直在人群中游走，高声谈笑，低声耳语，游刃有余。就是站得久了，身子吃不消，圆滚滚的脑门上沁出了汗珠。

但他始终没有回过头看他的新娘一眼。

红袖知道，胡老板花重金把自己赎出来，在苏州宅院里举办这么浩大的婚礼，并不是因为爱自己。

“你陪我睡过很多次，但你可能不了解我。”那天，胡老板看着一身污臭的红袖，道，“我有很多身份，这些年来，说我是什么人的都有，可从来没人说过我是好人。”他顿了顿，补充道，“我的确不是好人。”

当时红袖惊魂甫定，胡老板声音洪亮霸气，但到了她耳边，却只如蚊呐。

胡老板见她表情恍惚，顿了顿，叹道：“因为我不是好人，所以不能放你走。听老鸨说，你心里有个人，还打算跟他逃走——她原本是不打算让人赎你的，就因为这个，才松了口。但到了我这里，你就不要想逃了，随时会有人看着你的。你的卖身契在我手里，就算你逃出去了，官府也不会放过你。”

以胡老板的实力，完全做得到。不知是院子里阳光刺眼，还是因为胡老板谈吐里逼人的锋芒，红袖略微缩了缩脖子。

“但跟着我，总比在醉仙楼要好。你们那里的规矩我也听说过一些，在这里，至少不会有人想着给你灌药，把你送到那些流氓闲汉的床上去。”

红袖想说些什么，但喉咙干涩，吐不出声音来。

胡老板看到了她眼里的闪烁的细光，道：“不过你不用感激我，我赎你出来，也是凑巧，还有别的用处。”他站起身来，俯视她，目光灼灼，“我知道你肯定不爱我，没有人爱我，所有人都是爱我的钱。我也不爱你，我是爱你的身体……”说着，胡老板似乎被自己的话逗笑了，凑近了些，“但你看，这么一说，我们其实多么适合啊。如果我不是有钱有势，或者你不再青春貌美，那我们就完全是两个世界的人。但现在，这些都会随着时间消失的东西，把我们捆到了一起。”

说完，胡老板吩咐丫鬟们把红袖扶进厢房，清洗干净，坐上马车，送到百里之外的苏州城——胡老板的江南钱庄，以及大部分产业，都在城里。

车轮滚动，轻微的颠簸也传染到红袖身上。她虚弱地靠着车厢角落，迷迷糊糊间，身后这座困住了她近二十年的小城，正在不断远离。

到了苏州城，胡老板自去处理生意往来，临走前，对红袖道：“你好生休养，多吃多喝，过些日子，你就派上用场了。”

但红袖依旧沉浸在巨大的自责与绝望中，难饮难食，终日默默落泪。胡老板见手下送过来的食盒每次都被原样送回来，终于没了耐心，在红袖再一次水米未进时，挥手让手下出门，随后一脚踢翻食盒。

“想把自己饿死，是么？”胡老板冷道，“我花了那么多钱，不是要买一具尸体的。”

红袖面色恍惚，没有回答。

胡老板盯着她，道：“怎么，被抛弃了就连命都不想要了？”

红袖知道他说的是林公子，不禁悲从中来，抽噎不已。

“要是被抛弃了就活不下去，那我二十多年前就死了。被抛弃了，才更要往下活着！”胡老板一挥袖子，抓住红袖的头，将她按在地上的汤汤水水里，道，“我买你来，是有用的。你这样半死不活，心里还装着别人，就别怪我手狠了。”

但红袖满脸米粒油污，就是不张口，胡老板看得心烦，负手离去。

到了傍晚，胡老板出门办事，管家端着食盒进来，劝了红袖一阵，但依然没用。红袖蜷缩在床角，无声流泪，似乎身体里的水分都快流干了。

管家叹气，正要再劝，却听门外小厮敲了下门，道：“管事，那陈麻子来了。”

管家正自心烦意乱，道：“那个乡巴佬？他来做什么？”挥了挥手，“赶走便是了。”

小厮道：“他说，他知道王家兄弟的下落。”

管家这才抬起头，脸色掠过一丝凝重，思忖一会儿后，道：“让他进来吧。”然后转头，把食盒放在红袖床头，小声道，“姑奶奶哎，你还是吃点儿吧，你要是饿死了，老爷指不定发多大脾气呢。”

红袖闭上眼睛，一抹清泪滑落，自不理他。

这时，门外传来了脚步声。暮色降临，一身麻衣粗布的陈麻子站在门口，仿佛幽潭里的一尾黑鱼，模糊不定。

管家舍了红袖，走到陈麻子面前，上下打量，疑道：“你见过王家兄弟？”

陈麻子点头：“当然，胡府里最好的两个护院，早就见过，前几天在小城里，一眼就认出来了。”

“那他们在哪儿？”

陈麻子看着管家，脸上挂着笑，却不说话。

“放心，要是真的，银子少不了你的。你还不信我？”

陈麻子连连摇头：“怎么敢，这可是胡府，最不缺的就是银子了。”

“你知道就好。”

陈麻子道：“那天，我跟着一个人，也去了城外的林子里。我从傍晚一直等到深夜，都快要走了，这时候，才看到……”他停了一下，吞口唾沫，继续道，“看到天空之城从地里升起来，通体白银，跟银山似的。王家兄弟也是这时候出现的。想来，他们是胡老板派去寻天空之城的吧。”

听到“天空之城”四个字，屋里的红袖微微一震，脑袋清醒了些。她记得，前两次林公子出现，都跟这个神秘的传说有关——难道，这次天空之城又出现了？

管家道：“少装模作样，这个传说也不是一天两天了，谁不知道？你只要告诉我，他们俩呢。”

“他们跟着那人一起，进了天空之城里……”

管家用鼻子喷出一口气，道：“也就是说，活不见人，死不见尸？”

“我不骗你！天空之城出现后，我跟着那人走过去，王家兄弟跳出来拦住了那人。那人让王家兄弟走开，说他有重要的事情要办，王家兄弟就去捆他。然后，然后我亲眼看到那人身边……出现了一些涟漪，就像他在水里一样似的——”陈麻子努力回忆，但可能回忆的内容连他自己都不敢相信，说话也犹豫起来。“接着，他就一点点消失了，像是在涟漪里面融化了一样。王家三兄弟冲过去，也跟着一起消失了……”说着，他语气坚定了些，“嗯，虽然天色暗，但我不可能看错的。”

管家的眉头越皱越紧，道：“你跟的是谁？”

“嘿嘿，这个要说的话，管事的，您可得多花些银子。”

管家耐心耗尽，摆手道：“你说的这些，三岁小孩都不信啊。倒是你，你见到了王家兄弟，现在他俩不见了，你一个人过来，我应该怀疑你谋他们财害他们命哪。”

陈麻子连忙道：“我哪里有这个本事？”

管家哼道：“王家兄弟早年混过道上，手底功夫好，背了好几条人命，谅你也不能把他们怎么着。”

“那，这个……银子，是不是多少结一点？”陈麻子抬头，一脸谄笑。

“你想的倒美！府里丢了两个护院，天空之城也没找到，没把你扭送官差就是不错了，你还想拿钱？我还以为你有什么新消息呢！来人，赶出去！”

管家挥手，立马过来两个小厮，要轰陈麻子走。陈麻子连声哀求，但管家视若无睹。

这时，身后的房间里，传来了窸窸窣窣的声音。管家耳朵一动，连忙返身回屋，只见红袖挣扎着抬起身，说了句什么，声音干涩，听不太清。

管家大喜，凑到红袖耳边，道：“哎，姑娘你大点声儿。”

“陈麻子……我要见他……”

“这不太好吧，”管家皱眉，“姑娘你刚进府，就见别的男——就见外人，我怕外面传闲话。”

红袖道：“陈麻子……是我老乡……你怕传闲话，就不怕府里多……”

管家道：“多什么？”

“多一具尸体吗……”

管家脸上青一阵白一阵，哼了一声，转身出屋。没过多久，陈麻子特有的迟缓的脚步声响起，他走了进来，却不靠近红袖，只坐在门槛上。

红袖坐起来，眯眼看过去。陈麻子依旧瘦削，仿佛一根竹竿串在破旧布料里，衣服耷拉下来，松垮垮的。他坐在门槛上，低着头，拍着裤管上的灰尘，也不说话。

红袖定定地看着他。

“没想到在这里见到你，恭喜啊，出了醉仙楼，进了胡府，马上就要当少奶奶了吧。”陈麻子皮笑肉不笑，道，“有什么事，就赶紧说，我还赶着去挣钱呢。”

红袖问：“你刚才说的那人，是林公子吗？”

“林公子？”陈麻子一愣，随即反应过来，往身后看了看，确定管家不在近处，道，“对，是你那个冤家，那晚我一直跟着他。”

“他现在在哪儿？”

“我刚才说的，你不是应该也偷听到了吗？”陈麻子手一摊，“他消失了，娘的，就这么凭空消失了。”

“你别骗我……”

陈麻子叹道:“你也不信？天地良心，我真是亲眼看到的。”

“你为什么要跟踪他？”

“那座天空之城，每次都是跟你的林公子一起出现的。你不觉得蹊跷吗？反正我觉得蹊跷，那天把林公子送到你房间里后，果然又听到城外出现了那座城市的传闻。不过，这一次，我没有直接去找那座城，而是一直守在醉仙楼外面，果然看到林公子从窗子外翻了出来。说起来，他身手还真不错，翻墙出来都没人看到。”

“后来呢？”

“后来你就都知道了啊，我跟着林公子到了城外，天空之城果真出现了。不过我还没来得及想办法，王家兄弟就跳出来，跟林公子一起消失了。说来也怪，那天空之城本来是慢慢向上升的，他们一消失，天空之城就改变方向，往城里来了。”

红袖有点心跳加速，但不敢确信心中所想，吞口唾沫，问道:“是城里哪个方位？”

陈麻子认真思索，道:“按那个移动的方向，好像是径直往你们醉仙楼这边来了。”

“那他有没有说什么？”

“隔得远，我也没听太清，就只记得王家兄弟拦住他时，他说，他一定要在寅时之前进什么……我记得他说了两个字，但听不清楚。噢，那时候正是深夜凌晨，马上就快到寅时了吧，看他的样子，有些着急。”

红袖深深吸气，闭上眼睛，泪水流出，湿了眼睫。

是了，是了，林公子没有忘记他的诺言！他是要来接自己走的，而且是带着一座城市来，来到那座拱桥上，降下了一道光。但因为自己被老鸨抓住，或许因为林公子被王家兄弟缠住，最终让她和林公子失之交臂。

虽然这未免有些匪夷所思，但红袖此时坚信不疑。毕竟那是林公子，怀揣着无数秘密的林公子，对红袖来说，他身上发生的任何事情都不奇怪。

“你怎么了？”陈麻子这才发现红袖的异状。

“他没有抛弃我……”红袖喃喃道，“他来了，他来接我了。我不知道他跟天空之城有什么关系，但他来找我，他让我寅时之前到桥上，所以他也来了……”红袖突然又想起老鸨找来指认自己的车夫，更是泪水涟涟，“还有，那个车夫肯定也是林公子打点好的，让老鸨不怀疑我，给我争取时间……”

陈麻子闻言，抬起头，想说什么，但嘴唇动了动，最终没有说出口。

红袖被伤感和遗憾重重包围，没有察觉到陈麻子的欲言又止，泣道：“可是我没有按照约定……寅时我没有去桥上，我还害死了南莺……”

陈麻子愣愣听着。天色更晚，院外挑起了灯笼，淡黄色的灯光照到他背上，让他的表情更加沉进黑暗里。就这么沉默了一会。“听管家说，你不肯吃饭。但你知道了，林公子没有抛弃你，肯定发生了些别的什么，让他没能来接你。”他拍拍裤管，站起来，道，“所以活下去吧。天地不仁，万物刍狗，只要活下去，就还有再见到林公子的希望。你好自为之。”

说完，他转身离开。夜里有点冷，他缩肩低头，走进夜色里，融化不见。

陈麻子最后的话让红袖有些发愣。她以手撑床，坐起身，痴痴地想着什么，一会儿泪水流出，一会儿嘴角微微勾起。最后，她的目光落到了床边的食盒上。

当管家再进来时，看到食盒已经被打开，盖子掉在地上，而红袖正一手抓着盐水鸭，一手往嘴里扒着糯米糕，一边吃一边打嗝。

“姑奶奶哎，慢点吃，别噎着了。”管家脸上递上一碗水。

红袖伸着头，咕咚咕咚，大口饮尽。水漫过舌头，有些咸，不知道是盐水鸭的味道，还是因为脸上的泪落到了碗里。

十五、心病

红袖肯进食后，身子很快便恢复了，面色红润，也不似之前那般瘦得令人心疼。胡老板见红袖好转，脸上终于有了笑意，便令人准备纳妾喜宴。

原来这一年秋天，胡老板的母亲生了大病，身子日渐虚弱。胡老板被老夫人一手拉扯大，对旁人是心狠手辣，对老夫人却是一片至孝，因此请遍了名医，奈何药石无救。最后一位名医把了老夫人的脉象后，摇摇头，叹道:“能用的方子都用了，现在只求多福。胡老板想个法子，冲冲喜吧。”

能冲喜的，自然是喜事。加上胡老板虽然家大业大，连着娶妻纳妾，却一直没有子嗣，这也是老夫人的一块心病，一直催着胡老板再纳妾。

胡老板思来想去，只得同意。之前他让红袖侍过寝，对她还算宠爱，也动过赎身的心思，但醉仙楼老鸨一直不肯放这个能挣钱的花魁走。正巧红袖出逃被抓，不再是花魁，老鸨终于肯把她的牌子挂在外面，胡老板便立刻为红袖赎了身。

于是，红袖就从醉仙楼来了苏州城。

红袖记得刚进胡府时，就被叫到了老夫人房间。老夫人在几个丫鬟的搀扶下，围着红袖转了一圈，一双浑浊的眼睛在红袖身上来回打量。

最后，老夫人皱起眉头，对胡老板道："儿啊，这丫头……"咳嗽几声，继续道，"瘦，屁股不大，腿并得紧……生不了娃……"

胡老板苦笑道："娘啊，屁股大的，胖的，腿分得开的，我也娶了好些个了，也没见生出来……这次换个不同的吧。"

老夫人眼神迷糊，颤巍巍地摸着胡老板的脸："儿啊，不怕……那就再娶。多娶几个，每个月都办喜事……总能生下来的……"

胡老板低声道："再纳几个，恐怕就要比京城宫里那位还多了，是杀头的祸啊。"

"嗯……"老夫人也不知听见没有，兀自喃喃道，"要生娃啊，没有娃儿，挣再多的钱，留给谁啊？"

红袖于是知道，对胡老板来说，她是给老夫人冲喜的工具，而在老夫人眼中，她又是生孩子的工具。这样的环境下，日子肯定会很难过，但——

但要活下去，活下去才能见到林公子。

然而情况比预料的更糟糕。

就在红袖与胡老板成亲的当晚，老夫人病情恶化，抓着胡老板的手，反复念叨着"娶……多娶……"，在念叨声中，撒手西去。

原本是借着红事来冲喜，不料转眼间成了白事。胡家人忙得不可开交之余，看红袖的眼光也变得怪异，像看扫把星似的。

红袖问心无愧，吃喝如常，但也知道这段时间比较敏感，尽量闭门不出。

但她不惹人，却有人找上门来。

胡老板先前纳的几个侍妾见红袖新来，一起来欺负。红袖初时一再避让，每次见了她们，都低头绕路，但后来，几个侍妾把死猫死狗扔在红袖屋前，对胡老板说是红袖带来的霉运给克死的，让他将红袖卖回青楼。

红袖看着猫狗的尸体，浑身颤抖，这才忍耐不住。

她出身青楼，身边的暗讽明吵几乎每天发生，早已耳濡目染。兼之天赋聪颖，所学颇多，除了市井脏话，偶尔还能夹一两句古语。争吵起来，那几个侍妾合起来都不是她的对手，不一会儿就毫无还口之力了。

“老爷！”一个侍妾正自气愤，见胡老板走过来，立马换出一副泪容，哭诉道，“你看你找了个多厉害的丫头啊！我听说她刚进府里，就悄悄在房间里私会那个长满麻子的乡巴佬，会完了才肯吃饭的。后来她又克死了老夫人，府里猫猫狗狗也倒了霉，我看过不了多久啊，我们就都跟着——”

胡老板皱起眉，瞪着侍妾。他虽然胖，但常年游走于金钱与权力中间，身上有一种慑人的气场。离得近了，侍妾能感觉到皮肤像被刀割一样，不由退了一步。

“你们这些小心思，真当我不明白吗？”胡老板揪过侍妾的头发，狠狠一巴掌扇下去，“一天到晚给我搞事！”

几个小妾长久厮混在一起，此时见姐妹被打，纷纷跪下，一片哭声响起。有的哭诉胡老板只认年轻漂亮的，不管糟糠之妻；有的抱怨红袖进府之后，胡府上下不得安宁……

这哭闹声混在一起，直如刀刮碗壁，聒噪不已。胡老板眉头皱成了川字，脑袋隐隐疼痛。这几天府里事多，生意又出了茬子，饶是他长袖善舞，此时也不堪其扰，对管家耳语几句，便转身离开。

几天后，红袖被管家带着，离开了胡府。苏州城对她而言是全然陌生的城市，她跟着管家，穿过熙熙攘攘的人群，来到城北边缘一个小宅院。

“以后，你就住这里。老爷偶尔会过来，”管家离开之前，瞥了她一眼，“别乱跑。”

这处宅院是胡老板早年间盘下的，地方不大，胜在幽静，本来打算盘下之后作避闲清静之用。但胡老板生意越做越大，连他自己也始料未及，很快就忙得不可开交，根本没时间过来，宅子也因此荒废了很久。

这样也好，红袖便跟两个丫鬟住在这里，平时做些女工，看看书。这是红袖喜欢的日子，无人打扰，平静如水。

唯一一次有外人来找，是住进来一年后的秋天。有人敲宅院的门，但被门房拦住了。红袖站在二楼亭角，远远看过去，一眼就认出了来人——木匠张老二，她的父亲。当年她被张老二卖给陈麻子，好不容易逃回去，张老二又暗中通知陈麻子把她接走，父女情谊已经很淡。此时看到父亲，她犹豫了很久，终是没有下楼。张老二被门房拦住，不停地说着什么，但太远了，红袖听不清。过了很久，张老二朝里面望了一眼，便一瘸一拐地离开了。

红袖搬过来之后，胡老板也差不多隔一月便来一次，休息一夜，第二日清晨离开。日子也就这么一天天过去，不知觉间过了两年多。

这一年冬天，天气异常的冷。胡老板在一个夜里过来，受了风寒，第二日早上便咳嗽不止。

“要不，在这里休息几天吧。”红袖看着他咳嗽得厉害，劝道。

胡老板摇摇头，道：“最近邪了门了，生意到处碰壁，我得去京城一趟。”说完，便披上毛裘，上了早已备好的马车。上车后，他又把头伸出来，冲红袖道，“你快些进去吧，天寒。”

这几年，胡老板对红袖的态度也在变化。许是府里那几位夫人妾室太过厉害，一心争宠夺利，教人寒心。而只有红袖淡泊无求，在她身边，才能得到片刻安宁。

看着马车驶进一片萧瑟西风中，红袖也有些失落。这两年相处下来，胡老板虽然一直霸道，但总算待她不错，也给了一片在乱世里安身休憩的住所。而且胡老板虽然并不算好人，但其实也不是坏人。

她想了想，打算亲自煎碗风寒药，送去胡府。于是吩咐丫鬟，穿了大衣，一起去向城里药房。

她们刚动身，宅院门房便跟了上来，不远不近地走在她们身后。这是胡老板派来看着她的人，只要红袖出门，便如影随形。

红袖早已习惯，也不理会，径自来到苏州城最大的药房。今天药房里没什么人，只有一个个子矮小的小伙计守着。大堂中央挂着一块烫金牌匾，上写四个大字——医者仁心。

红袖开了些驱寒的药，由小伙计逐一称好，各自拿桑皮纸包了，以细绳扎成药包，提成一串。这药房跟胡府也是常来常往的生意，因此红袖把药接过，便让小伙计记下账，年底去胡府一次结清。

“这可不行，掌柜吩咐过了，不能赊账。”小伙计生得嘴脸尖利，一双戳人的眼睛盯着红袖，道，“姑娘还是把账结清吧。”

红袖道：“还怕府里赖账不成？往年都是过年的时候，掌柜的去找胡老爷清账。”

小伙计翻了个白眼，道：“姑娘是真不知，还是装糊涂？”

红袖愣道：“什么？”

“可不是我多嘴啊——现在苏州城里可都在说，”小伙计凑近了红袖，压低声音，“胡老板恐怕……”

话未说完，门帘掀开，一股冷风灌了进来。

小伙计皱皱眉，看向门口，却是走进来了一个衣着寒酸的瘦高个男子。这么冷的天气，这人只裹了件粗布袍子，腰上扎了条麻裤，因人太瘦了，衣服显得空空荡荡，冷风能从袖子里钻进去，再从裤管下溜出来。他低着头，但看得到脸上布满了愁苦，以及褐色的麻点。

红袖眼角一缩——陈麻子！

陈麻子也看到了红袖，一愣，立在门口。

对于陈麻子，红袖总是觉得有些恍惚。陈麻子把她和南莺贩到醉仙楼，是她们悲惨命运的开端，而且爱财如命，手段低劣，怎么想都应该对他愤恨不已。但他自己似乎过得也很凄惨，夜夜躺在墙角里睡觉，备受噩梦折磨。而红袖要救林公子，唯一能想到的帮手，居然也是他——对这个人，她没有丝毫好感，但怎么也恨不起来。

“哟，陈大哥又来取药了！”小伙计没留意到他们的短暂沉默，一看到陈麻子，脸上顿时挤满笑容，迎了上去，“可等你好久了。”

陈麻子把目光从红袖身上挪开，走到小伙计面前，道：“还是老样子。”

小伙计麻利地从柜台下拿出一个拳头大小的药盒，打开，里面铺着一层绒布，绒布上摆卖了细细密密的小药粒。

“嗯嗯，老样子，神药五十颗。”

陈麻子走到柜台前，埋着头，把药盒端在眼前，仔细数着上面的药粒。他数的太过认真，足足有个五六遍才抬起头，对小伙计点了点头。

“每次都数这么久，还不放心啊？”小伙计笑道。

陈麻子没多花，手伸进袖子里，要出几张银票，放在柜台上。

小伙计把银票拿起来，仔细看上面的钱庄标记，看得太过仔细，每一张都翻来复起看了五六遍。

“每次都看这么久，还不放心？”陈麻子皮笑肉不笑地道。

“银号都没问题，只要没有江南钱庄的就行……”小伙计说着，看了一眼红袖，又抬头看着陈麻子，“就是数目不对。”

陈麻子皱眉，道：“一百五十两，绝不会有错。”

红袖在一旁，听到这个数字，心里一惊。一百五十两可不是小数目，在这个世道，可以够一户人家过好些年了。陈麻子看上去那么寒酸，居然能拿出这么多钱。

小伙计却早已见惯了似的，用手指压住银票，往前推了推，摇头道：“掌柜吩咐过了，今年天冷，寒气重，药材减收，这神药啊，涨了点价。”

“多少？”

小伙计伸出两根手指，在陈麻子面前晃了晃。

陈麻子脸上浮过一抹怒色，道：“这坐地起价也太过分了。”

小伙计掰着手指头道：“可不是我们坐地起价啊，今年人参涨了价，虫草涨了价，熊胆涨了价，鱼油涨了价……这神药虽说贵了点，但可是秘传药方，而且材料也都是稀罕东西。”说完，他抬起头，“陈大哥要是嫌贵，可以去别家药店试试，不过我可不是我多嘴啊——别家的药，也治不了你的头疼。”

陈麻子捏着拳头，脸上先是愤怒，继而有些悲凉，最后又恢复了长久以来的木然。冷风从门帘外吹进来，吹动了他的衣服，他缩起手，低声说了句话。

小伙计道：“我没听清，你说什么？”

陈麻子上前一步，声音有些抖：“求求你了，行行好，我没带这么多钱。”

“药房也不是我开的，我说了没用啊。”小伙计道，“要不你先把钱拿回去，凑够了再来吧。”

陈麻子低声央求，过了好一会儿，小伙计才似乎玩够了，在药盒里拿了十二颗神药出来，把剩下的递给陈麻子。

陈麻子揣着药盒，依旧低着头，掀开门帘走了出去。外面风更冷，他缩着脖子，衣服像波浪般鼓动。他没有看红袖。

红袖看着陈麻子哆哆嗦嗦走在冷风里，转过街角消失，才回过神。她转头看到小伙计将手里的一把神药放在桌子上，拿起笔，低头记账。

药丸滚动，有几粒掉在了地上，小伙计却视若无睹。

“陈——刚才那个人，得的是什么病啊？”红袖结了风寒药的账，正要走，忍不住问道。

小伙计头也没抬，道：“听说是头疼，平时睡不着，做噩梦，发病的时候很吓人，头疼得要撞墙，还会呕吐。吃素还好，一旦吃肉，就要把肠子都呕出来。”

红袖想象了一下这个场景，又联想到很多年前在陈麻子家，看到陈麻子在睡梦中捂着头痛苦的样子，不禁头皮发麻。她点点头，又问：“所以他一直在你们这里买药？”

“嗯，听掌柜说，都买了好多年了……十几年得有了吧。”

红袖恍然大悟——那这么说，陈麻子这些年挣的钱，原来都花在了买这种昂贵的药丸上。她低下头，看到地上滚动的神药药丸，说：“四两银子一颗的药丸，就这么放在桌子上啊？”

小伙计抬头，嘴角撇了撇，道：“你要不要尝尝？”说着，拿起一颗，往嘴里一丢，嚼了几下便往下咽。

“嗯？”红袖看着小伙计脸上嘲弄的表情，很快反应过来，“你卖的是假药？”

“话也不能这么说。可不是我多嘴啊——虽然刚刚说的什么人参啊虫草啊是骗他的，做一斤这种小丸子出来都花不了几个铜板，但至少对他有用啊。他只有吃了这个，头才不会疼，才不会吐。”小伙计递过来一颗，道，“你试试，味道还不错——放心，你吃不要钱。”

“既然很便宜，为什么要卖他那么贵？”红袖一边说，一边端详着手里的药丸，还凑近鼻子闻了闻。一股淡淡的肉味从药丸上散发出来。

“因为配方是我们药房独有的，它吃起来的味道，只有我们能做出来。虽然对其他人不值钱，但对他，独一份的，那价格就由我们来定了。别说四两一颗，赶明儿涨到十两一颗，嘿嘿，他还不是得跪着买？”

红袖抬头，看到药房大堂中间挂着的“医者仁心”，不由觉得刺眼。她握着药丸，依然有些迟疑，道：“是药三分毒，我也不能随便就吃药啊。”

小伙计笑道：“放心吧，这压根也不是药，不过是用几种蔬菜，加几种肉，按着方子依次炖上一会，再搓成丸子。这种东西，顶多算是个点心，根本不能入药。”

“那他怎么吃了能好？”

“我刚开始也好奇，后来就慢慢想明白了，他那个怪毛病啊，也不是真吃药就能吃好的，”小伙计用手指戳了戳自己胸膛，“是心病。”

红袖将信将疑，把药丸放进嘴里，嚼了嚼。舌头尝出来的味道很奇怪，有肉味的醇香，却带着酸味，吃不出是什么肉。

小伙计观察着她的脸色，笑了，道：“怎么样，是不是觉得有点怪？我刚开始吃也不习惯，慢慢地就觉得好吃起来了。”

“什么肉啊？吃不出来……”红袖皱着眉头。

“嘿嘿，跟菜一起煮的肉里面，有一种，”小伙计凑近了，露出一口黄牙，“是猫肉。”

红袖只觉得大脑一轰，几乎要晕倒，连忙吐出药来，但依然觉得嘴里像针扎似的，胃部也涌一阵阵痉挛。

小伙计看着她失态的模样，嘴角上扬，残忍的笑容一层层绽开。他又拿起一颗药丸，丢进嘴里，边咀嚼边开口，道：“是不是感觉酸酸的，涩涩的？掌柜说，这种味道，很像——”

他顿了顿，好整以暇地看着正呸呸有声地吐出嘴里异物的红袖，等红袖稍微压下恶心，能够站起来身来时，才慢吞吞给出最后一击：“很像人肉。”

红袖再也忍耐不住，弯下腰来，一阵干呕。

十六、衰落

胡老板拼了大半辈子，才从身无分文一直拼到富甲一方。但他从财富权势的巅峰再次回到一文不名，却只花了几个月时间。

不久前，朝廷大员三司使来苏州游玩，胡老板近年来生意不顺，打算巴结上这位三司使，让生意打开新风貌。于是他绞尽脑汁把大官请到家里，银子自然塞了不少，珍奇古玩也是一箱箱搬出来，任大官挑选。

殊不知，三司使只是瞟了一眼满地的银钱，脸上挂着矜笑，也不说话。

“大人，是有什么地方招待不周吗？”胡老板小心翼翼地问。

三司使抬眼看了看他，道：“我在京城就听说了，苏州城里可有句俚语啊，孩童都会唱——江南钱庄胡老板，娶妻纳妾早到晚。怎么，弟妹们都怕羞，不出来见见？”

胡老板额头布汗，蓦地想起，这位三司使大人有一个癖好，便是好色，且不爱黄花闺女，专好淫人妻妾。据说曾有捕头向他求官，带上妻子到了他府中。三司使把那人的妻子带到房中后，吩咐捕头等在门口。一炷香后，妻子裹着衣服跑出来，眼角带泪，恨恨地剜了捕头一眼。三司使赤身裸体躺在床上，哈哈大笑。过得几日，宫里就传下了文书，捕头荣升总捕头，而他妻子不堪此辱，投井自尽。

“都是乡野小孩瞎传，也没纳过多少妾。”胡老板低着头，一咬牙，“不过既然大人赏面，让她们目睹大人真容，也是三生有幸。”说着，让人把后院休憩的侍妾们全叫到大堂。

三司使看了一圈，依旧不满意，道：“胡老板啊胡老板，我对你一片赤诚，你可是要欺到我头上啊。”

胡老板急道：“大人何出此言？”

“听说你纳了一个花魁，叫红什么来着，这两年金屋藏娇，连我来了也不舍得请出来说会儿话？”

胡老板低着头，脑门上的汗珠都凉了，将滴未滴。片刻之后，他陪笑道：“大人说笑了，那小妮子姿色平平，入不了大人的法眼。”

“哦？”三司使一愣，似乎没料到胡老板会这么回答。他打量着胡老板，一双眼睛阴沉如翳，过了很久才又开口道，“想不到胡老板还是惜花之人啊。”

“哪里，只是贱妾的确是庸人而已，而且最近身子不好，不在府里，确实不太方便出来陪大人。”

“嗯，我就是随口一提。”三司使呵呵笑道，态度变得亲热，与胡老板谈笑风生，似乎刚才的这点儿不愉快已经烟消云散。

但三司使回朝之后，风声就从宫里传了出来，一路传到江南。

接着，胡老板半生辛苦打下来的基业开始崩塌。

先是各大钱庄联合起来，虽然没有明面上说，但只要有人拿着胡老板名下的江南钱庄的银票过去，一概不予兑换。紧跟着，跟胡老板有债务往来的，纷纷上门清账，结完银子后，立刻跟胡老板断绝合作。最后，是官差找上门来。

做生意的，最怕查。

红袖整日待在小宅院里，对三司使的造访，以及苏州即将变天的事情一无所知。倒是胡老板来得频繁了，只是每次过来脸色都很不好，满脸疲倦。

红袖有股不详的预感，但每次问胡老板，得到的答案都是沉默。胡老板抚摸她的头发，一边叹气。

直到这一年春天到来的时候，伺候红袖的两个丫鬟突然不见了。红袖以为她们回胡府了，便雇了马车来到胡府，却发现这里跟记忆中的大宅门户已经截然不同——丫鬟和杂役已经走空了，胡来板的妻妾们卷了钱财四下逃散，偌大的府邸里空空荡荡，只剩枯草满地。

胡老板坐在堂中，一身华服，脸上依然挤满了肉，但神情恍惚，眼睛里透着凄然。

“你来啦？”他看到了红袖，挤出笑容，“我还在犹豫怎么跟你开头，辛亏你来了，最头疼的事终于解决了。”

“你还有心情玩笑……”毕竟也相处过几年，看着这个曾经叱咤江南商界的男人露出疲态，红袖有些心疼，走上前去，“出什么事了啊，是不是得罪谁了？”

胡老板点点头，

红袖道："那还好办，你不是之前还认识不少人么？可以托人求情啊，我记得喜宴上来了很多达官贵——"

胡老板微微一笑，打断她道："我得罪的人，是三司使。"

红袖一窒——她知道这三个字代表的权势，在本朝，几乎是一人之下的地位了。"你怎么得罪他了呢？"

胡老板摇摇头，显然不想继续这个话题。他想起了什么，从身上摸出一张纸，递过去："这是你的卖身契，本来打算派人给你送过去的——哦，我忘了，现在已经派不动人了。拿着吧。从此以后，你自由了。"

红袖接过来，的确是自己的卖身契，落款那里还盖着自己的鲜红手印。

"那你接下来怎么办？"她问。

"官差快要来了，我在这里等着。我不能走，这是我打下来的产业，总得有人守着。"胡老板环视一圈，把胡府满目荒凉的景象收在眼里，道，"我辛苦一生，聚财千万，妻妾数十，没想到临了了，都争先恐后离开我，逼我在休书上按手印。也罢，都走吧，我这次的麻烦不小，恐怕会牵连到家室。"

红袖心里一叹，走上前去，拉住胡老板的手。

"你快走吧，待会官兵来了，你就走不了了。"

红袖看着他，这个曾经霸道强势的男人居然也有颓然的一面。"那我走了，"红袖轻轻抱住他，"你好好照顾自己。"

胡老板一动不动，任她抱着，道："也是该分开的时候了。"

初春的凉意袭来，他颤抖了下。

红袖松开他，转身离开，走了几步，又听到胡老板在身后道："你……还恨我吗？"

红袖转过身，思考这个问题，一时愣住了。春风吹过来，她的头发微微扬起。

她摇了摇头。

时间真是有无穷的力量。才两年多的平淡生活，朝升暮落，油盐醋茶，就消磨掉了他们之间的隔阂。胡老板人虽然肥胖，做事狠辣，但给了红袖一方庇佑，且在她身上从来不逾矩。很多时候，他来小宅院，就躺在红袖身边，睁着眼睛不知道在想什么，天没亮又披衣离开。刚开始红袖对他还有怨恨，慢慢地，这种怨恨就被同情和更复杂的情愫去掉了。有时候她午夜梦回，想起胡老板，又联想起对陈麻子的态度，会自嘲地笑笑——对于恨这件事，自己真的不擅长呢。

胡老板终于露出释然的笑，道："谢谢你……"他脸色突然又一变，布满狰狞，厉声喝道，"你给我滚！我不是把钱还给你当铺了吗，还来逼我要钱，一个个地落井下石，真当我姓胡的好欺负？！"

红袖不明所以，正要开头，突听身后传来了杂乱的脚步声。不用转头，她就知道是官兵已经进了胡府。再看胡老板，虽然他面色嫌恶，语气激烈，但眼睛里满是绝望和不舍。

唉，她心里叹道，怎么会有这样的男人啊。

一群官兵拥进来，凶神恶煞似地冲进各个厢房厅堂，随后传来砰砰当当的桌椅倒地、瓷碗破碎声。另有十几人则聚在大堂，围住了胡老板，为首一个官差疑惑地看着红袖，问道：“你是谁？在这里干什么？”

红袖低头不答。

胡老板昂起头，啐一口骂道：“官爷，快把她抓起来，这贼妮子看我落魄，就来逼我还钱。官爷你说说，欠她们当铺的那五百两银子，对我是个事儿吗？可恶得紧！快抓起来，轻饶不得！”

官差皱着眉头，走到胡老板面前，狠狠一巴掌扇下。“啪”一声脆响，胡老板脸上的肉层层抖动，立刻泛起一个巴掌印。

这巴掌太突然，也太狠，胡老板愣住了，红袖也愣住了。

“给你脸了还？”官差一脸不屑，“还敢对我们吆五喝六，娘的，现在也不是以前了！”说完，不耐烦地对红袖挥挥手，道，“走吧走吧，也别指望他还钱了，家产得全部充公呢。”

红袖咬着嘴唇，默默点了点头，转过身。大堂外光线虽冷，却明亮无比。

身后，传来了官差殴打胡老板的声音。胡老板一边惨哼，一边怒喝道：“你们！等我东山再——我要你们好看！”

“还他娘的东山再起？”官差讥笑着，一棍子下去，正中胡老板脑门，血迸了出来，“也不想想你得罪的是谁？那可是三司使大人啊！三司使大人点名要你新纳的那个小妾，叫红什么来着，以前是花魁那个，你还敢拒绝？我说胡老板，你平时跟个人精似的，怎么就这么不开窍呢？”

红袖身子一震，脚步慢了下来。

胡老板满头是血，却咧开一口白牙，笑道：“你这种……这种奴才，懂个屁……”

官差怒极，一脚把胡老板踹倒，道：“你还敢瞧不起我！也不看看你这府里，平时前呼后拥，人山人海，现在树倒猢狲散。嘿嘿，你娶了那么多房妻妾，现在又有谁留下来陪你了？还不是跟你划清界限，免得被你牵连？”

胡老板努力撑着身子，抬起头，正要骂，却愣住了。

官差也愣住了。

因为红袖走到门头，略微犹豫了一瞬，然后转过身，从容走回大堂，扶起胡老板，给他抹去嘴角的血迹。只见她动作温柔，神态落落大方，竟似一点都不把周围虎狼般的官兵放在眼里。

“你……”官差愣了，“你是谁？”

“官爷有礼，我叫红袖，”红袖盈盈一揖，道，“是胡老爷明媒正娶的妾侍，效六礼之法，有三书为证。”

从初春到暮春，从柳条吐芽到芳华遍地，只过了两个月。但对深陷牢狱的红袖来说，像是过了无数个世纪。五月的时候，红袖被查明与胡老板并无太多钱财上的瓜葛，从牢狱里放了出来。

天空晴朗，春阳傲人。红袖站在牢外，一手扶墙，另一只手搭在额头上。四周太亮了，让她一时分不清今夕何夕。

那时的她，经过两个月牢狱折磨，已经形销骨立，奄奄一息。站了没多久，她就昏了过去。但出奇的是，倒下的一瞬间，她又清醒了。她能感觉到自己向后仰倒，耳旁掠起风声，整个世界急速倾斜。然后，她跌进五月辉煌明亮的阳光里。

或许这就是终点了吧，她想。随后脑袋磕地，昏死过去。

再醒过来时，她感觉自己在上下颠簸，还能听到车轮声。

她躺在一辆破旧马车里，车厢透风，风里带着湿气。外面已经是夜晚了，有些冷。她发现自己身上还盖着一件麻衣褂子，外面看着还好，只是有些寒酸，里面却密密麻麻地打满了补丁。

这件麻衣看着有些眼熟。

红袖挣扎着起来，扶着车厢壁，打开车帘。车辕上正坐着一些瘦削的人影，衣衫单薄，只穿着白色内衬，缩着肩膀，不时扬一下马鞭。车前一匹老马，低着头，吭哧吭哧地前行。

“陈……”红袖见过这个背影，迟疑道，“陈麻子？”

那人回头，正是陈麻子。

“你多休息一会儿吧，”陈麻子转过头，继续赶车，“车厢里有馒头和水，你吃点儿。路还长。”

红袖扶着车厢壁坐下，坐在门前，小腿垂下去。夜风迎面扑来。她往后摸索，抓到了已经干硬的馒头，小口小口咬着，和水吞下去。

她吃着吃着，流下泪来。风一吹，脸上格外冷。

“我是过来买药，往回走时，看到你在街上晕倒了。”陈麻子说。

“谢谢你……”

“都说了，巧合而已。”陈麻子道，“那你接下来怎么办？”

红袖一怔，轻声道：“我想回家。”

“家？胡府吗？我听说胡老板所有财产都被贴了封条，包括那个小宅院。”陈麻子转过头，见红袖脸上两行清泪，却没什么表情，

“噢，你是说醉仙楼？可你不是赎了……”说着，他可能想起了当初正是自己把她卖进去的，脸上有些不自然，又转过头去。

红袖道：“不是，我想回家。”顿了顿，补充说，“就是你把我买走的地方。”

陈麻子干笑一声，点点头，道：“我们是在往小城的方向走。”

微妙的尴尬在他们之间弥漫。接下来的一路，两个人都没有说话，四周只有老马慢吞吞行在官道上的蹄声。红袖默默坐着，后来实在乏了，就回车厢里休息。半夜她醒过来了一次，透过被风扯动的车帘，看到陈麻子依旧端直地坐在车辕上。清冷的月光下，他干瘦的背影像是一杆被折断的标枪。红袖看了几眼，睡意再次袭来，又睡了过去。

两天后，他们回到小城。陈麻子把她送到她爹——木匠张老二家，然后挥了挥鞭子，老马鼻子喷出一口气，就要拉车离开。

红袖突然想起一事，犹豫了下，还是对陈麻子道：“你在苏州城里买的药，根本没有人参虫草，都是很便宜的东西做出来的……以后别再上当了。”

陈麻子看着她。良久，老马都不耐烦地在地上磨蹄子了，他才笑了笑，转身上车。

红袖一边回忆他笑容里的苦涩和无奈，一边往巷子里走。突然，她停下脚步，恍然大悟——陈麻子早就知道药房伙计是在骗他，但他受心病折磨，别无选择。

红袖推开门，家里空空荡荡的。“娘？”她喊了一声，犹豫一下，又喊道，“爹？”

都没人回答。

屋子像是已经被废弃很久，蛛网暗结，灰尘满地。红袖小心地走着，在屋子里来来回回转了几遍，终于确认——父母已经不在。

她向隔壁赵屠夫家打听。赵屠夫已经多年没有见过她，一边用怪异的目光扫视，一边叹道：“唉，你爹你娘惨哪。去年秋天，哦不对，是前年秋天，你娘发病去世了，救都来不及救。不过说回来，你爹也请不起郎中了。你娘死后，听你爹说，要去苏州城找你，去了得有十来天吧，回来就跟霜打过的茄子似的。我一问才知道，原来他去找你，看门的不但没让他进门，后来还跟了几个人出来把他打了一顿。下手那个狠！”赵屠夫手一摊，“然后也就病了，没熬过冬天。”

红袖怔怔地听着，想起那年秋天看到的张老二离开的背影，心里空落落的。

这个世界是怎么了？她回到荒弃的家里，迷迷糊糊地想，为什么那些伤害过她的男人最终都落到了悲惨的结局？让她无法原谅，也无法继续恨下去。而她爱的人，又莫名其妙地消失不见。

那继续这么苟活下去，又有什么意义呢？

接下来几天，红袖一直待在家里。她清扫出一小块空地，把家里的陈米倒出来，饿了就吃，困了就睡。许是刚从牢狱里出来，还吃不惯白米，偶尔还吐了出来。

屋外春光灿烂，她却心如死灰。尤其到了晚上，过往的一切如走马灯般在她脑子里回放，有些无比真切，比如黑屋里的折磨，牢狱中的虐待；有些又模糊不清，比如跟林公子相守的那几个夜晚。

这时，屋外突然传来了一阵喧哗声。脚步声从四面八方响起，惊叫声在黑暗里蔓延，看阵势，似乎是哪户人家走了水。

红袖没有看热闹的心情，继续蜷缩着，但声音越来越响，让她无法入睡。于是，她披衣出门，循着人声走去。

对面街道聚集了许多人，举着烛火，影影幢幢。他们都仰着头看向西边的天空，红袖也疑惑地抬头，顺着他们的目光看去。

夜幕中垂着一轮弯月，星子稀疏，云朵漫卷。借着月光，她很清楚地看到，在西边的天幕下，有什么巨大的东西正在掠过。

她眼皮一跳，眯眼看去，这次看清楚了——

那是一座城市，漂浮在离地千尺的高空横向移动，倏忽间隐没在云层中。

十七、忘却

红袖在夜里走了很久。

刚开始还有人跟她一起，朝着天空之城消失的方向走，但过了午夜，走出城，人就慢慢变少了。天寒夜高，对大部分人来说，更舒服的地方还是被窝，而不是虚无缥缈的天空之城。

但红袖一直沿着河走。

月亮跌落下来，在河面上挣扎着，荡出一圈圈涟漪。它始终跟着红袖，似乎觉得红袖能把它从水里捞出来。

红袖当然不能，她心里只想着快点走到天空之城落下的地方。在她的印象中，天空之城出现，林公子也必然出现。

而林公子……在这样的世道里，她没有了父母，没有了丈夫，也没有未来。那么辛苦才活下来，就是为了这三个字。

她一路恍惚地前行，河流慢慢变宽，仅剩的几个来寻天空之城的人也都打起了退堂鼓。

最后一个停下的，是陈麻子。

河水哗哗流动，蜿蜒进了一处密林。林子宽阔无边，里面一片幽暗，月光完全被隔绝在外。走到密林前的时候，陈麻子便停下了脚步。

“别往前了，那座城不知道飞到哪里去了，找不到的。”他叫住红袖，补充道，“俗话说逢林莫入，又这么晚了，里面指不定有什么。”

红袖看了他一眼，略一踟蹰，但还是迈步进了林子。

陈麻子快走两步，林子里刮出一股阴风，吹得他通体生寒，不得不停下了。

密林里伸手不见五指，红袖只能凭着感觉，深一脚浅一脚地跋涉。

这个林子不知存在了几百几千年，古木横生，蔓藤遍地。红袖摔了好几跤，衣服也被树枝划破了，前方依旧是一片浓黑。她终于感到了害怕，但往后看了一眼，看到的也同样是吞没一切的黑暗。她只得战战兢兢地继续往前。

不知走了多久，月光突然照进了林子，像是大片的白银洒下来。

红袖以为是错觉，再走两步，仰起头，那轮一路跟随的弯月顿时落入眼眸。前方变得开阔了些。她以为终于走出林子了，再一细看，却发现其实自己还在密林深处，只是前方像是被什么庞大的重物一路压过去，树木整齐地向前倒下，压出了一条“通路”出来。月光才得以透过树冠的缝隙，指引红袖向前的路。

红袖心跳加速，借着月光，沿着这条路走。这下速度快了许多，没多久，密林积郁的腐木气息就消散了，取而代之的，是清冽的水汽。

她突然想起，小时候听大人说过，小城西边有一个很大的湖泊，方圆近百里，时常能捞起比人还高的大鱼，可见湖中心之深。

密林到了湖边，也就是是尽头了。她走出林子，脚边洒满了断裂的树干树枝，地上泥土翻起，痕迹一路延伸进湖中。

湖面非常平静，只偶尔有鱼儿打摆，将月光捣散。

红袖低头，仔细看泥土翻涌的痕迹，推测天空之城应该是落到了地面，再一路滑行，最终滑进了湖里。

她再抬头，突然胸口一窒，险些摔倒。

因为湖边站着一个人。

那人一身长衫，低着头，两手在前，像是在把弄着什么。他的头发束在背后，夜风拉动他的衣服，晃晃荡荡，就像此时红袖的心跳——这身姿，这背影里透出的风骨，分明是林公子！

哪怕几年未见，红袖只看一眼，就知道绝不会认错。她连忙加快步子，向湖边跑去。

这时，林公子却突然动了。他抬起头，迈步走进湖里。湖水立刻沿着他的衣服，浸漫而上，他丝毫不介意，很快走到了湖水及腰处，然后一个起跳，跃进水里。

眼看林公子没入水中，红袖也跑到了湖边，没有犹豫，也跳进湖里。时值五月，又是深夜，春水寒凉透骨。她在水里打了个冷战。她原以为水里会一片幽暗，但睁开眼，竟诧异地发现水里竟然有光。

光是从前方深水里散发出来的，摇摇晃晃，像是有一丛巨大茂盛的发光水草在湖底招摇。晃动的光晕里，鱼草可见。红袖忍着眼睛的刺痛感，向前看去，果然看到了一个人影正在向前游动。

他似乎比红袖更容易沉进水里，不怎么动弹，身子很快潜到了湖底，然后手脚划动，便像鱼一样向前游。

红袖连忙扑腾，向着人影追去。

但林公子速度很快，沿着湖底向前，没几下就要游进那团光晕中了。红袖虽然出生水乡，却不擅长潜泳，扑腾几下想要追过去，但速度追不上，险些把胸中憋的气给呼出去了。

眼看林公子越来越远，红袖心里一凉，手脚慢了下来。

原来，等了这么久，依然追不上。

她悬在水底，橙黄的光穿过冰凉湖水照过来，仿佛冻在琥珀里。她突然有点倦，不想再游出水面，就让湖水冻结成冰，将自己凝固吧。她这么想着。

这时，前方的林公子突然蹬了一下腿，身子停了下来。

红袖眯眼看去，迷糊的光影里，可以隐约看到林公子腿上缠了一丛黑色的丝状物体。她看了一眼，忽然意识到那是什么东西——湖底水草！

但凡生在江南水乡的人，都听说过水草的厉害：这种东西柔软坚韧，缠住手脚后就不肯放了，使劲把人往淤泥里拖去。与其说是水草，倒更像是从地狱里伸出来的恶鬼之手。

林公子猛蹬了几脚，水草缠得更紧。他连忙弯腰去解，但因为太过着急，一弯腰，胸中吸进来的气顿时吐了出来，咕噜咕噜冒出几个水泡。

人在水里，一失了气，手脚也很快无力。林公子又挣了几下，一口气没上来，脚被牢牢缠住，往湖底落去。

红袖尚在浅水区，见状迅速上浮，猛吸口气，再一头扎进水里，向林公子游去。她很快游到林公子身边，见林公子已经闭上了眼睛。他的一头黑发散开。于是她咬咬牙，凑到林公子嘴边，唇挨着唇，将气息度了进去。一些细碎的气泡从他们嘴边逸出，在清冷湖水里飘飘摇摇上升，又破碎成更细小的泡沫。

林公子下意识呼吸了一下，眼睛微微眨了眨。

红袖见他吸了气，稍微放心，抓住他的腰带，转身去解水草。这滑腻柔韧的东西很难解，红袖扯了扯，没扯开，干脆倒转身子，用牙齿去咬水草。

她的牙齿上下咬合，左右错开，水草便像被刀切一样裂开。一股苦涩的味道溢满了口腔。她顾不得吐出嘴里的苦味，继续咬下去。很快，水草被咬断了大部分，她再一扯，终于将水草扯断，拉着林公子往上浮。

林公子果然比普通人重很多，但好在他没力气挣扎，任红袖拉扯着。红袖手脚并用，一点点上浮，就在力气和气息都快耗尽的情况下，终于到了水面。她深吸一口，又向着岸边游了一丈多远。这时，她终于踩上了淤泥，拖着林公子一步步走上岸。

月光轻洒，落在林公子脸上，照得纤毫可见。一别经年，他的样子一点都没变，仿佛从醉仙楼逃离的事情只是发生在昨晚。他像是个被时间遗忘的人。

红袖怔了下，才想起来林公子已经溺水了，需要急救，一颗心顿时又悬起来。

在江南这块儿，但凡有人溺水，都是用筷子插进嘴里，再将其身子横放在牛背上，驱赶着牛，边走边颠，将腹中积水颠出来。但现在且不说找不到牛，就算找到了，以林公子的体重，也很难把他抬到牛背上。

红袖左右看看，急中生智，在身侧找到了一截圆木块塞在林公子腰下；又折断了一根树枝插进他嘴里。红袖跪在地上，两只手不停地来回推着木块，林公子也随之前后颠动。

她这么推了有一会儿，林公子还是紧闭眼睛，呼吸全无。她焦急起来，更用力地推着木块。春天的深夜里，起了风，颇有些寒，但她额头还是很快沁出了汗珠。

“咳……”

一声咳嗽响起，林公子嘴里淌出一股水流来，沿着脸颊，倒流到耳旁。

红袖大喜，再推几下，林公子连声咳嗽，转身弯腰把树枝吐出来，又咳出几口水。

“你醒了？”红袖道，“小心，你刚刚溺水了。”

林公子表情痛苦，以手撑地，想爬起来，但手脚乏力，又摔到地上。

“你小心一些，还没有恢复。”红袖提醒道。她看着林公子的表情，有些心疼，忽而又想起——她第一次遇见林公子时，是林公子救了溺水的她，从此念念不忘；现在因果倒转，轮到自己将他从水里救了出来。不得不说，仿佛真有命运在头顶暗中安排。

“溺水……”林公子喃喃道，挣扎起来，向湖里看去。

偌大湖泊里，橙黄光晕透水而出，仿佛一块巨大的宝玉沉进了水里。

林公子面色焦急，勉强站起来，道：“多谢姑娘相救！”迈着步子走向湖里。

红袖愣住了，拉住他衣袖，急道：“你身体还没恢复，不能下水。”

林公子往前一步，被拉得一个趔趄，差点摔倒。他转头道：“姑娘，请放手。”

他的眼神格外陌生，令红袖心里发凉。她反而捏得更紧，道：“林公子，你……你不认识我了吗？”

林公子似乎这才看了红袖一眼，脸上掠过一丝迷惘，道：“这位姑娘，我们——难道见过吗？”

夜风起了，拂过湖面。红袖浑身发抖，竟比之前在湖里还冷。她紧紧攥着林公子的衣角，指节泛白，青筋跳起。

“你不认识我了？”她从牙齿缝隙里挤出这几个字，“林公子，你怎么能不认识我……”

“姑娘……”林公子看了一眼湖里，湖底的光在慢慢减弱，语气焦急，“姑娘你认错人了。”

“我怎么会认错人！我过上了这种日子，都是因为你啊，我活下去，也是因为你啊！我怎么可能认错你！你看我现在变成什么样子了？”她突然大声道，用另一只手拉开自己的衣服，肩膀和胸口的大片肌肤露出来，赫然布满了暗青色的伤痕——有些是还没消肿的淤青，有些则是结痂后留下的疤痕，如同白皙的玉石上爬满了许多细密的蜈蚣，“这些只是一部分，如果你想看，还有更多！你不知道他们在牢狱里怎么对我的，他们，还有那些女人，所有可以羞辱我的东西，他们都用过了。连他们都好奇，为什么我还不去死。因为，只有活着，才能见到你啊。我活了下来，但你怎么能装作不认识我呢？”

她的声音逐渐尖利，到最后已经成了嘶喊。她抓紧林公子的衣袖，在地上跪行一步，站起来时，已经满脸泪水。她身上的伤疤赤裸裸地暴露在月光下，触目惊心。

然而，从始至终，林公子只是静静地看着她，眼里带着疑惑和怜悯。

“对你的遭遇，我感到很遗憾。”林公子后退，把袖子从她手里一点点抽出来，道:“姑娘，你认错人了。”

红袖瘫坐在地上，神情恍惚。

她眼里盈满泪水，把视线里的一切都溶解了。在这样模糊的视野里，她看到林公子一步步走进湖里，那些冰凉的水从他的脚下一直吞没到腰间。然后，他向前跃出，如游鱼一样扎进湖水里，消失不见。

红袖继续坐着，抱紧肩膀。她浑身湿漉漉的，夜风一吹，寒意一下子渗进了骨子里。

湖面上已经看不到林公子了，只有一圈圈涟漪在荡开。

原来等了这么久，等到的却只是涟漪。她悲哀地想着——散开后，就融进水里消失不见的涟漪。那这么多煎熬和凌辱，有什么意义呢？

她呆呆地坐在湖边，瑟瑟发抖，周围发生的一切，对她来说都遥远而迟钝。

所以，当水面破开，那座巨大的城市从中升起时，她都无动于衷。仿佛眼前这寻常人一生都难以见到的奇景，只如庭前花落般随处可见。

她迷离的眼睛里，也看不清这座引起众人追捧的天空之城长什么样子，只记得它布满了银亮的色泽。

天空之城破水而出，径直上升，进入云层中后，发出一道轻微的声音，然后消失不见。

身后传来脚步声。

红袖没有回头。她像是一点力气都没有了，只在发抖，牙齿抖出咯咯的打战声。

来人是陈麻子。他在身后的密林里不知站了多久，此时走出来，将手缩在袖子里，仰头看向天空之城消失的方向。

“这下，你终于见到你的林公子了。”他的声音里听不出情绪来，一如他的表情。

红袖依旧怔然，没有回答。

“我觉得，他跟我们不是一个世界的人。”陈麻子垂下头，声音低了些，道，“你看，他每次出现，天空之城也会现世。红袖姑娘，他是追随着天空之城的人，而我们，是活在地上的人。”

“嗯……”红袖点了点头，却不知是赞同陈麻子的话，还是只是下意识的动作。

陈麻子上前一步，看着因天空之城升起而泛着水波的湖面，出神了好一会儿，突然道：“但你说，为什么他要追随着天空之城呢？这座城市到底是什么？他们说，那是仙人的居所，里面金银满地，但刚才它升起来的时候，我也看到了，整个外面都很光滑，没什么装饰。那些庙里面画的给神仙修的宫殿都富丽堂皇的，全是亭台楼阁，就算这座城真是白银造的，这么单调，也没有哪个神仙会住吧……”

他回头看了红袖一眼，见她依旧沉在自己的思绪里，也不知在想什么。

“说起来，那林公子真是奇怪，这么多年过了，脸上一点变化都没有，倒真跟话本演义里那些驻颜有术的神仙一样……”他喃喃自语道，“我记得在城南土坑那里，他也是这副模样，还说我们生命短暂，在时间里只是蜉蝣……”说到这里，他突然一愣，似乎想起了别的什么，“时间……比书更恒久，在它面前，什么都会消失……”

风从遥远的地方吹来，抹平湖面上的褶皱，来到岸边，穿过各自发呆的男女，一路钻进沉默的树林。

过了很久，陈麻子才猛地抬头，自语道：“我知道了，我知道了！”他的脸上罕见地露出狂喜神色，转过头，却愣住了。

红袖不见了。

他再回头，看见泛着微光的湖面上，正站着红袖孤单的身影。“扑通”一声，红袖的身子没入水中。

陈麻子站在岸边，安静地看着。但过了好一会儿，湖面上半点波纹都没有，他才皱了下眉，也跳进了湖里。

红袖跳湖自尽不成，被陈麻子救起后，又因沾水受寒，发起高烧。陈麻子不得不去请了大夫。

几天后的黄昏，红袖退烧，幽幽转醒。

她坐起来，发现自己躺在老屋的床上，而四周已经被收拾得一尘不染。。

大夫站在一旁，见她醒来，点点头，吩咐她多休息多喝药。红袖愣愣地听着。末了，大夫道："对了，你——"他又停下来，欲言又止，最终只看了红袖一眼，转身出了屋。

红袖听到，大夫似乎在门口跟人说着什么。

她坐起来，头有些晕。

大夫交代完，背着腰匣出了小院。一直站在门口的人推开木门，黄昏的光照在他身上，却是陈麻子。

"你刚醒，多睡一会儿。"陈麻子却不走进来，站在门旁。

"你……"红袖声音干涩，看着面无表情的陈麻子，瞬间明白了前因后果。这几天发生的事情在她心里迅速掠过，她先是悲哀，眼角沁泪，继而咬紧牙齿，爆发出怒气，"你凭什么管我！你以为你救了我，我会承你的情吗？你是人贩子啊，你把南莺卖给妓院，把我卖进妓院，现在救我起来，还想再卖第二次吗？我身上到处是伤，已经不值钱了！”

陈麻子站在斜阳晚照里，安静地看着她，过了好久，才道：“要活下去。”

“活下去？”红袖怒气更盛，咳嗽起来，不得不扶着墙壁，缓了口气，“这样的世道，为什么要活下去？你跟我说，活下去就能见到林公子。的确，我熬下来了，在牢狱里被打得昏过去都熬了下来。可是现在呢，他装作不认识我。那个要带我走的人，成了陌生人……早知道这样，还真不如当初就跟南莺一般，死了一了百了，也不用再尝人间苦果……”

“他不是装作不认识你，”陈麻子犹豫了一下，“他可能真的不认识你。”

红袖停下，抬起头，愣愣地看着他。

“至于原因，我还不能告诉你，我也要去弄清楚。但你要活下去，大夫说……”

他后面的声音突然低了下来，红袖没听清。她本能地拒绝相信陈麻子。连林公子都欺骗了她，这世间已无可信之人。她心里被失望、迷茫和悲哀充斥着，最后汇聚成巨大的愤怒，尖利道：“跟你一样活着吗？每天就想着挣银子，丧尽天良的事情做绝，晚上还睡不着！辛辛苦苦挣的钱，全被药店给骗走，这样活着，有意思吗？”

陈麻子表情黯淡，低着头，好半天才抬起来，看着红袖。

他的目光沉静而凄凉，像是屋外的暮色全都涌进了他的眼睛里。

“你早点休息吧，别想着再自尽了，”他转过身，留下幽暗的背影，“你就算不为自己，也得为了肚子里的孩子活下去。”

红袖一怔，道：“什么？”

“大夫说，你有身孕了。”

十八、悲苦

起初，红袖并不打算把孩子生下来。

这世道对她太过狰狞，举世滔滔，已无亲人；满城喧哗，却独守寒夜。湖边那一晚过后，支撑她活下去的唯一念头已经消失，更别说再带着一个孩子。何况，孩子的父亲现在还身在狱中，死活未卜。

说起来，当初她在胡府的时候，就听到下人们私底下聊，说胡老板这么多年生不出孩子，不是姬妾的原因，而是他自己肾出了问题。往往谈到此处，都要窃窃私笑。这类谈笑也有被胡老板听到过的，他铁青着脸，一言不发。但参与谈笑的丫鬟杂役们，以后就都没再出现过。胡老板表面上不置一词，暗地里还是着急的，托人求来各类名医，秘方补药跟饭一样吃下去，一直不见疗效。没想到，在胡老板进监狱前不久，却让红袖怀上了孩子。

而红袖刚刚怀孕，就在牢狱里被折磨了两个月，但肚子里多出来的这块肉依然顽强地生长着。陈麻子走后，红袖摸着微微隆起的肚子，百感交集。

这凄惨的一生让自己承受就已经足够了，何必再将自己的孩子拉进这样的人生。

她在床上躺了很久，睁着眼睛，看着天色渐暗。最后决定延续那晚在湖边的举动。她在房梁上栓了绳子，踩在凳子上，但就在把脖子凑进去的前一瞬间，她的肚子动了动，像是里面的孩子在踢她。

她站在椅子上，摇摇晃晃地看着窗外的夜色。小城灯火辉煌，人间喧闹如初。这一切，对肚子里的孩子来说，都是陌生新奇的。

她一下子泪如雨下。

于是，这一年冬天，伴随着冷风呼号，小五出生了。

或许是因为红袖刚怀上他就遭了牢狱之灾，再加上深夜落水，侵了风寒，小五自出生起就病恹恹的。红袖记得，稳婆把小五从她两腿间拽出来前，脸上还挂着惯常有的笑容，但看到小五，稳婆的笑容便僵了僵，过了一会儿才恢复，用夸张的声音恭喜道："哎呀，大喜大喜，是个胖……"她顿了顿，又继续道，"胖大小子！"

红袖腹痛如搅，抬不起头，只能大口喘着气。稳婆在一旁给婴孩熟练地剪了脐带，用细麻线缠扎，敷上软棉布包，清洗干净后放在一旁，就退了出去。屋子里静悄悄的。过了一会儿，红袖有了些力气，直起身子，看到一旁小声啼哭的婴孩，才明白稳婆为何欲言又止。

太瘦了。

其他孩子刚出生时，脸上的肉都多得起褶子，唯有这孩子，骨架瘦小，脸上的肉薄薄地铺开，而且带着令人忧心的青紫色。

但他还是在哭，用微弱的声音和捏紧的小拳头向这个世界宣告他的到来。

红袖把脸贴近他，感受着温热，眼角有泪淌下。

在这样的世道里，一个手无缚鸡之力的女人独自要带大一个孩子，无疑困难重重。红袖没有积蓄，养胎产子，都是靠变卖张木匠留下的家具。等她做完月子，能下床，家里能卖的东西也就卖得差不多了。

家徒四壁，袖底见肘。

红袖身子弱，只能抱着小五挨家央求，讨了些米，其中赵屠夫家最仗义，把卖不出去的猪下水都给了红袖。另有一个刚生了孩子的胖大妈见孩子可怜，自己奶水又足，就把小五抱了过去，一边喂一个。

两个孩子都是嗷嗷吮吸，但差别明显——大妈的孩子白白胖胖，哭声嘹亮；小五则干瘦干瘦的，闭着眼睛，只顾吸奶，嘴边有奶淌出来也不停下。

有一次喂完，大妈都爱怜地看着小五，又看向红袖，道："俺多嘴说一句啊，这娃儿，恐怕养不……"

红袖赶紧接过孩子，不等她说完，道了声谢便匆匆转身离开。她害怕听到大妈的最后几个字。大妈也识趣，闭了嘴，只在背后叹气。

但就在这样的环境下，小五还是挣扎着一点一点长大了。

红袖收拾家里所剩不多的杂物时找到了一个旧包袱——是她进

牢狱前的衣物，换上狱服后，这些就丢进了仓库。好东西当然被搜刮干净，剩下的都是不值钱的。她打开包袱，见一张手帕静静地躺在里面。她把手帕洗干净，看着上面的鸳鸯图案，突然想到，自己可以做女工养家。

小城虽小，却有南来北往的船只，也因此供养了不少布庄。常有富贵人家的女眷来买定制布料，上面绣着精美花纹的，价格要高很多。

红袖心思细密，手上灵巧，扯了几块布，绣上鸳鸯、鱼、仙鹤等动物，再提上一两句诗词，然后带着布料去绸缎庄，挨家讨活儿。因她绣上的东西都活灵活现，诗句也灵气十足，很快就得到了几家绸缎庄的生意。

打这以后，红袖一边照顾孩子，一边在家做女工，也能挣着银钱，维持家中花销。

好几次，她穿城去各家绸缎庄送货，路过醉仙楼，看到楼台上的花娘们依旧莺声燕语，招手揽客，只觉得一切恍如隔世。

女工这门生意，只要手艺好，名声就传得广。不出一年，红袖绣过的布料，附近有钱人家都争相购买。红袖也不傻，价格一涨再涨，仍旧供不应求。

眼看好日子要来，却又摊上了小五的病弱之躯——他自幼体弱，小病常发，大病偶来，离不开汤药。小病还好，只折腾得红袖心力交瘁；大病就凶险得多，得连夜敲开邻居家门，一起帮衬着把小五送到药铺。她看着大夫把细针扎进小五单薄的身体里，把黏稠的汤药灌进小五苍白的嘴唇里，都恨不得这些痛苦转移到自己身上。

好在，小五每次都能有惊无险挺过来，只是次数多了，病就成了无底洞——红袖熬夜刺绣挣的钱都丢了进去。有一次，小五连着生病，家里最后一点钱也给了药店，大夫看着红袖手中空空如也，神色冷峻，不发一言。红袖低头跪下，再三保证有了钱立刻送来，数额翻倍，大夫才肯施救。

红袖深知小五的命要靠银子续着，更不敢懈怠，白天照顾小五，一有闲暇就坐在床边低头刺字绣图。到了晚上，趁小五睡觉时，她便凑到油灯下，整夜穿针绣线。

这么熬着，红袖的眼睛越来越浑浊，看东西渐渐看不清晰。到了小五六岁的时候，她已经要眯着眼睛才能刺绣。

六岁，也就到了上私塾的时间了。

红袖牵着小五，穿过几条街巷，走到主城大道旁。红砖青瓦的私塾都耸立在此，隔着远远的院门，还能听到朗朗读书声传来。红袖记得很多年前，她还是幼童的时候，曾经绕到这间城北私塾的后面，踮脚站在窗下，听老先生在里面教孩子们念书。算起来，红袖也算半个私塾的学生。

许多年过去，私塾依旧热闹。几十个孩童坐在座椅前，摇头晃脑，听着先生念书。这些孩童都穿着绸缎褂子，红光满面，有些腰间还佩玉，一看就是城里有钱人家的孩子。毕竟家里有闲钱，才会把孩子送到私塾里来念书。

看到红袖进来，老先生停下念诵，浑浊的目光在红袖和小五身上来回打量。孩子们也齐刷刷转过头。

"先生，"红袖恭声道。

这位先生曾经被老鸨请过去，专门教她诗词歌赋。后来红袖被胡老板赎走，就再没有见过了，但在红袖记忆里，先生虽然年迈古板，但还算是惜才之人。

先生放下书和戒尺，却不起身，冷冷看着红袖。

"我带儿子过来念书。"红袖道。

先生道："你知道在这里念书的，都是什么人吗？"他又看了眼小五，"命不一样啊，富人家的孩子都是要去考取功名的，穷人家的孩子就只能在命运里打滚，懂的东西少一些，活得更快活些。何况你连自己都养不活。把儿子带回去吧。"

小五刚生过一场病，花了不少钱。红袖囊中羞涩，但还是道："就让他在这里读书好了，钱我会想办法，过几日就能送来。"

先生摆摆手，道："没有这样的规矩。我让你在窗外站着听，去青楼里教你，就已经是有辱圣贤了。"

红袖再央求了几次，先生直接把眼睛阖上。小五见了，拉拉红袖的手，道："娘，我们回去吧。"咳嗽了几声，他又道，"我看这个白胡子老爷爷也没什么学问。"

红袖捂住小五的嘴，看了眼先生，最终还是牵起小五，转身往外走。

走到门口，先生突然问道："那首《春江花月夜》，你还会背吗？"

红袖一愣，随即张口背完。一字不差。

先生像前两次一样，喟然一叹，道："把孩子留下吧。他要是有他娘一半聪明，前途都不可限量。"

小五看看红袖的脸色，再看看先生，眼睛转了转，然后放开红袖的手，走到先生面前。

“哈哈哈哈，”先生捻须而笑，“看来我错了，他可能比你要更聪明。”

红袖把小五送到私塾后，为了筹学费，便去绸缎庄揽生意。正好城里最大的“霓裳庄”有一笔大生意，需要红袖在两百匹布绫罗绸缎上绣上字画花鸟，外加若干手帕鞋料。但霓裳庄老板另有个条件，便是红袖一旦接了这单活儿，就不能给别的绸缎庄再做女工了。

红袖算了算，要是把这单生意接了，至少两年不愁没事做。而且霓裳庄开的价远高于平常，只要绣完，别说学费有了着落，甚至可以请到江南名医，给小五去掉病根。

于是，红袖在霓裳庄的文书上按下了自己的指印。

接下来的一阵子，小五每天去私塾，跟着先生念书学字，回家后乖巧地休息，不打扰红袖在灯下刺绣。小五知道，红袖手中的丝线缠绕穿梭，不仅仅是在绣花刺鸟，更是编织他们的生活。他睡觉之前，还竭力提起水壶给红袖倒了一杯水。

几天后的一个深夜，红袖正眯着眼睛埋头刺绣，屋门突然被敲开了。

看着门口的陈麻子，红袖愣了愣。

这五年多以来，他们见面的次数很少。红袖一心在家带孩子，都不怎么出门。陈麻子除了依旧做尽坏事，想方设法挣到钱，剩下的时间居然是都是待在自己的小屋子里，不知道在鼓捣什么。

太久没见，彼此都有些陌生。红袖正要问他来干什么，陈麻子却先开口了。

“你最近要小心一点。”

红袖道：“小心什么？”

陈麻子看了看左右，确信没人，小声道：“你最近不是给霓裳庄绣布匹吗？这单生意很复杂，是宫里要求的，谁能献上好布，以后就从哪家采货。你帮了霓裳庄，其余绸缎庄的人眼红，已经找了人，要对你下手。”

红袖后退一步，打量陈麻子，不确定这个人说的是真是假。顿了顿，她道：“你怎么知道他们已经找了人的？”

“因为他们找的人，是我。”

陈麻子比五年前老了很多，鬓角已经有了几丝白发。他依然很瘦，骨架缩在宽大的衣服里，仿佛随时会散架。他说话的表情古井无波，不似作假。但红袖想起他的所作所为，以及坊间传闻，仍然怀疑——你这种唯利是图的人，既然收了钱，怎么会反过来帮自己？

就在她犹疑的时候，陈麻子已经缩了缩脖子，往屋外退了一步。临走前，他补充道：“你把霓裳庄的布给他们退回去吧。退了，就没事了。”

说完，他匆匆走进巷子的黑暗里，消失不见。

红袖关上门，边走边思考陈麻子的话，她坐到床边，小五突然道：“娘，刚才这个人，很奇怪的。”

红袖低头，看到小五苍白但清亮的眼睛，微责道：“怎么还不睡？”

“刚刚醒来了嘛。”他撇撇嘴，“娘，我听他们说，这个麻子伯伯，家里可吓人了。”

“你们进他家了？”红袖想起多年前在陈麻子家度过的那些夜晚，陡然一惊。

小五摇摇头，道：“我没有进去啊。我是听私塾里的人说的。他们有一次趁麻子伯伯出门，翻进他家里，想找点好玩的。结果一进去，就看到整面墙都是画。”小五眯起眼睛，竭力回忆同伴们对他说的话，“有些画在墙上，有些画在纸上，画的都是一座城市，有时候在空中，有时候又在水里。可奇怪啦！娘你说，一座城怎么可能跑到天——娘，你怎么了？”

红袖揉了揉眼睛，勉强笑道：“晚上绣久了，眼睛有些酸。”她拍拍小五的脸，“快睡吧，明天还得去念书呢。”

小五撇撇嘴，但还是听话地转过身，背对着油灯，很快就入睡了。

红袖深吸几口，理了理心绪，又想起陈麻子的话，一时犯了难——陈麻子虽然可恶，但也是个可怜人，又帮过自己几次，深夜来找自己，多半也不是空穴来风；但让她放弃手头的活儿，却也万万不能，小五的学费和药费都指望着这些布匹。想了一会儿，她决定还是继续刺绣，但要多留个心眼。绣完后，她还特意检查了一下门窗，确认无误后才敢入睡。

几个月后，她绣好一批布料，雇了马车，带着布料去了霓裳庄。

老板仔细检查每一尺布上的花纹，越看脸上笑意越浓，末了，小心收起料子，吩咐入库。老板对红袖大家赞赏，如约付款，并告诉红袖，下一批布料如果还是这样的品质，再提高酬劳。

这一次，红袖得了三十两银子。

她怀揣银票，心里琢磨着怎么用——学费得花掉一部分，家里也该添套桌椅了，小五回家后念书要用。哦对，还得备着银子，万一小五再发病……

这样想着，红袖便不舍得再坐马车，迈着步子，穿城而过。

她又路过了醉仙楼。

但奇怪的是，往日里莺莺燕燕、热闹喧哗的醉仙楼，如今却只是在暮色里沉默的所在。红袖好奇，走到门前，见到那扇朱红色大门紧闭，上面还有刀斧划过的痕迹。大门里面隐隐传出人声，仿佛很焦急。红袖听了一会儿，觉得耳熟，脑海中立时浮现出老鸨和龟公的模样。

她赶紧退了几步，往家的方向走。路过桥边的人家时，听到里面有人在议论醉仙楼的事情，语气里尽是幸灾乐祸。

“嘿嘿，也不知道这家哪里得罪了新科状元，瞧着吧，迟早彻底关门。”有人说。

“那个状元，什么来头啊，怎么来我们这个小地方了？”

“我哪知道啊？不过人家骑在马上，器宇轩昂的，怎么看都是名门之后吧。”

……

红袖只听到这隐约的几句，还想细听，桥边人家已经关上了门。

她暗自思忖着，新科状元？这一阵确实听说本届新科状元金榜题名之后，没有立刻任职，而是向皇上请命南下巡视。小五这几天回来后，难得地兴奋，告诉她，状元爷几天后要去私塾跟他们授课。而以他的身份，来到这座小城，醉仙楼肯定是要竭力招待的，却不知道怎么得罪了这位大人。

她摇摇头，把这些离她十万八千里远的东西甩出脑袋，快步往回走。

夜色笼罩，城里的灯火辉煌渐渐落在身后。走到一处夜市前，她想起小五现在应该已经回去了，肚子还饿着，就买了一斤枣糕。提着香喷喷的枣糕，她加快步伐，走过小桥。

桥下水声哗哗，过了桥，就能隐约看见夜色里的家了。虽然模糊，但一盏灯火亮起，指引她的脚步。

然而，刚下桥，耳旁一声呼啸，接着她就看不到那盏小小的灯火了。

很快她就意识到，不是灯火熄灭，而是自己的头被黑布袋蒙住了。

她下意识大喊，但立刻有人伸手来捂住她的嘴。她张口去咬，隔着黑布，几乎将那人手指咬断。“娘的！”一个尖细的声音响起，带着惨呼。随后，一个巴掌狠狠扇在红袖脸上。红袖脑子一震，里面像是蜂巢被踢倒，飞起了无数只嗡嗡乱叫的蜜蜂。她吐出手指，晃了晃，差点摔倒，但又被人扛在了肩上。

“到桥下去，”一个粗豪的声音响起，“桥下没人听见。”

很快，红袖被扛到了桥下面，脑子里依然不清醒。她头上依然蒙着布袋，所见一片黑暗。

“冤有头，债有主，别怪我们。”声音尖细之人道，“怪给钱的人，怪自己贪心。”

另一人道：“跟她说这么多干嘛，直接动手吧。”

红袖此时明白过来，连忙道：“是陈麻子吗？”

她听到了一声尖细的嗤笑，随即有人道：“那个傻子？有钱不愿意挣，真不知道是什么蒙了心？”

“别废话！”另一人道。

红袖连忙道：“你们别……我不绣了。我把布匹还回去！你们别伤害我，我还有个儿子等我回家。我身上有钱，你们把钱拿走，求求你们，放过我。”

一阵窸窸窣窣，她身上的钱被搜走了。声音尖细之人道：“知道就好，嘿嘿，我们一直盯着你呢。”说完，踢了红袖几脚，对另一人道，“差不多了吧，我看这娘儿们也吓破胆了。”

红袖暗自松了口气。

然而，另一人迟迟未语。沉默在布袋的黑暗里变得格外压抑。

“不够。”另一人道。

“我看可以了，今晚够这娘儿们受得了。我们回去吧，去把钱结了。”

啪！

红袖以为是打自己，但过了半天，脸上都没有疼痛之感，才意识到——是那声音粗豪之人在扇同伴的巴掌。

“拿了钱，要把事办好。”粗豪的声音道，顿了顿，“把她的右手按住。”

红袖顿时激烈挣扎起来，但奈何身子骨弱，挣不开，倒在地上，手被拉出来，按在地面。

她听到了石块在地面摩擦的声音。

“按好了。”

“嗯……”尖细的声音竟然有些颤抖，“看着点儿。”

红袖使劲挣扎，但手丝毫挣脱不动。她惊恐地喊叫，但头被压在地面，发出的声音既嘶且哑，又被河风吹散了。这一瞬间过得无比漫长，她不知道外面发生了什么，等待已久的疼痛迟迟不来。有那么一会儿，她猜想是不是有人来救她了，林公子来了，或者，哪怕是陈麻子也好。

然而，漫长的时间只是错觉。她的手背被石块砸中，速度太快，只发出一声沉闷的咚声，像是某种鼓被敲响。她的指骨至少断了三根，她的惨叫被捂住。

“这下应该能记住了。”粗豪的声音说，“走吧。”

他们走了。

红袖等了很久，才能用左手把头上的布袋扯开。河边漆黑，空无一人。她忍住眼角迸出的泪花，按住右手，于是，右手的颤抖又传染到全身。她站在河边，牙齿咯咯打战。

远处的房屋清晰了，那张灯火依然亮着。

她深深呼吸，突然想起给小五买的枣糕，焦急起来，走到桥头。好在那两人没有踩到枣糕，她把糕点捡起来，吹掉上面的灰尘。枣糕已冷，她把它放在怀里，跌跌撞撞向那盏随时会熄灭的灯火走去。

十九、状元

红袖受伤之后，有三个人来看望过她。

第一个自然是霓裳庄的老板。他亲自带了大夫，给红袖检查骨伤。大夫仔细查看过后，对老板低语了几句，老板原本关切的表情僵了僵，看了床上脸色苍白的红袖一眼，便负手离开。他走后，霓裳庄的小厮去把红袖拿过来的布匹全都搬走了。

第二个人站在门外，踟蹰良久，最终没有进来。他瘦削的影子映在门棂上。他走后，小五过去开门，看到地上放着小包小包的猪骨和其他补药。

第三个人进院子的时候，小五正蹲在院子数蚂蚁。他抬头看到来人，突然一愣，站起来跑回屋，对红袖道："娘……娘！来了！"

此时红袖的指骨裂伤刚开始好转，但依旧疼痛，也不能使力。她看着小五急匆匆跑进来，心想这孩子虽然年幼病弱，却很少大惊小怪，便支撑着坐起身，还未开口，就见到了走进来的年轻人。

来人一身紫蟒长袍，腰佩玉带，走路生风。加上他面色红润，嘴角带笑，睥睨一切，一幅意气风发的模样。

红袖看了几眼，觉得这人有些眼熟，道:“你是谁？”

来人还未回答，小五就已经凑到她耳边，道:“这是状元郎啊，前两天还去私塾了。”

红袖一惊，便要下床行礼，那华服青年却上前一步，扶住红袖道:“红袖姐姐，请勿多礼！”见红袖低头躲闪，又道，“红袖姐姐不认识我了吗？”

他的脸凑近了，红袖这才看清——五官俊秀，眼神坚韧，仿佛如同冰雕般完美，又让人不敢靠近。

红袖眼皮一跳，一个久远的场景突然跃入脑海——城西，难民帐篷，夜色下森然而庞大的城门，年轻男女互相扶着往城门而去……

“陈云川？”红袖惊道。

“红袖姐姐记性真好，隔了那么多年，依然能叫出在下的名字。”名叫陈云川的年轻人笑起来。

当年那个难民营的瘦弱少年，这些年不知道发生了什么，竟摇身一变，成了当朝状元郎。然而，即使脱胎换骨，红袖也记得他曾经做过的事情，咬牙道:“我怎么能忘记！我把南莺妹妹托付给你，结果醉仙楼的人追过去，你就带着玉镯跑了，把南莺一个人留下！”

小五站在一旁，不明白红袖为什么突然爆发出这一的怒气，疑惑地看着两人。

“醉仙楼，”陈云川的笑容冷冽，道，“已经不存在了。伤害过南莺的人，一个都跑不了，我会让他们付出代价。”

红袖道："那你呢？那些人确实打她，骂她，把她关在黑屋里，但最伤她的，是你啊！"

陈云川道："红袖姐姐，当时的情况你并不了解，他们追得急，两个人被抓，总比一个人被抓得好。"

红袖气得浑身颤抖，手上疼痛难忍，转头又看到小五惊讶的脸。她长呼口气，压住声音，道："你来做什么？"

"听说红袖姐姐受伤，我来探望。"陈云川道，"我有如今的一切，都是仰姐姐当初赠与的玉镯，这知遇之恩，我不能不报。"

红袖冷道："不必了，那个玉镯不是给你的。你走吧，我跟你没有瓜葛。"

"红袖姐姐不要推辞。我如今已经是能上金銮殿的人，在赴职之前，求圣上恩准南下，名为巡查，实则了却旧事。跟我有仇的，我不会放过；对我有恩的，也必须报答。南莺姑娘确实是我一块心病，日夜折磨，但——"陈云川脸颊右侧抽搐了一下，低声道，"但我当时也只有十六岁，害怕得紧，做了错事。但谁又没有年少无知的时候呢？我现在来弥补了，所以此番南下，所有伤害过南莺的人，一切都不会放过；帮助过我们的人，只有红袖姐姐，我想将红袖姐姐接到京城。"

红袖摇头道："京城的福，我们消受不起。你给这些恩惠是想打消自己的心结吧，没有用的，即使我原谅了你，南莺也不会。"

陈云川脸上笑意收敛，一阵红一阵白，过了一会儿，突然又笑起来，道："既然如此，我想请红袖姐姐跟我走一趟，见证一下我的诚意。"

陈云川把红袖带到的地方，正是几天前红袖路过的醉仙楼。夜幕里，这高大的建筑如同巨人一般沉默地站在黑夜里，没有灯光，没有人声。

几个官差推开朱红大门，转头谄媚地看着陈云川。陈云川点点头，转身道："红袖姐姐请。"

红袖迈过门槛，走进醉仙楼院子里。里面依旧如故，桌椅摆设，花草字画，都是曾经的样子。与以往有差别的，是此时院子里寂静无声，以及空气中浮动的怪味。莺莺燕燕如冰消雪释，花枝招展的景象也被风吹散。

"这是红袖姐姐受难的地方，"陈云川朝官差摆了摆手，道，"今天，姐姐可以出口气。"

随着他的话，官差走进拐角，拉出几个狼狈的人影。借着陈云川手里的火把，红袖看清了这些人的脸——老鸨、龟公老秦、花娘紫罗，还有一些曾在醉仙楼当过打手的杂役和小厮。

这些人手脚被捆缚，嘴上绑了布条，只能发出呜呜的声音来。他们的脸被火光照着，俱都满面惊惶，眼神躲闪。

这一幕，像极了多年前。在醉仙楼门外，红袖被这群人围住，手里也是举着火把。红袖在众人围逼下，恐惧而绝望。如今却风水轮流转，这群人跪在地上，瑟瑟发抖，眼露祈求。

红袖此时却没有丝毫快意。这几年，她身上发生了太多事情，世态炎凉太寻常，人情冷暖唯自知。从醉仙楼被赎出去不到十年，却漫长得像是过了一辈子。现在再见到这些曾经想起来就恨得咬牙切齿的人，总觉得有些恍惚。记忆里的那些苦痛经历，遥远得像是不曾发生过。

红袖抬起头，看向陈云川。

陈云川笑笑，道："红袖姐姐，这些人不知做过多少坏事，早已恶贯满盈。他们还残害过你和南——南莺，现在，他们的下场，由姐姐来决定。"

说着，一旁的官差把腰刀往前提了提，拔刀一寸，刀刃反射火光，看起来却是寒气深深。

刀光闪过醉仙楼诸人的眼睛，他们眼神恐惧，纷纷挣扎起来，旋即被官差踹倒。他们躺在地上，用祈求的眼神看着红袖。

红袖默叹口气，道："算了，醉仙楼都倒了，他们也得到该有的报应了。"

陈云川点头道："红袖姐姐宅心仁厚。不过既然姐姐不生气了……"他从官差道，"带下去吧。"

官差把醉仙楼的人带走，院子里只剩下了陈云川和红袖。

"但此处毕竟是南莺伤命之所，也是红袖姐姐受辱之地，"陈云川将火把递过来，道，"还是做个了断吧。"

火把焰光跳跃，陈云川的表情被照得一明一暗。明的时候，嘴角能看到捉摸不清的笑意；暗的时候，所有的表情都像是海水下的冰山。

红袖一愣，道："什么？"

陈云川皱了皱鼻子，嘴角如花瓣般绽开，笑道："你没闻到吗？这里泼了煤油，只要点燃，一切都烟消云散了。"

他的声音有一种魔力，似乎凑到了耳边，轻轻告诉红袖：放下火把，点燃一切，就能跟过去告别。

红袖恍惚地接过火把。

“点燃吧，这里有南莺的冤魂，点燃了，南莺就能解脱了。”

红袖慢慢看向他，问“火烧起来，不会牵连别人吧？”

“放心，你比我更了解这里。醉仙楼单独修在街心，没有连着的屋子。”

红袖心潮涌动，轻轻将火把丢在院角。火迅速蔓延而起，像是一条火蛇，环绕着醉仙楼腾起，矫首噬向主楼。

整个醉仙楼噼啪燃烧，火光撕开夜色。

红袖和陈云川已经走到了外面，他们眼睛里，倒映着焰火。

“这样，我就不欠你和南莺的了。”陈云川似乎沉迷在这辉煌的景色中，语气轻如呢喃。

红袖心神稍定，想起小五一个人还在家里，低下头，道：“那是你自己的事情……我先走了。”

“嗯，红袖姐姐，再会。”陈云川顿了顿，又转向燃烧的高楼，“但在走之前，还是跟悲惨的过去，跟醉仙楼，跟老鸨和龟公，还有那些打手，告别吧。”

红袖眼角一跳，道：“老鸨和龟公？”

“是啊，不然你以为我把他们带下去，是带到哪里呢？”陈云川指着腾起的熊熊火光，“我把他们绑在了他们的房间里，现在，他们正在变成焦炭吧。红袖姐姐真是厉害，一把火，就烧死了所有的仇人。”

红袖骤然抬头，嘴唇颤抖。醉仙楼发出了最后的轰鸣，火焰已经不可阻挡。“可是……我……“她后退一步，“我不知道……”

陈云川嘴角的笑意已经由冷冽变得残酷。他凑近红袖耳边，轻轻道:“我说过，伤害过你们的人，我一个也不会放过。”

红袖回到家里，小五已经睡熟了。

她坐在床边，心里翻涌着悔恨、惧怕和迷茫，搅在一块，让她难以安宁。明知道老鸨等人的死不是由她造成，但一想起他们身上焚烧着的火是由自己点燃的，就忍不住颤抖。

陈云川的冷酷残忍，更让她害怕。这个年轻人，在少年时代就能为了自己存活，狠心抛弃心爱的女孩。现在考取功名，游走在京城各大权势人物之间，已经更加阴狠了。他这次回来，便是为了解决掉南莺留下的心结，然后就会回到京城，专心追权逐利。

这么想着，红袖稍微放心了些。醉仙楼已经消失在火海，那么，他肯定快要回……

等等，还有一个人!

红袖突然站起来，焦急地在房间里踱步。

她记得，当初南莺就是被陈麻子贩卖到醉仙楼的，可以说，南莺那如此凄凉的下场，便是始于陈麻子。

如果是五年前，红袖肯定不会多管闲事。但这些年，陈麻子在她心中逐渐改观。而且，他前不久还来告诫自己小心绸缎庄的报复，于她也算有恩。

主意拿定，红袖把熟睡的小五的被子掖好，便起身出了门。

夜黑路长，红袖缩着脖子，来到陈麻子的那间小屋。

已经到了凌晨了，但陈麻子还没睡，开门看到红袖，他显然吃了一惊。

“你来做什么？”他问道。

“我来提醒你，马上会有人来找你麻烦。”红袖急声道，“你赶紧——”她的话停住了，因为，她看到了陈麻子的屋里。

果然如小五所说，陈麻子家里的墙壁上，画满了天空之城的图形。在陈麻子的笔下，天空之城有云间的，有在湖水里的，尽管位置不同，角度不一，但可以看出，天空之城的全貌是一个巨大的锥形，底部略宽，往上逐渐收紧，但中间又有大大小小的圆环缠绕上面。

没错，这就是红袖曾在月夜里跋涉跟随的天空之城，也是林公子一直追逐的缥缈传说。

“这些年，你一直在研究天空之城吗？”

陈麻子顺着她的目光往回看，咳了一声，有些尴尬。他挪了挪身子，挡住红袖的目光，道：“嗯，问了一些人。”

红袖微微踮脚，看到了满墙密密麻麻的图画。她知道陈麻子不识字，肯定得找人打听，然后靠图画记录。要弄出这么多的图案，绝不只是“问了一些人”这么简单。

红袖犹豫一下，道：“那你发现了什么吗？”

“有一些。”陈麻子看着红袖满是期待的眼睛，想了想，后退了一步，指着墙上的某个图案，“天空之城的传说，很多年前就出现了，在一些古籍里都有记载。不过我看不懂字，只能把画记下来。有些东西我还没弄清楚，但能肯定的是，天空之城不是凡间的东西。”

红袖道：“这当然，凡间的东西不会飞到天上去。”

陈麻子点头，道：“而且，天空之城似乎能在时间里溯游。”

红袖眉头一皱，说：“什么意思？”

陈麻子又指向另一个图案，道：“你看，这幅图上，天空之城的外面有一道疤痕。这是我在一本古书上发现的，上面说，有人曾经用锤子去砸天空之城，砸出了一个凹陷。后来我又找到另一本地方县志，描述了它外面有凹陷的事情，位置和形状一模一样。”

“嗯，这没什么问题啊。”

“不不不，大有问题。”陈麻子激动起来，手指不停地点着墙壁，“问题是，那本地方县志写成的时间，比第一本古书要早一百多年——也就是说，有人在天空之城上面砸出了一道痕迹，而一百多年前就有人看到了这道痕迹。”

红袖思索着这句话里的意思，好半天才迟疑道：“会不会是记载弄错了，或者两道痕迹长得很像？”

陈麻子道：“我也不敢肯定……”

“还有什么发现吗？”

“哦对，根据那些描述，我觉得，天空之城很可能不止一座。”

红袖焦急道：“不是，我是问，天空之城会跟什么人有关系吗？”

陈麻子一愣，看着红袖，眼里的激动慢慢冷静下来。他低下头，道：“你是想问林公子吧？我不知道，但我猜，他很可能是天空之城的主人……”他的声音越来越轻，显然已经不想说这个话题，抬起头道，“你刚才说，有人要找我麻烦，是怎么回事？”

红袖这才从乱絮般的思潮中回过神来，想起来此间的意图，道：“陈云川——就是南莺以前的相好，回来了。”

“南莺？”陈麻子眯起眼睛，似在思索，“我认识这个人吗？”

红袖道：“南莺是你曾经卖进醉仙楼的姑娘，后来被龟公打死了。她的相好当初抛弃了她，但现在当上了状元，回来给她报仇了。”她顿了顿，语气转硬，“你做的坏事太多了，难怪记不得南莺的名字。”

陈麻子低声道：“是啊，我做了太多坏事……”说着，又笑起来，不知是得意还是无奈，“但你还过来告诉我，谢谢你。”

红袖道：“不用谢我，我只是不想欠你人情。话我已经说了，状元爷特别凶狠，已经把醉仙楼和里面的人都烧了。你自己决定怎么办吧。”

“嗯，我明白。”

事已至此，红袖不再耽搁时间，转过身。陈麻子在她身后，伸出了手，似乎想说些什么。但他看着红袖的背影，颤抖的嘴唇里，憋了很久才吐出“多谢”二字。

红袖转身后，也有些犹疑，她想多跟陈麻子说点什么，比如劝他从善，或者问下他打算逃到哪里，但终于什么都没说出口。他们站在狭窄寒冷的屋子里，一个转身，一个伫立，两人中间像是隔着碧落黄泉，隔着无限深渊。

时间仿佛停滞了一会儿。

红袖结束了犹豫，抬起脚，走到门口。夜风从敞开的门处灌了进来，红袖缩了缩脖子，抬起头，却发现不知什么时候，门口已经站了一个人。

“红袖姐姐，”门口的人露齿而笑，牙齿森白如刃，“在这里又遇见了，真是巧啊。”

二十、焚城

陈云川好整以暇地站在门口，在他身后，是十几个挂着腰刀的官差。

“看来这些年确实发生了很多事情，”陈云川的目光在红袖和陈麻子脸上来回移动，笑意越来越浓，也越来越冷，道，“如果我打听得没错的话，这个人，不止把南莺卖给醉仙楼，也把红袖姐姐给卖了进去。结果现在，红袖姐姐跑来警告他……怎么，红袖姐姐也背叛南莺了？”

红袖想要反驳，但关于陈麻子，她确实一言难尽。“你放过他吧，”最终，她只是低声道，“他也是个可怜人。”

陈云川哈哈大笑，道：“可怜人？这世道，谁不可怜呢？南莺不可怜吗，她被这个人，被醉仙楼那群人一起给活活害死了！姐姐你也可怜啊，一个花魁，沦落到这个地步。还有我，我就不可怜吗？我为了混进官场，做了多少恶心的事情，还有那些达官贵人，你知道他们有什么癖好吗？一想起那些事情，我连做梦都会被吓醒！”顿了顿，他闭上眼睛，睫毛颤抖，情绪逐渐冷静下来，摆了摆手，“难道可怜就被能饶恕吗？不，他要为他做过的坏事付出代价！”

红袖忍不住抬头，想说陈云川才是害死南莺的人——老秦杀了她的身体，陈云川却杀死了她的心。红袖依然记得在逃亡时，南莺萎靡不振的模样。但她刚要开口，又看到了陈云川脸上残留的癫狂，意识到这些年来，恐怕陈云川就是这么不断地告诉自己，让他相信南莺的死与自己无关。只有午夜梦回，曾经做过的恶事才会赤裸裸摆在他面前，所以，他需要南下逐一解开心结，借此摆脱噩梦。

对这样的人，告诉他真相，只会更加激怒他。

看到陈云川的手势，官差们顿时如狼虎一般涌进屋子抓住陈麻子。陈麻子刚开始还奋力反抗，奈何他体瘦力弱，被官差擒住手脚后几乎动弹不得。

“娘的！”一个官差骂咧了声，狠狠一脚踹在陈麻子肚子上，“老实点儿，别找不自在！”

陈麻子被踢中小腹，顿时脸色煞白，冷汗直流，身子如虾米般蜷缩着。

一个官差走到陈云川面前，道：“状元爷，抓住了，怎么办？”

陈云川看了眼红袖，问道：“红袖姐姐，你看，就在这里解决了吧？”见红袖脸色难看，又笑道，“姐姐有点儿不舒服？哈哈，那这次就我来动手。”他抽出官差腰间的刀，握紧了，又皱起眉头，对官差道：“还是你来吧。我是读书人，讨厌打打杀杀的事情。”

那官差忙道:“这人罪恶多端，早该为民除害，多谢状元爷把这个机会给小的!”说完便转身，再次走进屋里。

陈云川似乎不愿意见到流血，只向屋里的陈麻子看了一眼。但他刚刚转身，眼角一抽，额头皱成山峦，似乎想起了什么。

就在官差的刀就要砍在陈麻子脖子上时，陈云川的眉头终于舒展开了，高声道:“且慢!”

官差收刀，不解地看着陈云川。陈云川没理会他，走进屋里，出神地盯着满墙的图画。

“这些……”好半天，陈云川才看着陈麻子，“是你画的?”

陈麻子刚从鬼门关前走了一遭，额头上沁出斗大汗珠，点头如捣蒜:“是的。”

“那关于它，你了解多少?”

陈麻子盯着他，慢慢道:“你刚刚应该已经听到了。”

陈云川既不承认，也没有否认，又转头仔细打量四周密密麻麻的图画。“那如果,”打量完后，他直视陈麻子的眼睛，“有一座天空之城在你面前，你能打开它吗?”

陈麻子眯起眼睛，道:“你找到了天空之城?”

“也不算,”陈云川表情有些奇怪，似乎在小心地斟酌着词句，“准确地说，是它找到了我。”

原来，半个月前，陈云川自京城南下。船过荒野，他站在船舷边观赏夜景，正当此时，一个巨大的物体从天空掉落，砸在河边。

彼时四野无人，只有他目睹了这个奇景，于是吩咐船家停船靠岸，仔细研究。但那物宽近百丈，形若小城，通体银白，光滑坚硬，刀凿斧子劈都没有用，便通知了当地县衙，派人驻守。

陈云川是当朝状元，直接为官便可至六品，加上还是圣上恩准南巡，可谓御前红人，当地县令立刻派了几百个官差，严加驻守。

陈云川便继续南下，打算处理完南莺的事情，回京途中，想办法把它运回京城，献给圣上。

而陈麻子房间里密密麻麻的图案，跟他所见的天空之城的形状极其相似。天降异象，必有奇宝，如果能直接进入其中拿走里面的宝贝，可比把那个庞然大物运回京城要省力得多。

“那你跟我走吧，”陈云川打定主意，道，“只要你帮我进了那个什么天空之城，以功抵过，以前的事就一笔勾销，我还会重重赏赐于你。”

红袖一听，暗想起不久前他让自己火烧醉仙楼的事情——以他的性格，不会轻易放过陈麻子，尤其还事关天空之城，多半会杀人灭口。她有些替陈麻子担心，但转念一想，陈麻子也是聪明人，不会不知，只要想办法拖延过去就好。

不料陈麻子刚听完陈云川的话，立刻跪在地上，连连磕头，道：“状元爷爷宅心仁厚，大恩大德！只要状元爷爷带我去，我一定能打开天空之城！”

红袖侧过头，努力向陈麻子使眼色。陈麻子磕头起身时明明看见了，却浑不在意，脸上反而有些……

惊喜？

红袖一愣。

这天晚上，红袖回到家时，小五已经睡熟了。他身子弱，睡了好半天被子里还是冷冰冰的。红袖和衣躺下，抱住这小小的身子，被子里才慢慢暖和起来。

她做了个梦。

梦里画面纷杂，大多都是往事的剪影，从幼年到如今，漫长悲惨的都被人绘到了画布上，在她眼前一一展开。

随后，画中升起烟雾，她看到了南莺、陈麻子、胡老板、陈云川……这些人走马灯般在她周围环绕，个个面目模糊，隐入雾中。雾里又响起呼啸声，一个庞然巨物轰然降落，到她头顶一丈之处停下了。

这是天空之城，静静旋转，浓重的阴影包围了她。她抬起头，四下里一片黑暗，而这时，天空之城的底部亮起，橙黄色的光芒从中降下，将她笼罩。这道光芒太过耀眼，她不得不用手遮住，过了一会儿，才勉强睁眼。从手指的缝隙间，她看到了从天空之城里缓缓降下来的林公子。

其他的人影都模糊不清，只有林公子清晰可见。

他俯视着她，星目剑眉，鬓发如漆，脸上永是那副淡雅平和的表情。

林公子轻轻道："我来接你了……"

红袖也就是在这时候醒过来的。

她从床上坐起，脸上一片冰凉，一摸，是已经冷却的泪水。

这些年来她一心抚养小五，仿佛永远坐在油灯下，低头刺绣，以为把一切都扔在了背后。

但在她自己都不能察觉的地方，依然有一个梦在悄然滋生——如果逃离醉仙楼那一夜，林公子如约而至，将自己带走，那一切是不是都会改变？

她在黑暗中笑了笑，想自己真是幼稚。小五翻了个身，把手搭在她腰间。

她低头看着儿子的侧脸，又想自己真是自私——不管怎样，都回不去了，小五已经来到这个世界上，如果一切都没发生，对他而来未免太不公平。

但这个念头一旦升起，就很难磨灭。她又躺下来，辗转反侧，想着被陈云川发现的天空之城。如果天空之城重现人间，那林公子也一定会出现。

而以陈云川的势力和手段，加上对天空之城的觊觎，恐怕林公子会有不测。

但是，这跟自己又有什么关系呢？她依然记得，在湖边那一夜，林公子看她的眼神是如此陌生。

就这么思来想去间，长夜消逝，天光渐亮。红袖熬不住睡意，眯了一会儿，醒来后听到院子里传来了洗衣声。她走到门口，发现小五蹲在院子里，面前是一个水盆，正认真地捶打被水浸泡的衣服。

她这才想到，这些天自己的手受伤，都是小五在洗衣服。屋子里的清扫，也是小五不声不响间做的。她有些心酸，扶着门，刚要开口，突然听到院子前车轮辘辘，人声喧哗，隐约传来“状元爷慢走”的恭维声。

红袖手一紧，咬咬牙，冲院子里小五的背影喊道：“小五。”

小五低着头，两手握着衣槌，一下一下砸着湿衣服。他听到了红袖的声音，但没有回头，应道：“哎！”

“娘要出去一趟……”红袖犹豫道。

“嗯嗯，带上吃的。”

红袖有些心酸，但咬咬牙：“可能要一两天，你白天去私塾，跟着先生……”

小五依旧捶衣，头也不抬，道：“晚上去隔壁赵叔叔家吃，他们吃什么，我就吃什么。不能挑，要吃完。然后回家背书，再睡觉，等娘回来。”

红袖走到院子口，迈步出去前，又转头对小五道：“那娘走了，你要乖。”

小五抹了把额头上沁出的细细汗珠，又把衣服放进水盆，一边用力搅一边道：“嗯。”

红袖转身离开，忍不住看了小五一眼。

这个小小的孩子，低着头，轻轻咳了一声，然后把衣服捞起来。他的力气拧不干上面的水，就直接搭在了晾衣绳上。他的发髻在瑰红色的朝阳中轻轻晃动。

红袖在街心拦住了陈云川的马车。车夫和一帮小厮正要上前驱赶，陈云川探出头来，喝住了他们，然后客气地问红袖所来何事。

红袖略一思索，道:“传闻天空之城中有许多宝贝，要是找到，想拿一两个，补贴家用。”

陈云川笑道:“倒是听闻红袖姐姐家中不宽裕，但没记错的话，昨晚我想报答红袖姐姐，可是被一口回绝啊。”

红袖的扯谎被拆穿，一时语塞，正好在一旁骑马的陈麻子探过头来，她求助地看向陈麻子。

这一幕落在陈云川眼中，却有了别样意味。

陈麻子皱起眉头，刚要说话，被陈云川挥手止住了。

陈云川来回打量这二人，嘴角扬起玩味的笑容，末了，道:“看来这些年，我真是错过了许多啊。我明明听说，红袖姐姐是钟情于一个姓林的人，怎么又换成了这坏事做尽的掮客？如果南莺泉下有灵，不知会怎么想。不过也好，也好，既然红袖姐姐牵肠挂肚，放心不下，那我可不能当坏人，”他露出森白的牙齿，挽开车帘，拖长了声音，“正好——成全你们。”

他们行至港口，早有船只备好。数十名水手齐齐发力，大船逆水北上，行了两日，江南风光被甩在背后。四周渐空，河边荒野寂寥，只有飞鸟起落。

到了第三日清晨，宽阔的河面泛起浓雾，遮蔽一切。东边的朝阳隐隐约约，陈云川下令在船头点燃火把，行了一会儿，岸边的荒草里也出现了零星火光。一个十多丈高的巨大阴影耸立在黯淡晨光中，看不分明，却透着逼人窒息的压抑感。

陈云川让水手抛下锚钩，将船停住；再放下小船，带着陈麻子和红袖以及一干手下划到了岸边。

“大人，您来了！”岸边有人举着火把从浓雾中钻出来，看见陈云川后连忙跪下，“照您的吩咐，小的们在此日夜看守，寸步不离。”

陈云川点头，抬头看了眼那巨物的轮廓，问：“有什么异动吗？”

举火把的官兵道：“没有，既不响也不动。”

“能搬得动吗？”

官兵跪得更低，声音惶然：“此物重达万钧，恐怕不是人力可以撼动的。小的们用了马匹，调来了滚木，都没有让此物移动分毫。”

陈云川若有所思，转过头，对陈麻子道：“那接下来，就看你的了。”

陈麻子接过火把，一言不发走向雾中耸立的巨物。陈云川冲官兵扬了扬下巴，官兵立刻带着一帮差人，走在陈麻子身后。红袖也连忙跟上。

走得近了，火把的光撕开了浓雾。红袖看到了一面银白色的墙壁，略微凹下，倾斜着伸进头顶天空中。红袖看了一会儿，才反应过来——这是天空之城的外壁。她第一次离这传说中的堡垒这么近，忍不住伸手去摸，只觉触感冰凉；她又把耳朵贴上去，能听到里面传来的嗡嗡之声。

她向四周看，除了陈云川这群人，四野并无人声，一直以来都伴随着天空之城到来的林公子却并未出现。

陈麻子沿着天空之城转了一圈。与他画在墙壁上的图形一样，天空之城外壁光滑，严丝合缝，呈现出非常标准的圆形，口径接近百丈，走完这一圈，花了他一炷香功夫。他越看脸上惊喜之色越浓，嘴里喃喃道：“对的……他们说的果然是对的……”

陈云川则冷眼看着他们。河面雾气更浓，太阳已经升起，但照不开弥漫的水汽。

“这里，”陈麻子快走回原处时，看到外壁有一些斧砍锤砸的痕迹，但非常浅，“是你们弄的？”

先前那官兵走过来，道：“对，我们试过能不能直接砸开，但不管使多大力气，刀斧都用上了，也只能在上面留几道印子——咦？”他面露惊疑，凑到近前，仔细观察曾亲手在这外壁上留下的痕迹，“我记得我们十几个人，砸了小半个时辰，当时上面印子密密麻麻，怎么现在只剩下这点了？”

陈麻子摇头，道：“书上没提这个。”

“怎么样，刚才转了一圈，找到入口了吗？”一旁的陈云川不耐道。

陈麻子道：“没有。”

陈云川表情错愕，随后不怒反笑。他的手下会意，抽出刀来。

陈麻子忙道：“因为天空之城入口的关键不在外壁上，而在地下。”

陈云川笑容收敛，寒声道：“如果你说得再慢点儿，现在就已经在地府了。”

官差疑惑道：“怎么从地下进呢？要是挖通道，岂不是挖到猴年马月？”

陈麻子道：“不必挖通——我找到过一个传闻，说是有一次一个村子的稻场刚走水，火势很大，天空之城正好落下来，烈火恰好灼烤了它的底部。不久之后，很多人都看到它的外壁裂开几条通道。但它外面光滑，不好点火，所以，我们应该沿着它的外壁挖几道沟，塞上木柴，使劲烧。”

这倒是不难——此地泥土松软，船上又有铁锹，水手加上官兵共计数十人，绰绰有余。按照陈麻子的想法，他们可以分成十队，每队沿着天空之城的边缘往里挖，半天就能生起火来。

但听陈麻子说完，陈云川始终将信将疑，看了陈麻子很久，才道:“从没有听说过这种进门的方法，你确定吗？“

陈麻子谄笑道:“这个传闻在很多地方都有流传，不会有错的。”

“你最好没骗我——否则，他们挖出来的坑，最后埋进去的，会分别是你的脑袋和手脚。”陈云川阴测测地道，“如果你的手脚不够，我会从中砍开，保证每个坑都能扔进一点东西。”

“绝不会骗状元爷爷！要是烧不开，不用你下令，我自己砍手砍脚丢进去，最后留下脑袋，给状元爷爷晚上当尿壶用。”

红袖站在不远处，看着陈麻子极力讨好陈云川的嘴脸，不由心生烦恶。这几年来，她还以为陈麻子已经慢慢变好，但现在，她看清了他——逢迎权贵，欺凌弱小，骨子里依然是个贪生怕死、毫无尊严的市井流氓。

“真是贱哪，”陈云川也厌恶陈麻子脸上的谄笑，转头看着红袖，“红袖姐姐居然跟这种人有瓜葛，难道真的是灯下刺绣把眼睛熏坏了么？”

陈麻子的脸不易察觉地抽搐了一下，但立刻恢复了谄媚的模样，用讨好的声音道:“快开始吧，早点打开它，状元爷爷也早点拿到宝贝。”

陈云川负手而立，并不看陈麻子，仿佛看他一眼就脏了自己的眼睛。“你们，”陈云川对官兵道，“按他说的办，动作快点儿。”

陈云川的一干手下得了令，立刻挽起袖子，挖土的挖土，砍柴的砍柴。在当朝状元面前，他们不敢懈怠，个个奋勇，人人争先，生怕陈云川看见自己比别人动作慢。

如此一番热火朝天的劳作，不消两个时辰，分布在天空之城边缘的十个大坑便已挖好。他们又把收集的木材扔进去，生了火，很快火焰便从坑里腾起，暗红色的火舌舔蚀着外壁。浓烟滚滚升起，混在雾中，让四周更加难辨。

就这么烧了一个时辰，天空之城依旧稳如山岳，没有丝毫动静。陈云川脸上不悦，渐渐焦躁，到了下午时，命人按住陈麻子，抽刀欲砍。

“状元爷爷饶命！”陈麻子跪在地上，哇哇大叫，“这天空之城太大了，要烧久一点！里面都是珍宝，要是这么容易打开，也不会现在才落到状元爷爷手里！”

陈云川按捺住暴躁，下令再去砍柴，不止从坑里烧，沿着外壁也堆满柴火，一并焚烧。很快，火焰围住了天空之城，腾腾燃起。陈麻子特意留了一个缺口，不时把手按在外壁上，到了傍晚，脸上才放松下来，道:“已经开始热起来了。”

陈云川一摸，果然感觉温热，于是让手下扔进更多的树枝木头。火升得更高了，黑烟弥漫，浓雾不散。

红袖连连咳嗽，四下里更看不清晰了，但可以确定的是，依然没有林公子的身影。

这时，天边传来隆隆雷声。大雨欲来。

陈麻子仰头看了看，一滴雨水穿透浓雾与黑烟，落在他脸上。

有点凉。

陈云川冷笑，抽出官兵的腰刀，道："看来连老天也不帮你。"

话音刚落，雨点声密集起来，渐至噼啪剧响。暮春的雨很是寒冷，落入火中，能在燃烧的木头上砸出一串黑烟。雨大起来，像是天河漏了似的，火势立刻变小，很快熄灭。

早有官兵为陈云川撑起了伞。陈云川接过伞，露齿而笑，把腰刀掂了掂，递给那官兵手下。官兵握紧刀，看了一眼陈麻子。

陈麻子被雨水淋透，衣服贴在身上，显得更瘦。他扑通跪下，向陈云川膝行而来，哭喊道："状元爷爷！这雨很快要停啊，停了我们再烧，一定可以打开的！"

但陈云川耐心已失，朝手下扬了扬下巴。

手下会意，提起刀，又看见不远处也淋成落汤鸡的红袖，道："那她怎么办？"

陈云川看了眼红袖楚楚可怜的模样，有些动容，道："这是我的知遇恩人，我有今天，全靠她当初赠与我的一块玉镯。没有她，我现在肯定是坟间白骨，水上浮萍。这样的恩情，无论如何都报不完……"顿了顿，他脸上的动容和感激之情如同云层被风吹散，恢复了冷静，道，"但她背叛了南莺，跟这个贱民混在了一起，就一并解决吧。"

官兵握刀的手抖了抖，但还是低头道：“是。”他走到陈麻子身后，按住陈麻子的脖子，就要砍下。

火焰已灭，雨水冲刷一切。

这时，传来了一阵轻轻的咔咔声。这声音是从天空之城里传出的，在每个人耳边响起。

陈麻子挣扎着抬起头，看向前方的天空之城，先是错愕，继而狂喜，连声喊道：“快看，开了！天空之城的门开了！”

众人应声望去。他们的目光穿透黑烟、雾气和雨水，汇聚到一处——在天空之城外壁离地一尺高的地方，一个方形洞口无声裂开，长约八尺，宽近三尺，恰可容人进入。

从洞口可以看到，里面是一个光滑的通道，莹莹白光透出，照亮通道。

通道径直伸入天空之城内部。

“天助我也！”陈云川大喜，伞都差点持不住，迈步向天空之城的通道走去。其余人被这奇景震慑，呆呆地看着。

就在这时，跪在地上的陈麻子突然暴起，提起手肘，向后砸出，正中那官兵肋骨。官兵哎哟一声，捂肚呻吟，他还没反应过来，手里的腰刀又被夺走了。

“小——”官兵骇然惊叫。

然而，他的下一个字还没喊出声，陈麻子已经提着刀向前窜了两步，来到陈云川身后。

陈云川只听到身后异响，刚要回头，脖子已经感觉到了刀刃的冰凉。比雨更冷，直教人骨头僵硬，血液凝固。

“别动。”陈麻子伏在他背后，慢慢探出脑袋，嘴巴凑到他耳边，轻轻道：“我的手不太稳。你一动，这刀子一划拉，落到我脸上的，可就不是雨了。”

二十一、告别

陈麻子的声音里充满了狠毒与得意，嘴角笑容森冷，哪里还有丝毫刚才的谄媚之色？

红袖和陈云川的一干手下都被这变故惊住了，只能淋着雨站在原地。

陈云川张了张嘴，雨水顺着脸颊流进口里，下意识地吞咽，道："你知道自己在做什么吗？"

"我当然知道，"陈麻子贴在陈云川背后，右手握住刀柄，将刀横在陈云川脖子前，左手从另一边捏住刀背，慢慢收紧，"我在保住自己的命。找不到入口，你会杀了我，找到了，我更加没命。从一开始，你就没打算放过我，是吧？"

陈云川艰难地低头，看见脖子下的刀刃。豆大的雨点打在上面，碎成无数水花。他嘴角抽了抽，笑道："我劝你，手最好稳当一点，不然，哪怕划破了一点皮，你都要……"

话未说完，陈麻子手臂上肌肉紧绷，腰刀跟着收拢。刀刃切进陈云川的脖子，尽管只有毫厘之距，但殷红的血液还是顺着刀刃流下，又被雨水稀释，落到地上时已经成了淡淡的胭脂色。

“不好意思，”陈麻子舔了舔嘴唇，笑道，“我的手有时候就是不稳。”

小看这人了！陈云川暗想，他打听陈麻子的消息时，得知此人贪财如命，坏事做绝，本来还抱有戒备，但见到陈麻子胆怯谄媚的嘴脸后，便以为此人也不过是个市井无赖，便没留心眼。他又想起打听来的消息，不禁懊恼——连亲娘都敢烹食的人，又有什么做不出来呢？

“你想怎样？”陈云川道，同时伸出右手，在陈麻子视线的死角里，悄悄摆了摆。

陈麻子道：“让你的人都回船上，你跟我一起进去。”

“你还是要好好想一下，你现在威胁的是圣上御前钦点的当朝状元……”陈云川的手指摆了摆，指向红袖所在的方向，嘴里依旧笑吟吟道，“就算你挟我进了这道门，拿了宝贝，又能怎么样呢？这里有几十个人都看见了，除非你杀了我之后，把他们都杀了，否则你的缉拿令会贴满整个天下——有命拿钱，可没命花啊。”

陈麻子握着的刀紧了紧，带着陈云川转过身，看向天空之城裂开的那道莹白通道。“那也比我死在你手里要好。”他眯起眼睛，眼神里透着狂热，道，“而且，我要进去搞清楚一些事情，如果我猜得是对的，嘿嘿，别说是你，就算皇帝要杀我，我也不怕。”

“这倒是奇怪得很，”陈云川敷衍道，“难道里面有免死金——”说到这里，他垂在腰间的手轻轻一划，身后官兵留意到了他的动作，此时一个健步上前，刀鞘抽出的声音在雨幕中格外明显。

陈麻子一惊，以为官兵要冲过来抢人，挟着陈云川转过身，却发现那官兵的刀架在了红袖脖子上。

红袖脸色煞白，在雨中瑟瑟发抖。

陈麻子脸色一变，但立刻恢复漠然，道："你这是干什么？"

但陈云川已经捕捉到了他那瞬间的变化，笑道，"很明显呀——你放了我，否则，他们就会杀了红袖姐姐。"

"哦，这样啊，那你让他们动手吧。"

尽管这句话他是用无所谓的语气说出口的，但陈云川混迹京城，最擅揣摩人心，心下更是笃定，道："也好，有人陪我走黄泉，也不寂寞。"抬起头，对那官兵朗声道，"动手吧——"

官兵咬牙，提刀就要往下砍。

陈麻子吞了口唾沫，初时尚且镇定，但见到寒光劈向红袖，脱口道："慢着！"

这二字一出口，陈云川心中已定，暗暗松了口气，道："那你放了我，我放了她，公平吧？"

陈麻子看着雨中的红袖，她的脸像是被雨水浸泡过，泛着白。他的眼神里有些责备，有些关切，还有难以分辨的情愫。直到陈云川再问了一遍，他才收回目光，喷出一口气，道："然后你就杀了我们？那可不行！"

情况一下子僵持住了。

雨声渐弱，天色也已向晚。雾气被驱散了许多，能看得到不远处的河流，雨滴在水面上，砸出一圈圈涟漪。哗哗的水声透过雨幕，传向四周。

陈云川正在心里盘算着，突然一愣——水声？

他侧过头，看向河面。只见淡淡的雾气在雨中萦绕，一艘画舫从中穿出，驶向河岸。暮色深沉，画舫中却并无灯火，只在船头站了一人，身影模糊。画舫行至河畔，那人抛下粗绳连接的铁锚，再行几丈，船只就停在了岸边。

红袖视力不好，但看着画舫越来越近，记忆里某个场景开始苏醒。她甚至忘了脖子上架着的刀，向前走了一步。那官兵一愣，看了眼陈云川，连忙提刀跟上。红袖睁大眼睛，在小雨、夜幕和雾气中，那艘画舫逐渐清晰。

她开始呼吸急促——

她上一次见到这艘画舫，是十三岁时。那天，她坐在夕阳下的河边，失足落水，被林公子救上画舫。那是她第一次遇见林公子，漫长的羁绊由此展开。那时候，她懵懂而快乐，浑然不知悲惨的命运已经在门外踟蹰，即将推门而入。

画舫上的人跳到岸边，涉草而来。

他的身影近了，越发熟悉。五年过去了，不，十年多了，他的样子没有丝毫变化，跟红袖第一次在河边遇见他时一模一样。

红袖眯起眼睛，陈麻子也看过去，有些疑惑，又有点惊喜。

“你是谁？”几个官兵见到林公子走过来，抽刀在侧，戒备地问道：“你是他们的帮手？”

林公子停下，看了眼陈麻子，摇头道：“我不认识他。”又看向红袖，眼睛眯了眯，似在辨认。“这位姑娘倒是有过一面之缘。”

红袖与他双眼对视，有些茫然——若他失忆或者不认旧情，应该说并未见过；若他还记得承诺，就知道他们绝不止见过一次，何来“一面之缘”一说？

官兵道：“那你快滚！这里不是你待的地方。”

林公子道：“这里恰是我该来的地方，”顿了顿，又道，“我的家在那边。”

所有人都愣住了，连陈云川也疑惑地看过来，因为林公子所指的地方，正是天空之城。

林公子又道：“你们在这里，拿着刀，互相威胁，我不知道是为了什么。但为了什么都不重要，你们迟早会明白，一切都没有意义，因为时间会掩埋一切。”

众官兵互相看看，然后一齐看向林公子，都像是看个怪物一样。

“你们不会理解我说的话，你们也继续你们的行为吧。”说着，林公子看了眼红袖，眼神悲悯，似乎默默叹息，“如果这是你们的命运，我不能干涉。现在，你们只要让我过去。”

官兵被他莫名平静的话语震慑住了，下意识挪开身子。林公子从中穿过。

倒是陈云川最先反应过来，喝道：“你们是傻子啊，快给我拦住！”话未说完，突然感觉那柄一直横在自己脖子上的腰刀已经离开。他转身一看，发现陈麻子一脸狂热，脸皮都因激动而颤抖起来，持刀扑向了走过来的林公子。

“你终于来了！”陈麻子怪叫道，要去揪林公子的衣服，“它所有的秘密你都——”

林公子脚步灵敏，错身躲开。

陈云川摸了摸脖子间的血痕，见到手上殷红色泽，眼角抽搐，蓦地狂吼：“都给我抓住，一个都不能放过！”

大雨骤剧，倾盆而下！

官兵舍了红袖，持刀去捉林公子，但林公子动作迅捷，每次都能灵巧地躲开；陈麻子状若癫狂，挥刀劈砍，一时无人能近身。

场面混乱不堪。

红袖独自站在雨中，没人留意她。她看着这群男人们在岸边泥地里撕打，雨水翻飞，嘶吼传来，在她眼中，一切突然都变得很缓慢——男人们的刀一寸寸地砍下去，他们的嘴慢慢张开，吼声如同刚刚成形的雏鸟一样从口里振翅飞出，泥水也在一颗一颗地在空气中划过。

为什么最终，都是用打打杀杀的方法来解决呢？红袖惶然，后退几步，直到脚下踩到柔软的淤泥，原来是到了河边。她身后就是林公子停靠的画舫，她呆呆地看着前方的混战，有些不知所措。

如果不是天空之城突然震动了一下，恐怕这群人真的要打个你死我活。

随着一阵所有人都能感觉得到的震动，一直静静地散发莹白光芒的通道突然关闭，加上火把早已被雨水淋湿，黑暗一下子笼罩过来。

林公子似乎预料到了什么，道了一声：“不要！”便连忙冲向天空之城，但还未靠近，就被陈麻子拦腰抱住，一个翻滚摔倒在地。林公子还未爬起，地上再一晃动，却是天空之城拔地而起，腾空数丈，随后沿着旁边的河流向下飘过去。

红袖还没反应过来，只隐约见到头顶一个巨大阴影掠过，呼啸声响起，向南而去。

“抓住他！”陈云川大喊，却因为见到了林公子向着河边画舫跑过去，便大声喝道。

红袖只见到一道黑影掠过，跳上了画舫，正是林公子。但画舫被铁锚拖住，他去解锚绳，不知是因为粗绳系紧了，还是雨水打滑，一时很难解开。

红袖有些愣住，因为林公子在路过她时，扭头看了她一眼，身形稍微放缓，说道：“快走吧，这里危险。”

这七个字，穿透雨幕，像是蹦跳的玻璃珠。一颗一颗跳进她的耳朵里，落进胸膛，又在她心里彼此碰撞，叮叮砰砰作响。

这时，身后传来纷杂的脚步声，以及此起彼伏的呼喝——是陈云川手下的官差们追过来了。

她深深吸气，迈开步子，却并不是往岸边方向逃去，而是从地上捡起一柄腰刀，也奔到了画舫旁边。她右手被砸伤，还未恢复，但此时两手握住腰刀刀柄，使劲来回割着水面露出的粗绳。每割一下，右手都要传来钻心的疼，但她咬紧牙齿，忍着剧痛，努力使得刀刃切开被油浸过的绳子。

画舫上的林公子附身下望，看见红袖奋力割绳的样子，以及强忍着痛楚的表情，也愣住了。

官兵们在逼近。

林公子纵身跃下，从红袖身侧握住刀柄，使劲压着刀身，一拉一锯，粗绳立马被切开。画舫震动一下，在水流的挟裹之下缓缓向下游漂去。

林公子连忙攀上船沿，一个翻身跳上了画舫。

红袖喘着气，站在原地。她身后，十几个张牙舞爪的官差已经赶到，比黑夜更黑的阴影笼罩了她，但她看着眼前的画舫缓缓向前移动，与自己错开，终于松了口气。

官兵扑了过来，他们手里提着腰刀，一个个跌跌撞撞，刀光森寒而纷乱。

一个官兵被撞了一下，手里的刀从侧面劈过，在红袖脸上划了一道。

血流如注，被雨水冲刷。满面血雨之下，红袖却如释重负，仿佛一切都不复存在，只有眼前的画舫缓缓离开，载着林公子去追寻他的天空之城。

然而，画舫移动，现在只有船尾还在她身前，一只手却从船尾处伸了出来。即使在雨夜里，她也看得到这只手臂的精瘦和苍白。它属于林公子。红袖下意识伸出左手，握住了林公子的手。林公子虽然瘦，手臂却坚定而有力，将红袖拉起。

在乱舞群魔般的官兵们即将淹没红袖的前一刻，她与林公子握在一起，身体离地，衣衫在雨中划过一道弧线，落到了画舫栏杆边。

画舫趁水南下，追逐着不远处飘动的天空之城。

陈云川本来也率领官兵水手上了大船，向他们追来。但他们人多，等全部上船开动，就耽误了不少时间；再加上大船吃水重，顺水漂流时远不如画舫轻盈，很快就被落在了身后。

“方才，多谢姑娘相助。”林公子点燃了画舫里的灯，一边在红袖脸上抹药，一边道谢，“伤口止住了血，没有大碍，但可能要留疤了。”

也不知道他涂的是什么药，脸上格外清凉，甚至感觉不到痛意。至于留疤，她早已不在乎了，这几年岁月如刀，早就摧残了曾经的容颜。

她在意的是，林公子说这话的时候脸上的关切之意。她曾经一度心寒，以为林公子故作陌生，然而此时他的关切无法作假，他额角甚至沁出了细细的汗珠。

红袖掏出手帕，想擦拭他的汗珠，但又觉得过于暧昧，便只递了过去，道：“你擦下汗吧。”

林公子接过手帕，见上面绣着暮晚山水图，笑了笑，道：“真是好看，是姑娘自己绣的吗？”

红袖点头：“很早以前绣的，前一阵子，也靠给人绣画刺字过活。”

“那以后……”林公子低头，看着红袖被纱布包裹的右手——因刚才用力割绳，右手伤口已经破裂，血迹隐隐透出。

红袖察觉到他的目光，把右手放在身后，笑了笑道：“总是有办法的。”

雨水打着河面，刚开始还噼里啪啦，后来就慢慢变成了细密的沙沙声。天空之城在画舫前方移动，速度变慢，呼啸声也减弱。除此之外，天地声息全无，四野格外幽寂。

“对了，”红袖犹豫一下，说出了心里积压多年的疑惑，“你这么多年一直追着天空之城，是为了什么呢？也是跟他们一样为了宝藏吗？”

“这艘——”林公子及时住嘴，似乎在斟酌措辞，“就是你们说的天空之城里，并没有宝贝。一切都是你们臆想出来的。”

“那你为什么……”

林公子撩开船帘，看了眼安静飘动的天空之城，眼神有些恍惚，似乎陷入了某种追忆。过了会儿，他才道：“因为我想回家，只有进了天空之城，才能带我回去。”

红袖想起，很多年前，她在城南草坡遇见林公子，他也是这么说的。原来，这么多年来，他一直在追寻天空之城，辗转多年，却始终不得归途。她原本以为自己的人生凄凉艰辛，但其实，林公子也一直苦苦奔波，受了多少磨难只有他自己清楚。他们是同一条坎坷路途上的两个行人，在路的两旁默默前行，只有在路途转折的地方才偶尔相见，又匆匆离别。

这一瞬间，她对他的怨恨像大风吹沙一样消失了。

但她又想起林公子曾说过要带她一起走。如果那一晚他真的来了，即使路途艰难，但也是并肩而行，并不孤单。眼下，天空之城近在咫尺，要是林公子能够进去，回到家乡，会按照之前的诺言带自己走吗?

她想要问，脑子里又划过小五在院子里弯腰捶打衣服的身影，许多话便又吞回肚子里了。

今时，已经不比往昔。那时候她容色倾城，才艺绝佳，虽身陷青楼，也是万人追捧。但现在，时光如砂，磨掉了一切，长时间的弯腰刺绣使得她脊背佝偻，眼睛视物时也泛着昏黄，油灯的昏烟更在她脸上熏出泛黄的痕迹。她比同样年纪的女孩更显老态。更重要的是，她还有小五，她不能丢下小五，也没人愿意接纳一个容颜老去身子积弱的女人和她多病缠身的儿子。

林公子见红袖欲言又止，正要开口询问，这时，画舫前方的天空之城突然停下，只在空中静静旋转。

“终于！”林公子还没来及得擦汗，把手帕塞进怀里，起身站在画舫船头，仰头看着越来越近的天空之城，脸上布满欣喜，“终于可以回家了。”

等画舫到了天空之城正下方，他把船舱里的另一根铁锚抛下，稳住船身，然后从怀里又掏出一个银白色的金属小球。

只见他的手指在上面划动，每划一道，小球就嗡一声，头顶的天空之城也震动一下。未几，天空之城底部裂开一个圆形孔洞，洞中射出橙黄色的光柱，笼罩整个画舫。

这情形，跟红袖夜逃时，拱桥上降下的光柱一模一样！

红袖看着光柱，泪水滑落。

在光柱之中，林公子转过身，对红袖道:“我要回家了，姑娘珍重。”他张开双臂，双脚离地而起，他身上被雨水浸透的衣袖竟也不垂下，而是向上飘起，仿佛有无形的丝线在拉扯。衣服上滴落的雨珠也缓缓上升。

就此别过。

红袖跌坐船舱，在心里默念。

就在这时，一直被阴影笼罩的船侧角落里跳出一道人影，向上跃起抓住了林公子的脚。

“陈麻子，”红袖惊道，“你做什么！”

陈麻子抓紧林公子的脚踝，身体也被带起，但上升的速度一下子减慢了许多。“红袖，对不起你了……”他说着，仰着头，看见头顶的林公子，语气又变得阴森，“想走？没门！”

林公子连忙用脚踹，正中陈麻子脸颊，但陈麻子即使被踹得满脸泥土，也死不松手。

“我要去的地方，跟你们这里不是一个世界。”林公子仰头看了一眼头顶的天空之城，见它的旋转已经开始变慢，而自己上升速度被陈麻子死死拖住，急道，“你放开！”

“不！”陈麻子大喊，“我知道你要去哪里，带我走！”不知是被踹得疼，还是脑袋晃得发昏，他的喊声里掺杂着哭泣，“求求你，我要去改变一件事情！阿娘啊，我没有吃你！”

这么僵持着，等他们升到一丈高时，天空之城突然停止旋转，静静地飘在空中。林公子面露绝望，低下头看，看到红袖，大声道:“红袖姑娘，快！跳船躲开！”

话音未落，光柱湮灭，林公子和陈麻子掉下来，摔在画舫甲板上。随即，天空之城也像是失去了支撑，直直落下。

巨大的阴影笼罩，呼啸声震耳欲聋。

后来红袖回忆起这一幕，只记得林公子扑过来，拉了她一把，然后带着她跳下画舫落入水中。随后的记忆就只剩下晃动的水面、涌入口腔的冰凉河水，以及身体下意识的挣扎。

在最后的画面里，她看到河里亮起了光。这圈光晕像是某个深渊的入口，天空之城、林公子和被砸散的画舫残骸都沉入了这个深渊中。

红袖醒过来时，躺在岸边，咳出了好几口河水。她身边坐着陈麻子，正失魂落魄地看着河面，脸上一丝生气也没有。

红袖回忆刚才发生的事情，挣扎着坐起来，问道:“林公子呢？”

“走了……”陈麻子喃喃道，“都不见了……”

“他进到天空之城里面了吗？”

陈麻子摇头，道:“没有……天空之城和画舫先沉进河里，他也追过去了，但他没有进去。”

“掉进去了吗？”红袖一惊，看向冰冷漆黑的河面，急道，“能捞起来吗？”

陈麻子转头看着她，目光有些迷惘，道:“他们是从河里消失了，但不是沉在河里面，他们去了……另一个世界……”

“什么另一个世界？”

但陈麻子已经站起了身，似乎自言自语，道:“但一定会再出现的！嗯嗯，一定会！”他这样说了几遍，脸上的迷惘已经消失，取而代之的是坚定和狂热。他握紧拳头，转身离开，但走了几步又回过身，定定地看着红袖。

“我得罪了那个状元，不能继续待在这里了，其实我一直……”陈麻子犹豫了一下，干瘦的脸上露出苦笑，“那我就走了，你要好好照顾自己。”说完，毅然转身，消失在河边的密林里。

“就此别过。”

红袖看着他的背影消失，在心里默念。

她就这么站了一会儿，突然觉得有些荒诞，自己都笑了——一天之间，两个跟她在漫长岁月里恩怨纠缠的人竟都告别而去。他们都有不得不走的理由，只有自己，站在原地，不知何去何从。

哦，还有小五。

想到小五，红袖回过神来，沿着河流向下游走去。天亮后，她遇到了一艘南下的渔船，她便央求船家捎上自己。渔船顺水的速度很快，但船家偶尔停下打鱼，还是花了两天时间才回到小城。到时已是半夜，红袖谢过船家，从码头向家走去。

走到家门口，她去推门，却发现门是虚掩的，一推就开。她心里掠过一丝不详，将门推开，走进院子里。

站在院子中间的，是一个年轻人。

“红袖姐姐才回来啊，”华服的青年露出森白牙齿，笑吟吟道，“我可等你好久了呢。”

二十二、夜话

这一年冬天，天寒地冻，一场薄雪飘摇落地。小城地处南方，已有多年不见这样的寒冷天气，人们都缩家里，抱炉取暖。街上人烟稀少。

傍晚时分，却有一人踏着雪迹，沿途问人，穿街过巷，来到赵屠夫的摊子前。

“劳驾，”那人面庞消瘦，但眼睛有神，对赵屠夫道，“向您打听个人。”

赵屠夫正忧心生意不好，本没好气，道：“不知道，你去问别——”他抬起头，看到那人睿智而深邃的眼神，愣了愣，下意识地就转了口，“你打听谁？”

“红袖姑娘是住在此间附近吗？”

“你是……”赵屠夫耳朵一跳，“你找红袖做什么？”

那人笑了笑，道：“我是红袖的……朋友。我答应过她一件事，却食言了，现在来找她。”

赵屠夫目光狐疑，道："什么时候的事情啊？"

"上一次见她，是在十年前。"

"十年前……我想想，那时候红袖还在醉仙楼。"赵屠夫有些警觉，拍了拍铺子旁的剔骨尖刀，"你是嫖哥儿？告诉你，红袖已经从良了，你走吧！"

"我知道，我不是为此而来。"

赵屠夫眯起眼睛，似乎想从这人脸上看出破绽来，但他看到始终是一张平静淡然的脸——哪怕赵屠夫这样魁梧粗豪的汉子在他面前提起了刀，他也没有丝毫动容。

"唉，好吧，看你也不像个坏人。"赵屠夫一叹，"就在隔壁，推开这个院子门就是了。不过现在她在教书，还得等会儿才能有空。"

那人难得地露出一丝疑色，道："教书？她去当先生了吗？"

"一言难尽哪……"

这就是要长话慢说的意思。那人识趣地上前一步，道："怎么回事呢？"

"这丫头命苦啊。打小就没过过好日子，还被那狠心的张木匠给卖到了妓院。不过红袖确实生得好——你说，张木匠那个寒酸长相，怎么就生出了这么水灵的女儿呢？哦扯远了，反正红袖那时候啊，在醉仙楼当了花魁，过了几年清闲日子。虽说那里不是什么好地方吧，好歹吃穿不愁，老鸨子也不逼花魁出去接客。生在乱世，还求什么呢？总好过我们这些泥里打滚的人吧。唉，可惜这丫头不知道在想什么，非要偷偷逃出去。这不，被抓回去了，被卖给当年那江南钱庄的胡老板。"

那人一直安静地听，听到红袖外逃被抓时，面色黯然。

赵屠夫难得絮叨，没有留意到那人的表情变化，继续道："也是命不好啊，嫁过去还没个两三年，胡家就家道中落。她刚怀上胡老板的孩子，也跟着被抓进去了，在大牢里受了两个月折磨才被放出来。你说，命到这里，就够惨的了吧——孤儿寡母的，无亲无故，要在这乱世里活下来，得多难啊。结果，霉运跟黏上了她似的，这丫头缝缝补补做绣活，都被人砸了手。最惨的是，几年前她不知怎么的得罪了状元爷，也就是如今的工部侍郎，那可是正经的三品大员啊。"

"为什么？"那人问。

"我哪儿知道，问她她也不说。不过我听说啊，是她晚上悄悄跑出去，跟陈麻子——噢，你不认识，反正就是个坏到心肝都黑了的人，一起去绑架了状元爷。这事儿好多人都看到了，结果陈麻子悄悄跑了，这几年不见踪影，这丫头却傻乎乎回了家，被状元爷抓了个正着。"

那人猛一抬头，几片薄雪落到他脸上。他的身体似乎极冷，雪没有融化，他担忧地皱起了眉头，雪又跌落下来，飘飘摇摇地落在案板上。

赵屠夫见他关切的神色不似作伪，恐怕真是红袖的朋友。但这么些年来，红袖始终一个人，哪来的朋友呢？

"后来怎么了？"

赵屠夫道："还能怎么，被抓进去了啊，这次关了一年多。本来是要送到京城给——"他伸手一划，"结果正好新皇登基，天下大赦。加上主谋是那个陈麻子，她只是协助，罪过也不大，就给放了回来。你都没看到，回来的时候，都没人样了。”

那人愣愣地听着，过了会儿，喃喃道：“回来了就好，还活着，就还有……”

“还不如死了呢。”赵屠夫道。

那人眉头聚拢，道：“又出什么事了吗？”

“唉，她的儿子小五，没熬过去啊。命这个东西啊，真是不好说，小五出生时就病怏怏的，红袖拼死拼活挣钱，用银子换命，也还把小五拉扯到了五岁。我们都以为命还真能改，没准小五长着长着就成了小伙子。还别说，他跟他娘一样生得眉清目秀，又聪明又懂事，在私塾里最得先生欢喜，要真是长大了，考取了功名，京城里多少大家闺秀得贴上去啊。结果，还不是就这么去了——红袖被押走的当晚，小五就发病了，来得太凶。”赵屠夫眯起眼睛，摇了摇头，“我记得那是半夜，小五实在疼得慌，就来敲我家的门，脸上啊又白又青。我一开门，他就坐在地上了，说不出话来，就指着胸口。多晓事的孩子啊。我拆了扇铁门，抬着他去找大夫，可惜等到了的时候，他就不行了。他躺在门板上，喊了一句‘凉’，就闭上了眼睛。后来我寻思很久，他到底是觉得门板凉呢，还是在喊红袖……”

雪渐渐变大，那人站在雪中，似乎听痴了，大雪落了满肩。“后来呢？”他问。

赵屠夫低下头，刚刚唤醒的回忆似乎也让他伤感起来了，道：“哪有什么后来，后来不就是把日子往下过吗？”转头看向隔壁，院子里飘出了隐约的读书声，“不过她一直不相信小五死了，觉得小五是被胡老板接走，去别的地方了。人呐，还是要骗骗自己，才能往下走。噢，说的是当先生的事情，怎么扯了这么多……反正就是，她回来后，私塾的先生也老得教不动了，就把私塾托给她了。我猜，也是给她找点事情做吧。喏，现在也快下学了。”

“嗯，谢谢你。”

赵屠夫再次打量这个陌生人，见他虽然衣着寒酸，但气度从容，便试探着问：“你跟红袖这么多年没见，现在去看望她，不提点什么东西吗？”

把最后一个孩子送出门，红袖站在门前，望了一阵。早上的时候雪还飘飘似薄絮，此时就大得跟鹅毛一样，院子都铺白了。她走到墙边，想拿扫帚打扫一下，却听到墙壁的另一边传来了窸窣声。

自打她从牢狱里回来，这种窸窸窣窣的声音就一直伴随着她，尤其是红袖给孩子们念书时，总感觉有人藏在左右近处。起初她以为是小五，就站在院子边上一遍遍地喊，然而始终没有回应。后来有别人也听见了，让她提防贼人，但过了好久，也不见家里短了什么物件，便就随它去了。

她拿起扫帚，扫起第一道雪迹时，虚掩的院门被推开。

一个高瘦的男人站在门口，提着一刀猪排肉，肩上有雪，眼中有光。

扫帚落在地上，轻盈的雪花溅起。红袖有些慌乱，捡起扫帚，却不知该不该继续扫，便又放到一边。趁放扫帚时，悄悄把眼角的泪抹了，她转过身，已经恢复了神情，看着门口的林公子。

“红袖姑娘，”林公子说，“我来接你了。”

炉子上煮着排骨肉，热气在两人中间弥漫。

林公子坐在桌边，看着红袖忙碌的样子。她的腰弯得很低，不知是因为眼睛被油灯熏得久了，需要凑近去看，还是腰脊已经有些变形——抑或两者都有。她转过身的时候，侧脸的疤痕被烛光照着，像是一条泛光的泪迹。

“喝吧，”红袖端了一碗汤，放在林公子面前，“天气冷，暖暖身子。”

林公子衣衫单薄，看着都冷，但他对面前飘着热气的肉汤视而不见，只看着红袖。过了好久，低下头，道：“对不起，我来迟了。”

红袖正在收拾锅具，身子僵了下，道：“没什么对不起的，你有你的事情，我有我的活法。”顿了顿，直起身，把耳旁的头发掠下，遮住了疤痕，“你还没找到你的天空之城吗？”

“那不是城市，那是船。可以带我们回家的船。”

红袖看着他。热气袅袅，模糊了视线。“是回你的家，”她说，“我的家在这里。”

林公子上前一步，握住她的手。她挣了挣，却没有挣开。离得这么近，她看到了林公子的脸，如此年轻，躲过了岁月的风霜。她又看到了林公子眼睛里倒映的自己，完全是另外一番模样。他们像是站在时间的河流里，一人静止不动，另一人却被河水剧烈冲刷。

“放开！”她道，见林公子依然不动，已有了怒气，“你真是说得轻巧，以为人人都围着你转吗！十年前，你说要带我走，让我去桥上等你——好吧，就算我失约耽误了时辰，难道你不能等一等吗？这些年，中间也见过你几次，你眼里只有天空之城，什么时候瞧过我？还装作不认得！你的承诺你忘了吗？现在，你看看我，你看看我的样子，我不是十年前那个小姑娘了啊！林公子，我不知道你身上发生了什么，但这十年来我身上发生了很多事情，我这副模样自己看了都觉得哀戚，我没有勇气再不顾一切了。”

林公子任她挣扎，手上丝毫不松。等她说完，他再上前一步，伸手摸着红袖的脸颊，继而抱住了她。红袖一怔，随即使劲挣扎，但怎么都脱不开他的怀抱。这样瘦弱的身体里，怎么有如此大的力气？后来，红袖挣得累了，伏在他肩头。这些年来她已经不再流泪了，仿佛泪水已经流干。但此时，她伏了一会儿，就感觉到林公子肩头衣布已湿。她的呼吸慢慢平静下来。

“对不起……”林公子说，“我已经尽快赶来了。我来带你走。”

“但这十年，你有那么多次机会……”

林公子摇头，道：“因为我不知道。这十年里我见过你两次，但我不知道我以后还会遇见你，甚至会爱上你。”

“可是十年前你不是已经——”红袖想起那间遥远的厢房，以及里面星海一样的烛光，心神动摇，但还是把“爱”字吞回了肚里，改口道，“要带我走了吗？”

“嗯，”林公子道，“但你的十年前，对我来说，是半个月以前。”

他缩在屋外的黑暗里，寒冷令他瑟瑟发抖。这个冬天太冷了，南方罕见这样的天气，每一片雪花落在他身上，都要带走一丝热量。但他咬着唇，不让自己牙齿打战的声音传出去。

屋子里的说话声飘了出来，隐约传到他耳朵里。他出神地听着，一切，都跟他的猜想吻合。

唯一令他不适的，是鼻尖传来的肉味。他屏住呼吸，大冷的天气，额头竟然都泛出汗珠。他努力不让自己闻到这种气味。

这令人恶心、作呕，然而又香甜的味道。

屋内，一灯如豆。灯光把一切都染得泛黄，红袖眼睛本来就不好，此时看过去，林公子笼罩在一片昏黄里，不似真实存在。

她已经恢复了平静，坐在床头，想着林公子的话，眉头轻轻皱起。

好在，在她开口询问之间，林公子已经说道："本来我不应该跟你讲这些，因为这样会扰乱时间线，引起一些变动。但我犯了错，我引起的变动已经够多了，尤其是你，红袖姑……红袖，你一生的悲惨都因我而起，我也没有再瞒着你的必要了——

"我并不是你们这个世界，不，不是你们这个时空的人。"

林公子拿起筷子，蘸了肉汤，在老旧木桌上划下一道蜿蜒的痕迹。

"你出生在这里，"他用筷子头点了一下汤痕的中段，然后又把筷子移到末尾，"我是从这里来。"

红袖低头，看着桌上闪闪发光的汤痕，从中段看到末尾，然后视线又移到林公子脸上。

“我们相遇的地点，在这里、这里、这里和这里……”林公子在汤痕中段点了六次，“而我们到达这些点的时间，并不一样。”见红袖依然一脸迷茫，他突然失笑，道，“噢，忘了跟你说了，这条痕迹，代表时间。”

“你是从……”红袖的手指沿着汤痕划下，到末尾才停，“从以后来的？”

林公子点头道：“很遥远的未来。那时候，这些砖瓦房屋，都已经被风吹成了尘土，地球——噢，就是脚下的这片土地，也不是我们的唯一的家园。文明的种子像蒲公英一样，在星辰之间四处飘落，一旦落下，就茁壮生根。为了适应各种各样的环境，我们更换了肉体，用机械代替了许多器官。最后，我们甚至开始征服时间。”

灯光跳跃，红袖看着林公子，眼睛里映着两团火焰。

屋外大雪簌簌，角落里的人几乎都埋在雪里了，但他的心跳开始加速跳动。

“我知道这对你来说很难理解，”林公子握住红袖的手，慢慢地道，“但离飞船下一次过来还有整个晚上的时间，我可以慢慢说给你听。”

二十三、溯游

第一次实验失败后，他们没有泄气。实验室又花了很长时间，用计算机进行过无数次实景模拟，直到成功率达到了史无前例的98.17%，才敢开始第二次。

但还是出了问题。

跃迁是顺利的。他坐在驾驶舱，面前的全息景台正在用光线勾勒飞船四周的一切，他能看到实验室同事们紧张的身影。发射塔台外，联盟和各个独立星球的媒体都来了，无数台摄影机对准了飞船。但以全息影像的视角来看，这些人的视线仿佛穿过了飞船的重重壁壳，汇聚到了他脸上。他有些不习惯，于是按下了启动键。景台上的全息光影立刻被揉成一道道彩色的线条，他身体里也涌起了奇怪的律动感。

等全息景台的呈景变成了茂密山林和岩壁时，问题就出现了。

飞船并非安全着陆，而是坠在了山野之间。仪表上显示，他们来到亚洲腹地，时间是宋朝前期。他当时心里一沉——不但着陆地点错了，着陆时间也千差万别。然而，还没来得及灰心，更糟糕的情况便接踵而至。

同组的人员全部失踪，舱内一片狼藉。显然，时空扰动的旋涡在舱室里出现过，其余同事全部被卷了进去，一些仪器也残缺不全。

在这种高危实验里，一旦离开飞船的庇佑，就代表着陷入了时空乱流，留在远古时期，再难返回。他试着呼叫，却没有回应。犹豫很久后，他带上防护服，拿起一个备用的时空泡装置和联络仪出了飞船，打算找一个开阔的地方发出联络信号。

山野幽寂，大片树木被压断。另一个时代的风掠过他的身体，格外清凉。他正在安置联络仪，背后突然传来咯咯的声响，他回过头，看到一圈光晕正在飞船的四周发散出来。

这是启动时空跳跃的征兆。

自己犯了错！他想起，飞船的很多仪器都在时空扰乱中遗失了，自己居然没有启动检修，就跑下来想联络失踪的船员们。现在，飞船不知哪里出了故障，要进行自动跃迁了，而他还在船外。

他眼睁睁看着飞船消失在光晕中。

流落异时空，同事失散，联系不到后方……风吹过来，他一直蓄着的长发在耳边飘动，似乎在重复这些坏消息。

他的沮丧慢慢变成绝望。

站在山石之上，遥望远处村落，几缕炊烟袅袅升起。这些人还不知道发生了什么，依旧过着自己的生活。在漫长的时间里，他们只不过是河流上不起眼的水化，而时间对他们而言，也遥远得像是下辈子。

他感觉风有些冷，紧了紧衣服。这时，他摸到了身上的时空泡发生装置。

这个小小的银白色球状仪器泛着冷光，可在他看来，是希望的光。

时空泡虽然不像飞船上配备的泡动力引擎那样，能够大规模压缩时间，制造直接回到远未来的跃迁通道，但它的功率也足以支撑单个人类活体进行短时段穿梭。更重要的话，它能跟主引擎进行超频联系。

也就是说，他可以凭借时空泡，在这前后百年的时段内追踪因故障而在时空里无规律穿梭的飞船。

而他身上还有一柄老式动能武器，也足以自保。

然而，想重新回到这艘飞船上，比想象中困难太多。

飞船的跃迁轨迹杂乱无章，有时往前，有时往后，一会儿突然出现在深山野林里，一会儿又在闹市街区上空掠过，还曾突然出现在地下泥土之中，造成大地震动，人心惶惶。

他越来越急。

因为飞船的每一次出现，都代表了后世对时间线的干扰。依照蝴蝶效应，这些干扰在时间长河的助力之下，说不定会掀起滔天巨浪。所以他得赶紧追上飞船，将它开走，免得它造成不可估量的影响。

但运气没有站在他这边。他消耗着时空泡里不多的能量，千辛万苦进行跃迁，来到飞船上一次出现的时空，但往往他刚刚赶到，飞船就已经进入了下一次跃迁。在这样的疲乏而焦急的奔波中，他开始学得聪明点儿了——定位出飞船下一次跃迁的时间和地点，然后，他早一点赶到做准备。

于是，他遇到了红袖。

第一次遇见红袖时，是一个夜晚。飞船掠城而过，压断树木，最后沉进了湖水里。他刚刚赶来，站在湖边，估算着飞船会在水里沉一会儿，而后便会起飞，于是向水底游去。但他刚刚下水，身后扑通一声，一个女人也跟着游了下来。命运也就在这一刻发生了偏移，他被水草缠住，即将淹死，跟着他跳下来的女人把他救了上来。

然而他醒过来后，这个女人举止奇怪，说是认识他——但他确实是第一次见到这个她。

他还不明白这件事意味着什么，只以为她是认错人了，抑或她只是这个疯狂年代里有一个疯狂的人。加上湖里的飞船即将再次跃迁，他无暇纠缠，便匆匆离开。

但他依然没有追上飞船，眼睁睁看着它跳跃到了十年前。为了做好准备，在这个时间点的基础上，他提前了两个月跳过去。他对知识的掌握远超这个时代的人，因此很容易就获得了一大笔钱，买了画舫，雇了下人，顺水南下，要提前候在飞船跃迁着陆点。

于是，他第二次遇见了红袖。

那是红袖还只有十三岁，与她在湖边救他时的模样差别很大——五官没怎么变，主要体现在整个人的气质上。这时的红袖还没有那种笼罩浑身的灰色，还保持着对世界的乐观和好奇。他没有认出她来，但见她落水，还是把她救了起来。

后来，他明白了一切。他想，如果这时命运的安排的话，那命运真是一个蹩脚的编剧——用这样平庸的桥段在他们身上依次上演，并在两个人都不察觉间让彼此的轨迹开始纠缠。

第三次相遇，就是几年前的河边，他赶到飞船旁边时，已经有人聚在了船下，并点燃了火焰，灼烧船身。飞船的材料当然能够耐得住这种程度的高温，但不巧的是，一场雨又降了下来。金属材料的热胀冷缩特性加上飞船故障，使得系统认定周围环境危险，开启了安全门，打算让其实已经失踪了的船员逃生。

而围在飞船四周的人里，就有红袖。

他对红袖的印象，只是那个坐在湖边哭诉自己悲苦的女人，但红袖再一次救了他，他们在船上追逐顺水漂流的飞船。虽然只有简短的交谈，但他已经知道了她悲惨的生活。他也无能为力，他是时间长河的溯游者，对所有历史中发生的事情都要保持中立，不能打扰——他还没有意识到，这个女人的悲惨一生，正是因自己而起。

这是他离进入飞船最近的一次，反重力光束牵引着他，眼看就要进入飞船了，一个男人突然冒出来，打断了他进入飞船的最后一步。

飞船落下，带着画舫进入了下一个异时空。他再次追逐。时空泡里的能量逐渐消耗，能穿梭时间的次数已经不多了，他本来泛起的希望开始黯淡。

就这么穿梭了几次后，飞船落进小城南边的泥土里。他提前一个月赶到，利用机械知识挖了一条通道。这时，红袖穿林而来，出现在他面前。

那大概是红袖一生中最美好的年华，才脱青涩，未入沧桑，在晚风中伫立，几乎令人不敢直视。但他已经见过了她一生悲惨的模样，知道这样的风华绝代很快就要逝去。那时，他忍不住打破了时间穿越者应该遵守的规矩，出言提醒，然后看着胡家的家丁将她接走。

那一次，他也快到进入飞船了，但五个大汉突然冒出，那个曾经阻止过他的男人也再次出现。他与他们争执、周旋，但飞船即将消失。情急之下，他动用了枪械，然后在最后一刻跳进了挖出来的地洞。

但他依然没来得及。

飞船快速破土而出，他也被裹挟进入了下一个时空，随后又被扔出，在纷乱的时空缝隙里跌落，跌到了飞船落点的几个月之前，地点也在千里之外的边塞。他重伤不支，一个老和尚救了他，为了让老和尚将他带回小城——飞船很快会重新降临此处——他不得不利用老和尚的信仰，骗他说自己是佛祖所化。他的知识令他的谎言坚不可摧，于是，老和尚一路把他带了过来。在城西营地里，红袖巧遇了他，并托人把他带回醉仙楼的厢房里。

到这里，他已经第五次与这个女人相遇了。她依然是醉仙楼的花魁，姿容惊艳，颠倒众生。他们在小小的房间里度过了几天，得益于他身体里被更换的机械器官能够吸取光线来治疗，伤势逐渐恢复。他也终于知道了一切缘由。说来真是奇怪，他在这段时间河流里跳了那么多次，与许多人擦肩而过，再不相见，却只有她不断地跟自己相遇，每一次都改变了彼此的命运。

他原本是要做这段历史的旁观者，却不料，一步步导致了她凄凉悲怆的命运。她却毫无察觉，细心照顾她，温婉而善良。她趴在桌子上睡着的侧影像一幅剪影，烙印在了他心里。

这种感觉从未有过。他决定带她走。

只要带红袖离开，她日后的悲惨命运就会被改写。

至于改写之后，时间线会发生怎样的改变，以后的世界会变成什么样……这些顾虑对他而言，突然就变得不重要了。

只要能令这个女孩免于命运的剜割。

只是，这一次，他仍然失败了。他终于登上了飞船，按照寅时的约定来到拱桥上，降下了反重力光束。但他没有料到，趁他不注意一同上了飞船的，还有胡家的两个护院。

就在他投下光束后，护院现身，想要制服他。这两个心狠手辣的护院极难对付，但他还是硬撑着，直到系统提示——反重力光束成功拖上了一个人。他怎么也没有料到，升上来的，是那个视他为佛祖的老和尚。

为了“佛”，老和尚替他挡住了两个护院的刀锋，临死前，依然含笑。随后的混战导致飞船再度失控，他被甩在空中，险些就要毙命。这时，他拿出了时空泡，利用时空泡里仅剩的能量，在空中对飞船进行追踪，跃迁了过来。

这一跳，就是十年后。

十年光阴，他只是感觉恍惚一瞬。时间放过了他，却加速朝着红袖涌去。水流夹带泥沙冲刷着她，她的脸从红润变得苍白，她的手因伤痛而止不住颤抖，她那双望断秋水的眼眸也蒙上了一层化不开的昏黄。

现在，他来了。

“所以，这些年来，我们的相遇是错位的。”林公子一边说，一边用木筷在桌上的汤痕边轻轻点着，“你第一次遇见我，是我第二次遇见你，那时候，我没有认出你来；你第二次遇见我，是我第四次遇见你，我已经见过了你日后的模样，知道你过得不好，想出言提醒，但没有起到作用；你第三次遇见我，已经是我第五次见到你了，我终于知道了你一生的悲惨遭遇皆由我而起，对不起……我想带你走，但没能成功；你第四次遇见我，是我见你的第一次，我还没有关于你的记忆；到了你第五次遇见我，就是在河边我们一起乘画舫追逐飞船的时候了，那是我第三次遇见你，但我没有察觉到上一次救的小姑娘就是你……”

红袖低着头，看着他瘦长的手指在桌子上点来点去，耳边全是他的声音。他说的很多东西都超出了她的认知，飞船、时间、未来、引擎……这些词在她耳中，显得特别缥缈。她试图去理解，总是失败，但后来她还是听明白了——

林公子跟她，不是一个世界的人；她这漫长艰辛的十年，对林公子来说只是数月；林公子跟她的相遇是错开的，他们是分属时间长河两端的孤独灵魂，哪怕一次相遇，都是站在不同的台阶上。

真是……

她抬起头，看着正认真诉说的林公子，看着他脸上的歉意，心里的怀疑又慢慢淡化了。

“时间的力量太强大了。我们曾以为已经征服了时间，现在看来，还是太过傲慢了。时间这个维度从始而终，贯穿宇宙，我们能够在时间线上穿梭，也只是揭开了其中一层面纱。”林公子放下筷子，道，“上次——噢，也就是你的十年前，我不顾一切地带你走，却失败了，表面上是胡家护院阻止了我，但其实是时间的力量。这几天我在找你，也在思考——如果按照我的设想，当时把你带走了，那你以后的悲剧也就不会发生；但如果它们不发生，以后你就见不着我了。而对我来说，没有在河边和湖边遇见你，我对你的感情也不至于逐渐强烈，也就不会有这样的冲动带走你。那么，这就形成了悖论，因果链被完全搅乱。”

红袖皱起眉头，道：“你是说，我现在遭受的苦难，都是命中注定的？”

林公子下意识摇头，但摇到一半，停了下来。他想了想，最终点头道：“可以这么说。”

红袖苦笑道：“那你现在来找我，也会被……被时间阻扰，我也走不了。”

不料，林公子凑近了些，道：“不，现在是唯一的机会。我刚刚已经说了，我们的前五次相遇各自错开，但现在，是我们的第六次相遇。”他看着红袖，一字一顿地说，“你第六次遇见我，我也是第六次遇见你。这就意味着，以后我们就没有再这样错位遇见过，如果我们现在离开，不会影响到以后。因果链到了现在，终于可以完整了。”

“那也可能是……”红袖顿了顿，还是道，“我们以后不会再遇见了。”

林公子怔了怔。这个可能性他怎么会想不到，只是在思考因果关系时，他刻意压制住了这个可能。现在被红袖提出来，他一直平淡的脸上，少有地出现了一丝慌乱。

“不会的，”他说，“有些事，也是事在人为。我的时空泡里已经没有能量了，这是我最后一次追踪飞船。红袖，你跟我一起吧。只要我们进去，我就能带你去未来，你所有的疾病都能治好……”

“可是我都不了解为什么是这个样子……”红袖说着，看到林公子脸上轻微的慌乱神色，这个表情让他从遥不可及的高处落到了她眼前，原来他也是个会慌张的人。她嘴角轻轻扬起，但很快又凋零了，道，“我也不了解你。”

林公子道：“我……我很简单，在实验室里研究时间，有些也偶尔去别的星球旅游，每月收入……咳咳，那些都不重要，重要的是，我要带你离开这里，脱离这悲惨的命运。”

红袖起身，林公子顿时欣喜得扬眉，但他的眉头很快愣住——因为她看到了红袖在摇头。

“我真的很感谢你来告诉我这些。我不知道该不该相信。但现在知道了一切，心里就不再空落落的了。”红袖看着他，轻声说，“不过你说要拯救我，其实不必，我的生活是我自己过出来的，林公子也不用自责。我不会离开这里。”

“为什么？”

红袖转头看着床上，那里放着一方小枕头，洗得泛白，却一尘不染。红袖的目光里透出爱怜。

“我在等小五回家。”

屋外的夜空中传来呼啸声。林公子耳朵一动。

红袖道：“你的飞船来了。去吧，这是你最后一次机会了。”

林公子再三恳求，红袖却后退一步。她的表情有些悲伤，但很坚定，像是沉在水面下的石头，看着隐隐约约，实则无法移动。

呼啸声向南而去。

林公子一顿足，道：“那我进了飞船，再来找你。”

红袖没有回答。

林公子转过身，推开屋门，没入风雪之中。

红袖在屋子里坐了一会儿，烛火已经到底，焰色跳跃。她咬着嘴唇，环顾四周，脸上的坚定仿佛被这残余的火光融化了，最后全成了悲伤。她刚刚做了决定，像是放了一直积压在心里的东西，又像是割掉了身体的某个部分，有些轻松，又有些疼。但不管怎样，事已至此，林公子已经离开……

这时，屋门被推开的声音响起。

红袖面色一喜，转过头，却看了一个多年未见的身影。

在她惊讶的目光中，已经瘦成了骨架的陈麻子走进来。他看着红袖，眼神复杂，似乎努力想把目光凝聚起来，变得凶恶。但这种已经很熟悉的目光，在每次看到红袖时就会涣散。他想说些什么，这时，他鼻翼抖动，闻到了炉子上袅袅升起的肉味。他眼角一抽，走过来，踢翻了炉子，再转过身来时，表情已经变得冷酷。

“走吧，”他恶狠狠地对红袖道，“你不想去未来，那就跟着我回从前！”

二十四、对峙

冬夜无云。

林公子出院门的时候，转头西望，老远就看到飞船巨大的轮廓掠过小城上空。看轨迹，飞船是略微向下倾斜的，恐怕掠到城外就要坠下来。

果然，他还没追到城外，就听到了轰然一声巨响。

让他意外的是，除了重物坠响，城西郊外还远远传来一片嘈杂人声，似乎有百十来人被同时吵醒。但此处位于郊野，本该人声罕有，却不知为什么有这么多人聚在此处。

林公子再走几步，来到近前，才发现喧哗的人都是一身农夫打扮。大冷的天，衣不蔽体，他们脸上冻得乌青，眼角迷糊，应该是刚刚被巨响吵醒。他们围着飞船，议论纷纷，而在飞船下还散乱着木屑砖瓦，断掉的横梁四处可见。

显然，是飞船斜落下来时正好砸到了一处盖在郊区的宅院之上。从隐约的议论声中可以听出，宅院应该刚刚盖好，雇来的农夫们都还没结算工钱。

有人嘀咕道："我们都还没走，侍郎大人的别院就被砸了，不知道这工钱还结不结得到？"

他旁边一人道："还工钱呢，侍郎大人刚刚住进去，这东西就砸下来……如果大人有什么闪失，我们不知道还有没有命？"语气之中，格外担忧。

还有人看着飞船，被它巨大的体型和银白色的光滑身躯惊得张大了嘴，道："怎么掉下个这么大的东西啊……"

这半月来，林公子为了寻找红袖，面容沧桑，衣着朴素，与农夫无异。加上此时夜深天暗，虽有火把，也只能照得四周影影绰绰，所以他悄悄走近，混在人群中，也没人察觉。

穿过了人群，才发现，飞船落地时余势未消，在地上滚了几圈才停下。现在它斜倒着，底部圆面翻出来，边缘插入土中，仿佛一个硕大的银盘斜躺在众人视野里。斜面角度很小，人能直接走上去，几个闲着的农夫已经开始沿着斜面，半走半爬地上去了。

林公子看着底部中间的圆形门，呼吸有些急促。

只要他混在农夫里，爬到上面，用声纹打开圆形门，就能进入飞船内部，找到操作台。那时候，就没有人可以阻挡他回到家乡了——对，还有红袖，但只要有了飞船，慢慢劝说红袖也来得及。

但他刚要迈步，四周突然安静下来了。

所有人都把脸转向北边，在视线汇聚处，一个披着宽大蟒袍的年轻人走出来。火把摇曳，他脸上明暗不定。

“大人……大人……”

一片恭维声响起来，连爬上了飞船的几个农夫也连忙滑下来，跟着其余人一起跪下。

林公子一愣，只因这个披衣而立的侍郎大人，正是不久前——或者说，几年前——见过的当朝状元陈云川。当真不巧，飞船砸中的地方，正是当地官衙为招待陈云川南下而修建的别院。

陈云川的视线扫过来，林公子连忙低头跪下，混在周围农夫里。

“大人，您没事就好啊，”有人大声道，“刚刚我们都在担心！”

陈云川冷笑一声，道：“可也没见你们去扒拉那些断梁碎瓦，要是我躺在里面，你们就这么看着吗？”

那人干笑两声，连声道：“大人吉人自有天相……”

陈云川扭过头，不去理他，眯起眼睛，看着歪斜的飞船。火光撕开黑暗，薄雪稀稀拉拉地飘下来，整个飞船宛如倾倒的山岳。他眉头越皱越紧，似乎在回忆着什么。

“清点人数，准备干柴火把！”他转过来，对之前恭维他的人道，“把干柴放在这个玩意儿下面，烧起来。一个人都不准偷懒！”

那人却面色难色，道：“这附近林子多……这个天气里，都是枯木头，一旦火烧起来，搞不好整个林子都烧了。”

“把附近的树木都砍了，围着它，空出一个地方来，”陈云川指着飞船，不耐道，“就算火烧起来了，也蔓延不出去。”

那人犹豫了一下，咬咬牙道：“可是他们白天辛苦了一天，工钱还没结……”其余农夫也纷纷抬起身子，七嘴八舌地附和。

“死，还是活着，你们可以自己选。”陈云川逐一环视，锋利的眼神扫到哪里，哪里的喧哗声就平息下来，“难不成工部还能欠你们钱吗？”

这番恩威并施，所有人都不敢抱怨。

清点人数时，领头的喊一个名字，就有人应一声。一番清点下来，发现农夫和官兵竟没有一个人被砸中，飞船斜着落下，只压中了侧房和若干马匹。

报数的时候，陈云川冷冷扫视众人，因此四周一片安静。此时清点结束，农夫们被分为十人一组，有的砍柴有的生火。正要散开时，林公子旁边一人突然道：“哎，刚刚点人数时，你怎么没出声啊？”

在周围一片安静中，这个声音显得格外突兀。附近十几人都看了过来，林公子心里暗道不好，转过头，陈云川正好也把视线移过来。两人的目光在空中相遇。

“我说这个玩意儿怎么突然掉下来，”陈云川嘴角慢慢浮起笑意，“原来是故人造访啊。”

隔得老远，他们就听到了此起彼伏的呼喝声。

“快，抓住他……”

“娘的，跑得好快！”

“哈哈，我抱住他的腿了——哎呀！”

“王大壮，你别躲在后面，上啊，你这么大个子……”

“抓住了抓住了……”

红袖手脚被缚，横卧在一匹瘦马的马背上，听到声音，努力直起身子看向西郊。火光摇曳处，人影纷杂，她看不清发生了什么。

“嘿，”陈麻子牵着马，驻足远望，“你家林公子好像被抓住了。”又看了两眼，眉头皱起，道，“咦，居然是这小子……看来果真应了老话，不是冤家不聚头啊。”

“林公子没事吧？”红袖急道。

“别这么紧张，那状元——哦，现在应该叫侍郎大人了——侍郎大人还不知道他的身份，抓住他后至少也得审一审，暂时不会有事。不过……”陈麻子凝眉深思，道，“不过除了用火烧，只有林公子才知道怎么进天空之城，看来得想个办法把他救出来。”

红袖问：“怎么救？”

陈麻子环视郊外的密林，思量一番，找了一棵远离密林的独树，把红袖扛下马，捆在树边。捆好后，他吐了口唾沫，抹在头发上，把杂乱的鬓角理顺，自顾自笑道：“这几年，侍郎大人不是一直想见我吗？”

荒坡上，陈云川看着眼前这个被捆得结结实实的人，颇有些犯难。问也问了，打也打了，甚至把铁条在火把上烧红了，然后烙在这人脸上，居然还是抵死不说他为什么混在人群里。

“大人，”手下也觉得棘手，问道，“这骨头有点硬啊。”

陈云川不耐烦道：“再硬也有打断的办法。”他凑近微微喘息的林公子身前，道，“我记起来了。你说过，这座天空之城是你的家，那你就是它的主人。你过来，是要进去吧？”

林公子低着头，脸上被烙出的疤痕还在冒着热气，皮肤被融开，里面鲜红的血肉隐隐可见。对于陈云川的问话，他恍若未闻，小口小口地喘着气。

“告诉我进去的方法，我可以放过你。”

林公子低头不语。

“嘿嘿，你不说也没关系，我现在让他们放火去烧，也能把天空之城打开。”

林公子却笑了，笑容扯动脸上伤口，又变得扭曲。“你进不去的，”他低声说，“上次放火烧开，只是巧合，现在也不会骤然下雨……”

“那你怎么进去呢？”

林公子沉默。

“问你话呢，”手下朝林公子踢了一脚，将他踹倒，“聋了啊？”

林公子倒在地上，伤口上沾满灰尘，疼得更厉害了。

“大人，硬得跟石头一样啊，”见踹了也没用，手下转而看向陈云川，“要不小的就把他给……”他掏出一把匕首，掂了掂，“做了？”

陈云川脸上阴晴不定。他看着林公子，又扭头看了看小山般的飞船，在思考着什么。这时，身后突然传来一阵喧哗，不少人惊叫“走水了。”

走水了？

陈云川一愣，他抓到林公子后，便立即来审问了，还没吩咐农夫们开始火烧天空之城，此时不应该走水啊。

他把林公子交给手下照看，走下荒坡，只见火焰从东边蔓延而起，逐渐势大。这时节，木枝里都没什么水分，不被点燃也便罢了，一旦着火，火焰逢木便喜，烧得劈啪作响，像是藏了无数狂欢的妖魔在里面。

“快啊，”有人惊慌道，“快找水灭火！”

“这破地方哪来的水！”

……

很快，人群慌乱起来。

小城官衙知道陈云川喜静，在城郊修的别院就建在密林当中。这种天寒地冻的天气，谁都没有想到会起火，树木燃烧起来，很快就会把整个林子点燃。农夫们意识到了这一点，纷纷绕过火势，跑向树林边缘。

一时间，人仰马翻，火光如腾。

陈云川喝叱了几声，但没人听他的，心里也有些着急。他也打算逃走，但转过身想去叫那手下时，却发现荒坡之上已经没了人影。他连忙奔过去，看到手下被人打晕在地，手里还紧紧攥着匕首，说明偷袭者是突然从后面冒出来的。

是谁呢？

他思考着，扭开手下的手，把匕首握在自己手心里。

火焰腾腾，热浪已经袭了过来，得赶紧走。他看了看地上昏迷不醒的手下，冷笑一下，转身往外跑。

快跑到林子边缘时，他往后看了一眼。火势已经不可阻挡，正向着那庞大岿然的天空之城而去。这片林子是保不住了，再不走就要葬身火海。无论如何，得等自己回去之后，召集足够的人手再来处理。

他走出林子，正要往小城行去，眼角一抽，突然发现远处的一棵独树上似乎捆着一个人。

“是你？”火焰腾腾，四下里亮如白昼，林公子看清了这个将自己劫走的人。

真是瘦啊。

林公子自己本身也就够瘦了，但这个脸上长着褐色麻子的男人，瘦得简直骇人——眼窝深陷，脸上的骨头都支了起来，仿佛只朝他看一眼都会把眼睛硌疼。林公子打听过，这人叫陈麻子，几年前在河边阻止自己登上飞船过后，就逃离了小城。现在看来，他并没有逃走，而是藏在小城的阴影里伺机而动，难怪脸上还泛着一种病态的白。

陈麻子咧嘴一笑，道：“谢就不用谢了……”他环视周围的火焰，语气颇为自得，“这火放得漂亮吧，嘿嘿，真不容易啊——点火的时候，既不能让人看到火光，又要把木头烧起来……好在，天助我也！”

他自顾自说着，脸上神色混杂着狰狞和癫狂，看来这几年东躲西藏、置身黑暗的生活已经让他变得神经质起来了。林公子看着他，眼神复杂，有些厌恶，又有些怜悯。

“走吧，火要烧过来了，”陈麻子收回目光，“带我进去吧。”

“你要进去干什么？那里不是你们这个年代的人该去的地方。”

陈麻子狞笑道：“那你为什么可以带红袖进去？”

“你怎么知道——你把她怎么了？”

“放心，她现在很安全，等我们进去了，我也会带她走的。”

“你为什么要带她走？”听到红袖安全后，林公子神色稍安，又疑惑道。眼前这个男人长久以来纠缠在他和红袖中间。他曾经以为陈麻子只是一个单纯作恶的人，但现在看来，他对红袖的感情，也不是为了卖钱这么简单。

“是啊，我要带她走。”陈麻子愣了愣神，继而笑道，“说来真是巧啊，我们都爱上了这个女人。只是，林公子，我跟你不一样，你站在光明的地方，拥有天空之城；而我，是阴沟里的老鼠，只能在远处悄悄看着。我们爱红袖的方式不一样，结局也不一样。她多么迷恋你啊，一直相信你会带她走，可你呢，一次次辜负了她。至于我嘛，根本不在她的眼睛里，她到现在还以为花钱让那个车夫别把她供出来的，是你。不过也无所谓了，我的过往太不堪，连自己都嫌弃，一个游魂野鬼一样的人怎么可以靠近红袖呢……”

说着，他看向飞船，火焰在他眼里熊熊燃烧，“但现在好了，你带我进天空之城，我要回到过去，回到我小时候……回到那一天，让我阻止阿娘……只要再迟一点点，那群官兵就带着粮食过来了，阿娘就不会死了，也不会把自己……”

说到最后，他眼里已经有泪水涌出。他的瞳孔里倒映着火焰，眼眶里蓄满了泪水，这一刻，水与火在他身体里交融。

几丈之外，一棵烧起来的树发出噼啪爆响，将他惊醒。他还没有抹去眼角的泪水，就又笑了起来，抓着林公子转身走向飞船的斜面。

“等等，你们都走了的话，”身后传来熟悉的声音，“就不要她了吗？”

陈麻子和林公子霍然转身，目光汇聚到一处，都有些惊疑。

飞船边缘外，站着本已经逃走的陈云川。大火在他身后跃起，火光投射出来，用金边勾勒出他带着森冷笑意的侧脸，也照在了瑟瑟发抖的红袖身上。

一柄匕首横在红袖脖子下。

二十五、终章

“现在这个局面，有些熟悉啊。”陈云川拍了拍脑袋，有些夸张地笑道，“噢，我想起来了！几年前，在那条河边，我们也是这样对峙的。不过那时候，你——”他指着陈麻子，“你抓着我，我的手下抓着她。现在，换了个边儿，她在我手里，你又抓住了我的人。”

树林大火已经逼近，他们脸上都能感觉得到热浪袭来。四个人的影子在地上晃来晃去。

陈麻子看着陈云川，以及他手里的红袖，扯动嘴角，但什么都没说出口。

“我建议，就别愣在这里了吧……”陈云川斜眼瞟了下火势，舔着嘴唇，“火就要烧过来了，难道我们要一直保持这个姿势，直到成为四堆灰？”

陈麻子咧嘴道：“所以你得赶紧走啊，留在这里做什么呢？”

“你们一个个为了这个天空之城命都不要了，我想看看为什么。”

“我们的命，加起来也比不上侍郎大人的命值钱啊。”

“那倒是。不过，我这人吧，向来知道‘富贵险中求’这个道理，你们这么拼命，要说这里面没有宝贝，我是无论如何都不信的。”陈云川打量对面两人，笑嘻嘻道，“况且，我是工部侍郎，这天空之城照道理也归我工部管理，需得记录在册，详加研究。所以——对不住了各位，职责所在，恕我无法置身事外。”

陈麻子收敛笑容，道:“那你就死在这里吧！”

“我死了不打紧，这里还有一位，可得陪葬。”

陈麻子看着红袖，眼角微微抽搐。

“就别再装了，”陈云川道，“几年前，为了她，你就放弃了进天空之城的机会。现在局面这么危急，我们不要再浪费时间了。你把你手里的人给我，我不伤害她，等我进去之后，把她丢出来。你们往外跑，还有机会逃出去。”

然而，陈麻子却缓慢而坚定地摇了摇头。

“我想过带你走，”他说，虽然眼睛看着陈云川，但显然是对红袖说的，“只要回到了过去，我就能拯救我自己。你应该听说过，我阿娘，被我吃到肚子里面去了。所以我睡不着，一睡着就会做噩梦，梦到自己瞎着眼睛，又从锅里捞……我会在梦里吐出来。我吃不下任何肉类，一吃，就得呕，有一次差点把肠子也扯出来了。只有苏州药房的药丸才能吃进肚子里，我知道它的材料是什么，但除了他们，没人能做出来那种味道……那种，阿娘的味道……我过得不是人的生活，也享受不到人的温情。我只有回到过去，才能改变着一切，所以……”他的声音变涩，似乎说不出话来。最后，他张了张嘴，以口型无声地说了三个字。

对不起。

陈云川冷笑道:“那好吧……原来到最后，还是需要我亲自动手!”

说到最后一个字，他倒转匕首，转而向下，捅进红袖的肚子。

匕首拔出，血光一闪。

林公子呆了呆，随即挣扎起来，捆在手上的绳子一下被挣开。陈麻子似乎没反应过来，手没抓住，任林公子向红袖奔去。陈云川狞笑着把红袖向前一推，自己来抓林公子。

林公子抱住红袖，见她小腹受创，鲜血正汩汩流出。他神色焦急，转头看了下飞船的圆形门。

陈云川正要用匕首顶在林公子后心，一个身影朝他扑过来，却是目眦欲裂的陈麻子。陈麻子抓住他拿匕首的手腕，另一只手死死钳住陈云川的脖子。两人扭打在一起。

火势蔓延而来，席卷整个树林。每棵树都变成了熊熊燃烧的火把。热浪包裹住了红袖，她有些呼吸困难——或者说，她吸进来的每口气，似乎都顺着小腹的伤口，随着血液一起流了出去。

她一睁眼，就看到了林公子的脸。

“你怎么样?”林公子的语气很惶急，“你伤得很重……不过没事的，我这就把你带过去!只要回去了，就有办法!”

红袖感觉自己被一双手抱起，离开地面，斜斜地向着飞船的底部中心而去。她的视野像晃动的海面，模糊不清，只有林公子的脸一直分毫不移地处在中间。

红袖眯着眼睛，露出一抹苍白的笑容。

两人撕打了一会儿，陈麻子瞅准机会，夺过匕首，就要刺下，却被陈云川以手格住。他反肘砸下，陈云川一个趔趄，摔下飞船。

火焰如同环伺在侧的野兽，等待多时，见陈云川掉落，顿时扑上来，将他吞没。

陈麻子扭头回看，林公子已经抱着红袖跑近了飞船底部圆心，咬咬牙，拔腿追去。

林公子喊出了一连串数字，飞船底部正中裂出六道弧形，依此移开，形成一个丈许口径的圆形洞口。那道反重力光束曾经就是从此射出，却错误地将老和尚带了上去。

现在飞船倾斜，洞口朝向夜幕，透出幽光。

“坚持住！”林公子咬牙，然后抱着红袖跳进洞口，向下滑去。

红袖勉强睁开眼睛，只见周围一片银白，亮着许多灯。这些灯光在她身侧掠过，划出流离光影，如同身处通往另一个时空的隧道。

好在这条隧道并不长，滑至一道门前，拉开，再降下去，便是操作室了。里面狼藉一片，还有杂乱划痕，显然是之前胡府护院和老和尚争斗时留下的。

“再忍一下，”林公子小心地把红袖放到角落，扑到操作台，手指在空气中连续点动。操作台的探头捕捉到了他的手势，一些光影开始出现，周围嗡嗡震动，“我们马上就要回去了，你的伤能够治好！”

“不，”身后传来的，却是陈麻子的声音，“不能去什么未来！”

林公子转头，见陈麻子提着匕首，一步步爬下来，寒声道：“带我回到过去！回到我阿娘死的那一天，阻止她！让一切都没有发生！”

林公子看看他，又看了看委顿在地、脸色惨白的红袖，急道：“红袖受了伤，要送去抢救，你要是再干扰，就迟了！”

陈麻子的脸剧烈抖动，撇过头，不去看红袖，颤声道：“别废话了！”他持着匕首，以寒刃指着林公子，逐步逼近，“要是你去未来，谁不知道还会不会回来？先带我回去！”

林公子咬了咬牙，转身继续操作，输入了试验指定飞船落回的日期。陈麻子看不懂他的操作，但凭直觉也知道他没有听自己的话，便啊呀呀叫着，持着匕首扑来。

林公子正要按下启动键，却被打断，脚步一错，与陈麻子扭打到一起。他的身体被机械强化过，灵活许多，但陈麻子多年积怨爆发，如狂如癫，瘦小的身体里爆发了令人难以置信的力量。好几次他都被林公子制住，但都凭借惊人的爆发力给挣开了。

这时，一股热浪涌进来，伴随着的，还有疯狂的惨叫。

是浑身衣衫着火的陈云川。

他一路从通道口滚下来，犹如火球坠落。此时火势已经小了，只有衣裤上冒着火花，但他满脸灼烧，痛苦中掺杂着疯狂。

这副面目，不消别人说，他已经知道自己前程尽毁。

“一起死吧！”他怒吼一声，向林公子二人扑过去。

混乱中，操作台上光影变幻，飞船动了起来。操作室的空间开始摇动，几个人站立不稳，摔到一起。陈云川身上的火被压灭，但他脸上焦黑狰狞之色不改。

“要启航了！”林公子脸色一喜，“红袖，你坚持住……”

然而，飞船倒转，又掉落在地，在外面燃烧的树林里砸出一大丛火花。

飞船内，几个人在墙壁上撞来撞去，红袖也滑到了操作台旁。这时，她一直苍白的脸色突然泛起了红晕，在飞船颠倒、她滑向另一个方向之前，一把抓住了操作台边的一个铁质手柄，被吊在了空中。

此时，房间几乎翻转了一个直角，原本的地面变成了墙壁，操作台也因此成了高点。红袖抓着手柄，悬挂在墙壁上，陈云川则抓着她的脚。他们身下，操作间的门成了坠向飞船的洞口。低头就可以看到，门洞通道的尽头有火焰跃跃欲进。

林公子和陈麻子攀在门壁边缘，身子悬在门外，不让自己落下去——一旦落下，就是葬身火海的结局。

“红袖，”林公子焦急喊道，“飞船手势识别失灵了，要按下物理键——就是，按下你头顶红色的按钮，我们就能去未来了，还来得及给你救治！”

陈麻子嘶声叫道：“别啊，要回到过去！”他一手攀着，一手握着匕首，刃尖颤抖，“谁要去别的地方，我就杀了谁！”林公子一个不察，被他扎中后心，传来金属交击之声，林公子闷哼一声，险些掉下去。

陈云川抓紧红袖的脚，嘴里胡言乱语，不知道是呻吟还是怪笑，道：“嘿……一起死，一起死……”

红袖吃力地抓着手柄，手腕似要脱落，咬牙坚持着。底下纷乱的声音传来。她低下头，看着三个拼命挣扎的男人，又抬头，看着头顶闪烁着红光的按钮。

原来，现在决定命运走向的机会，在自己手里啊。

她心里恍惚叹道。

自己才是主角啊……

在她惨淡的一生里，能有这样感慨的时刻几乎没有。然而，到了生命的最后一刻，在颠倒的飞船里，命运将这稍纵即逝的抉择放到了她手里。

她身上的血汩汩流下，落到了身下的陈云川脸上。陈云川抹了一手血，连带着脸上的焦皮也撕了下来，惨呼不已。

“你，”红袖手腕已经发酸，随时会掉下去，但还是低下头看着陈云川，“你知道南莺的真名叫什么吗？”

陈云川正呻吟喘气，听到这久远的名字，浑身一震。他抬起焦黑冒烟的头，睁开眼睛，在模糊的视野里，看到了红袖冷冽的脸。

他摇了摇头。

“南莺有打算过告诉你吗？”

他继续摇头。

红袖道：“那你安心吧——她也根本没有真正爱过你，如果全心全意，她会说出自己的名字。她只是相信你，相信你会带她走，但你失信了。”说完，她猛地蹬腿，抽出一只脚，重重地踩在陈云川脑袋上。

陈云川被蹬开，手脚挥舞，笔直落下去。但奇怪的是，这么长的通道，整个下落的过程中，他都没有发出一丝惊叫。他像是被烧焦的木头，沉默着，又重新落到了飞船下的火焰中。

陈麻子对陈云川的死毫不关心，似乎没有发生一样。他举着匕首架在林公子后脖子旁，道：“就算你的五脏换成了铁块，脖子总是血肉吧……快起来，把飞船开回过去！”

林公子此前被扎中后心，显然也受伤不浅。此时，他呻吟了一声，尽管他被匕首被胁迫着，却不顾危险兀自叫道：“快啊，按下去！”

没有陈云川的纠缠，红袖稍微轻松一点，但伤口不断流出的血液不断带走她的力气。她抬头，红色按钮闪着光，在她视野里缈远如星辰。

“按啊！”林公子大喊，声音里透着虚弱。

陈麻子提起匕首，又在林公子背上扎了一刀，道：“不准按！”

林公子还想抬头再喊，但身子一阵颤抖，喊声便被摇散成了呻吟。

红袖看着下方，看着林公子痛苦的脸，看着陈麻子癫狂的脸，突然一咬牙，手臂用力，身子一下子向上，去够按钮。

她的手指碰到了按钮，再一使力，按了下去。

“不要啊！”陈麻子叫道，提起匕首，扎向林公子后脖子。

“不要啊！”林公子抬头，却是向上方大喊。

在他头顶，按下按钮后的红袖凄然一笑，放开了手柄。她笔直地落下来，在陈麻子挥舞着匕首即将扎下去时，一把勒住了陈麻子的脖子，紧紧抱住。她身体的巨大坠势让陈麻子用来攀住门沿的另一只手吃不住劲，两人一起向门外的通道落去。

林公子使尽全力，回过头，却只来得及看到红袖与他错身而过。

这一刻似乎发生得极快，他空出一只手，还没来得及伸出去，红袖就已经向下坠落；这一刻又似乎过得极慢，慢得他能看到错身的时候，红袖那带着哀婉与释然的脸，她嘴角凝聚着憔悴与淡淡的喜悦。她身下是十几丈长的垂直通道，以及通道口蔓延进来的火。白色和黄色的光在她脸上交织着，变幻着，光影交叠，她的模样每一刻都在变化。二十七岁，十三岁，二十二岁，十七岁……那些在时空河流里错位相遇的年纪，被苦难岁月雕琢打磨过的容颜，一一在林公子面前呈现，如同一层层绽开的花瓣。

这一生，她不断地与他错过，每一次短暂的相遇过后，时间的乱流都将他们冲散。而今，他们终于站在了时空的同一层阶梯上，不再错过，命运却又让她坠落。

地面焰光席卷，如同火兽张嘴，伸出了舌头，等着红袖和陈麻子的落地。

红袖耳边风声簌簌，她仰着头。头顶的林公子被定格在一片白光中。

林公子脑中突现灵光——反重力光束！

只要投射出反重力光束，红袖就会被牵引着上升，不会落入火中。

他咬牙爬上门槛，攀着各个仪器，向操作台爬去。然而，飞船一震，一道光晕涌现——飞船即将进行跨度数千年的时间跃迁。

不要！他心里焦急地喊道，再爬几步，去按反重力光束的物理启动键。但按了下去，飞船毫无反应，他又多按了好几下，心里渐至绝望。咬着牙，他返身扑向门口，向着门外通道落去。

光晕凝聚，不可直视，继而收缩成光粒，再度展开，如涛如海。林公子还没有落到门口，就被淹没在了万丈光芒里。

尾声

星海闪烁，宇宙沉默。

历经艰险的飞船停在了港口泊位上。光晕散开后，他的眼睛逐渐适应，看清了周围的环境。这是实验规定的返程地点和时间，飞船外站满了等着试验结果的人。联盟和各个独立星球的媒体，都长大了嘴巴。谁也没想到，时间穿越真的能够成功，飞船如期返回。

他看着四周，有些茫然——似乎，一切都没有改变。

他纠缠于数千年前的故事中，改变了红袖、陈麻子、陈云川以及许多人的命运。然而，到了时间长河的下游，一切似乎都被修正过来了。那些历历在目的往事，突然变得恍惚，宛如水花，一闪乍灭。

或许，时间自身就有修复一切的力量吧。因果链高悬于命运之上，无论人类怎么扰动，它依然环环相扣，一步不停地推动着历史前进。

又或者，他经历的一切，早已注定。他们穿越时空这件事情，本身就是时空所写的剧本里的桥段，根本无法影响结局。

……

真相到底如何，他也捉摸不透。浑浑噩噩中，他被送去治疗，连脸上的烙疤也被除去了。随后，他进行了漫长的述职工作，一遍遍地应对调查员的询问。

而那些失散的同事，也在浩如烟海的典籍与史册中找到了蛛丝马迹。

他们失落在陌生的时代，无法返回，便遵守不干扰原则——现在看来，不干扰原则并没有意义，因为时间会修正所有的干扰——安静度过了各自的一生。有些人成了书生，有些人甘为贩夫走卒，还有一个爱看书的女组员嫁进了一户官宦之家。

由于损失惨重，联盟决定无限期终止第三次试验，唯一有能力进行穿越的飞船也被锁在了仓库里。当然，他们也进行过故障检测，这艘飞船受损严重，接近报废，就算能再勉强穿越时光，也会在落地的一瞬间散架。

至于他，在应接不暇的采访过后，终于安静下来了。

经过心理评估，他不再适合从事高精科研工作，便被分配了一个闲职。他每日发呆，但因这种传奇的经历也吸引了很多女孩。但她们都无法靠近他，尤其是他晚上站在楼顶看着起落的飞船以及头顶璀璨的星空的时候。

这样的生活持续了很久，直到有一天下午，他走向了实验室。

当晚，仓库里的飞船不翼而飞。

斜阳落在河里，晕开一片鹅黄。船只静悄悄驶过，碾出水痕，又在波浪中逐渐平复。

红袖坐在河岸边。她的裙子压在身下，被褐色污泥沾上了，污迹洇开，格外显眼。待会儿回去后，肯定要被张老二骂。但那是晚上的事情了，还很远。现在，她眼里只有黄昏下的河流，以及河面的画舫。

斜阳充斥天地，一切都像被凝固在了昏黄的氛围里。

河水倒映着斜阳，她看着河水，那团柔和的光便又到了她眼睛里，一副盈盈欲垂泪的模样。

“红袖姑娘，你为什么总是快要哭的样子呢？”

红袖一惊，抬起头，前方的画舫上一个人都没有。她转过身，看到背后不知什么时候站了一个身量修长的男子。

“你是……”红袖看得有些失神，反应过来，边站起身边撇撇嘴道：“你在后面怎么看得到我？”

“不止知道你的表情，我还知道你马上会落到水里。”男人上前一步，在红袖踩到松散的石子上即将向后摔倒时扶住了她。

红袖脸上烧红，抬头问道：“你到底是谁呀？”

“你不用知道我是谁，在你长大之前，我们不会再遇见。你只要知道，以后快快乐乐地成长就好了。那些悲剧的命运以后都不会在发生在你身上。”

这人可能是疯子吧，红袖心里嘀咕。天黑了，爹娘该着急了，她便转身往家里跑去。跑了一会儿，她心里一动，停下来回头看。

夕阳沉坠，四野幽暗下来。那个奇怪的男人还站在河边，站在最后一抹斜阳下，身上褐色长衣被河风吹得猎猎鼓动，身子却没有丝毫移动，仿佛会站成一棵树。

他转过头来，也看着她，眼睛里还残留着斜阳的光。太阳终于落山，黑暗从西边天空喷涌出来，淹没了世界。但他眼中的光却一直不灭。

——（完）